SCARLET MARK

KILLIANS VERSUCHUNG

LES CAVALIERS DE L'OMBRE

USA Today Bestsellerautorin

LEXI C. FOSS

ALIAS S. FIRECOX

Titelbild entworfen von: Quirah Casey, Temptation Creations

Herausgegeben von: Ninja Newt Publishing, LLC

Taschenbuch:

ISBN: 978-1-68530-285-6

Besuchen Sie S. Firecox im Netz!

www.sincaveromancebooks.com

www.facebook.com/SinCavePublishing

E-Mail: AuthorSFirecox@gmail.com

Für Cora. Danke, dass ich mit Nikolai spielen durfte.
Ava und du könnt ihn jetzt zurückhaben ;)

Scarlet

MARK

KILLIANS VERSUCHUNG

LES CAVALIERS DE L'OMBRE

SCARLET MARK
KILLIANS VERSUCHUNG

Ein unabhängiger dunkler Liebesroman mit einem Attentäter und seiner Scarlet als Zielperson in den Hauptrollen.

Amara Rose ist meine Beute.
Mein neuer Auftrag.
Mein Ziel.

Ich soll sie finden. Sie zähmen. Sie zurückbringen.
Doch nun, da ich sie probiert habe, bin ich mir nicht sicher, ob ich sie wieder hergeben will.

Denn wie sich herausstellt, ist die hübsche Rothaarige eine Unschuldige. Ein Spielzeug, das von einem Mann gekauft wurde, der nicht das Recht hat, sie zu besitzen, geschweige denn, sie zu berühren.

Vielleicht werde ich stattdessen mit meinem süßen kleinen Kätzchen arbeiten. Ein bisschen Rache üben. Eine ganze Organisation wegen ihres Lasterlebens zerschlagen.

Doch nur wenn ihre Klauen und listigen Tricks meine Zeit wert sind.

Was sagst du, Amara?
Will du mir helfen, deine alte Welt rot zu malen?
Denn ich werde dir ein Messer geben.
Vorausgesetzt du fürchtest dich nicht, für mich zu bluten ...

Anmerkung der Autorin: Killians und Amaras Beziehung ist sehr ungewöhnlich – er ist ein Attentäter und sie ist seine Zielperson, was zu verstörenden Situationen führt. Dieses Buch ist nicht geeignet für alle, die leichte Romanzen bevorzugen. Killian liebt seine Messer – sowohl im als auch außerhalb des Schlafzimmers.

ANMERKUNG DER AUTORIN

Liebe Leserinnen und Leser,

Scarlet Mark: Killians Versuchung ist ein düsterer und spannender Liebesroman mit teilweise gewalttätigen Szenen, die bei Missbrauchsopfern negative Reaktionen auslösen könnten. Killians und Amaras Beziehung ist sehr ungewöhnlich – er ist ein Attentäter und sie ist seine Zielperson, was zu verstörenden Situationen führt. Dieses Buch ist nicht geeignet für alle, die leichte Romanzen bevorzugen. Killian liebt seine Messer – sowohl im als auch außerhalb des Schlafzimmers.

Viel Spaß beim Lesen
    Lexi xx

PROLOG

KILLIAN

Nikolai stützte den Ellbogen auf den Tresen, wandte sich mir zu und zog eine dunkle Augenbraue in die Höhe. »Willst du mir erzählen, wie du Devereaux davon überzeugt hast, Ava zu helfen?«

Ich kippte meinen Scotch hinunter und stellte das Glas ab. »Habe ich das etwa getan?«

»Sag du es mir.«

»Warum fragst du nicht Ava?«, schlug ich wie beiläufig vor und ignorierte seinen durchdringenden Blick. Nikolai strahlte eine bedrohliche Aura aus, weshalb alle um uns herum einen großen Bogen um ihn machten. Mir jagte er jedoch keine Angst ein. Seit wir uns zum ersten Mal in dieser Bar begegnet waren, verband uns ein gegenseitiger Respekt für die tödlichen Fähigkeiten des anderen, der zu einer engen Freundschaft geführt hatte.

»Das habe ich getan«, erwiderte er mit ausdrucksloser Stimme. »Sie will mir nichts verraten und behauptet, niemanden namens Dagger zu kennen.«

Ein Lächeln umspielte meine Lippen. »Wirklich? Sieh einer an.«

»Komm schon, Mann. Sag mir, was passiert ist.«

Ich schüttelte den Kopf. »Tut mir leid, Nik. Du weißt doch, dass ich nicht aus dem Nähkästchen plaudere.«

Mit einem Schnauben griff er nach seinem Glas und leerte es in einem Zug. »Du bist ein Arsch.«

»Da hast du recht«, stimmte ich zu und bedeutete der Barkeeperin mit einer Geste, uns noch eine Runde einzuschenken. »Aber ich muss zugeben, dass ich langsam Gefallen an deiner Ava finde.«

»Ich dachte, du kennst sie nicht?«

»Das tue ich auch nicht«, antwortete ich, ohne zu zögern. »Aber du hast mir alles über sie erzählt.« Die Frau hatte ihm im Laufe der Jahre eine Menge Ärger eingebracht, und bis vor Kurzem hatte ich sie nicht sonderlich gemocht. »Ich bin überrascht, dass du ihr verziehen hast.«

Er seufzte. »Ja, das ist eine lange Geschichte.«

»Jetzt machst du mich neugierig.« Im nächsten Moment vibrierte mein Handy in meiner Tasche und ich hielt inne. »Verdammt«, sagte ich, als ich die Nachricht auf dem Display las. Ich schüttelte den Kopf. »Offenbar müssen wir unser Wiedersehen ein andermal fortsetzen.« Devereaux hatte für mich einen Flug um Mitternacht gebucht. Ich warf einen Blick auf meine Armbanduhr. Ich hatte neunzig Minuten, um zum Flughafen von Miami zu gelangen.

»Ein Auftrag?«, mutmaßte er, als ich der Barkeeperin erneut ein Zeichen gab.

»Ja.« Ich sollte eine vermisste Person aufspüren. An sich war das nichts Ungewöhnliches, doch der Name des Klienten ließ mich aufhorchen. Kein Wunder, dass mir der Fall zugewiesen wurde, denn dank meines Familiennamens war ich es gewohnt, mich unter die oberen Zehntausend zu mischen. »Können wir die Rechnung begleichen?«, fragte ich die Barkeeperin, die unsere Drinks noch nicht eingeschenkt hatte.

»Sicher Schätzchen«, antwortete sie mit einem enttäuschten Unterton in der Stimme.

Ich dachte jedoch nicht weiter darüber nach, sondern konzentrierte mich auf meinen besten Freund. »Wir verschieben unser Treffen. Ich will immer noch alle Einzelheiten hören.«

»Wie wäre es, wenn ich dir die Kurzversion erzähle, während ich dich zum Miami International fahre?«

Ich reichte der Barkeeperin ein paar Scheine, mit denen ich unsere Rechnung mehr als beglich, und nickte zustimmend. »Gute Idee«, antwortete ich, zumal er mit dem Wagen hier war. »Ich will alles darüber hören, wie Ava dich in die Knie gezwungen hat.«

Er lachte leise. »Wart's nur ab, Mann. Eines Tages wirst du auch so weit sein.«

»Wohl kaum.« Ich genoss mein Singleleben. Ich war niemandem Rechenschaft schuldig und konnte tun und lassen, was ich wollte.

»Wir werden ja sehen«, erwiderte er und klopfte mir auf die Schulter. »Lass uns gehen.«

KAPITEL 1

KILLIAN

D rei Wochen.

Drei. Verdammte. Wochen.

So lange hatte es gedauert, bis ich Amara Rose endlich aufgespürt hatte. Die Frau war wie vom Erdboden verschluckt. Wäre ich nicht derjenige gewesen, der sie hatte finden müssen, hätte ich sie dafür bewundert.

Und ausgerechnet hier.

Im *Diavolo Rojo.*

Ich verzog die Lippen zu einem Lächeln. Sie hatte sich die ganze Zeit über direkt vor meiner Nase versteckt. Kluges Mädchen.

Es gab noch weitere dieser exklusiven Klubs, die überall auf der Welt verstreut waren. Hier trafen sich vermögende Männer und Frauen, die einen gewissen gesellschaftlichen Status genossen und ihre sexuellen Aktivitäten diskret halten wollten. Die weiblichen Angestellten mussten gewisse Kriterien erfüllen, um hier arbeiten zu können. Die meisten waren jung, Anfang zwanzig, studierten noch und wollten Kontakte zur Elite knüpfen. Im Grunde waren die Gäste eine Art Mentoren für sie. Es war verkorkst, aber es funktionierte.

Das Etablissement war im Wesentlichen ein Paradies für Swinger, die hier die Möglichkeit hatten, ihre Neigungen auszuleben und sich ungeniert zu vergnügen. Allerdings spielten nicht alle Angestellten mit den Kunden. Einige arbeiteten ausschließlich im Barbereich und genossen die Bewunderung der Reichen und Berühmten, während sie mit zukünftigen Geschäftspartnern auf Tuchfühlung gingen.

Die Frauen, die sich auf gesellschaftliche Interaktion beschränkten, trugen ein spezielles Halsband.

Meine Zielperson Amara Rose trug allerdings keines.

Und das bedeutete, dass ich ihr ein Angebot unterbreiten konnte.

Sie war wirklich ein verschlagenes Luder. Mit dem Geld, das sie ihrem Verlobten gestohlen hatte, hatte sie sich eine neue Identität zugelegt, um sich für den Job hier zu qualifizieren.

Auf diese Weise hatte ich sie schließlich gefunden.

Ich war der Spur des Geldes gefolgt.

»Ihr Drink, Mr. Bedivere«, murmelte eine Brünette mit sinnlicher Stimme und reichte mir ein Glas erstklassigen Scotch, den ich bestellt hatte. Ihre Brüste quollen förmlich aus ihrem durchsichtigen Oberteil heraus und überließen nichts der Fantasie.

Doch mein Interesse galt der Frau mit den rotbraunen Haaren, die die Tische auf der anderen Seite des Raumes bediente.

Ich beobachtete sie schon den ganzen Abend lang und war beeindruckt von ihrer Selbstsicherheit. Die Frau hatte einen US-Senator hinters Licht geführt, der in gewissen Kreisen bereits als der zukünftige Präsident der Vereinigten Staaten gehandelt wurde. Und offensichtlich brachte sie das nicht aus der Ruhe.

Sie war faszinierend.

Und so farbenfroh. Ihr linker Arm wies eine Reihe von

Tätowierungen auf, die einen Mann dazu verführen konnten, mit seiner Zunge die Muster nachzuzeichnen.

Vielleicht später.

Ich nahm mein Glas entgegen und schenkte der Kellnerin ein verschmitztes Lächeln. Sie erwiderte das Lächeln mit einem erwartungsvollen Funkeln in den Augen, wobei sie sich langsam umdrehte, um mir ihren straffen Hintern zu präsentieren.

Sie war niedlich, aber nicht unbedingt mein Typ.

Meine Interessen waren düsterer Natur, doch mir bot sich nur selten die Möglichkeit, meine Neigungen zu befriedigen. Es gab nicht viele Frauen, die meinen Ansprüchen gerecht wurden.

Meine umwerfende Zielperson wäre vielleicht eine geeignete Kandidatin.

Es war wirklich eine Schande, dass ich sie entweder entführen oder töten musste.

Ich nippte an meinem Scotch und genoss den Anblick von Amaras wohlgeformtem Hintern, als sie sich vorbeugte, um jemandem in einer der Nischen einen Drink zu reichen.

Der Hauptbereich des Klubs glich einer gewöhnlichen Bar, die sich jedoch durch eine opulente Ausstattung auszeichnete. Kristallgläser, Sitze aus importiertem Leder und Tische mit Hightech-Geräten zeichneten das Interieur aus, während violett schummriges Licht für die richtige Stimmung sorgte.

Das Besondere waren jedoch die obere und untere Etage, die jeweils mit einer Vielzahl von Räumen und Bereichen ausgestattet waren, die eine Reihe von Perversionen und anders gearteten Vorlieben bedienten.

Amara schien diese zu meiden, denn sie kellnerte in der sicheren Zone des Hauptbereichs, in dem sich die Paare eher auf das bevorstehende Vergnügen einstimmten.

Ich fuhr mit dem Daumen über das Gerät in der Mitte

meines Tisches und betrachtete meine Zielperson. Ich wusste, dass mehrere Gäste Amara im Laufe des Abends ein Angebot für ihre Dienste unterbreitet hatten, denn das Armband an ihrem Handgelenk blinkte jedes Mal auf. Da sie auf dieser Etage geblieben war, hatte sie die Angebote alle abgelehnt. Die Regeln des Klubs sahen vor, dass die Frauen selbst über ihr Schicksal entscheiden konnten. Aus diesem Grund war die brünette Kellnerin derart eifrig gewesen, denn sie wollte, dass ich ihr ein Angebot machte.

Doch dazu würde es nicht kommen.

Mein Gebot würde an die verführerische Rothaarige in den sexy Spitzenstrümpfen und dem schwarzen Seiden-Teddy gehen.

Und sie würde es nicht abschlagen können.

Ich zückte mein Handy, um die anderen Angebote durchzusehen, die Amara heute Abend erhalten hatte. Meine Kontaktperson hatte mir einen Zugang zu dem System des Klubs verschafft. Dadurch hatte ich zum einen die Möglichkeit, meine Gegenspieler gegebenenfalls zu erpressen, und nun auch einen Einblick in Amaras Vorlieben und Abneigungen.

Ihrem Profil konnte ich entnehmen, dass sie einige Tabus hatte.

Ihr Wunschpreis war allerdings nicht aufgeführt. Wenn man jedoch bedachte, wie viel sie von Senator Jenkins gestohlen hatte und wie viel sie sich ihre neue Identität als *Scarlet Rosalind* hatte kosten lassen, wusste ich in etwa, mit welcher Summe ich sie locken konnte.

Ich sah mir die Angebote an, die sie an den vergangenen Abenden erhalten hatte. Sie hatte sie allesamt abgelehnt.

Kompliziert und selbstbewusst, dachte ich mit einem Grinsen. *Ganz nach meinem Geschmack. Lass uns spielen.*

Ich tippte einen Betrag ein, der zehnmal so hoch war wie das bisher höchste Gebot, und bat lediglich um einen Tanz in einem der exklusiven Räume im Untergeschoss. Dann kreuzte ich das Kästchen für *Akzeptiere Verhandlungen für zusätzliche Serviceleistungen* an. Mit anderen Worten, ich erklärte mich einverstanden, gegebenenfalls unser Arrangement zu verlängern und kostspieligere Aktivitäten mit einfließen zu lassen.

Ich trug meinen Namen – und zwar meinen *richtigen* – als Absender ein und schickte ihr mein Gebot.

Sie würde sehen können, dass ich bereits in anderen *Diavolo Rojo* Klubs verkehrt hatte. Die Bewertungen, die ihre Kolleginnen hinterlassen hatten, zeichneten mich allesamt in einem hervorragenden Licht, denn sie waren meine Informantinnen und nicht meine Eroberungen.

Ich vermied es, das Geschäftliche mit dem Angenehmen zu verbinden, denn ich nutzte diese Besuche zu meinem Vorteil. Mächtige Leute neigten dazu, in Gesellschaft schöner Frauen über private Angelegenheiten zu sprechen, und meine Kontakte wussten diese Momente geschickt auszunutzen. Ich entlohnte sie großzügig dafür. Der Besuch des Klubs war daher nur eine Tarnung, um ein geheimes Treffen mit einigen vertrauenswürdigen Informanten abzuhalten.

Natürlich würde Amara keinen Einblick in diese Details haben, sondern würde nur sehen, dass ich für gewöhnlich um einen Tanz bat und nur selten mehr verlangte. Außerdem hatte ich mich stets anständig benommen. Zumindest nach außen hin.

Ich tippte auf Senden, legte das Gerät zurück auf den Tisch und trank einen Schluck Scotch.

Sekunden später leuchtete ihr Armband auf und verriet mir, dass sie mein Angebot erhalten hatte.

An der Art, wie sie die Schultern straffte, konnte ich ihr Unbehagen erkennen, doch als sie das Angebot auf dem Display las, stand ihr tatsächlich der Mund offen.

Sie hatte so einen schönen Mund, der sich sicher gut ficken ließ.

Es überraschte mich nicht, dass der Senator sie lebend haben wollte. Es wäre wahrlich eine Schande, eine solche Frau unter die Erde zu bringen. Allerdings hätte sie es verdient zu sterben, immerhin hatte sie den Mann am Altar stehen lassen und war mit der Hälfte seines Vermögens verschwunden. Sie war eine geschickte Betrügerin.

Mm, im Grunde war sie perfekt. Ich hatte eine Schwäche für rachsüchtige Frauen.

Sie biss sich auf die Unterlippe und ließ den Blick durch den Raum schweifen. Ich würde es ihr nicht leicht machen. Eine Frau wie Amara brauchte das Element des Geheimnisvollen, um sich auf ein solches Wagnis einzulassen.

Sie sah nichts weiter als meine Silhouette, denn ich war von Kopf bis Fuß schwarz gekleidet und verschmolz förmlich mit der Wand hinter mir. Von hier aus konnte ich den ganzen Raum überblicken, während ich selbst nur schemenhaft zu erkennen war.

Der Platz war ideal für einen Auftragskiller wie mich.

Auf ihrem Gesicht zeichnete sich ein unentschlossener Ausdruck ab und ihre Selbstsicherheit geriet schließlich ins Wanken. Faszinierend. Scheinbar sträubte sich das kleine Luder dagegen, sich allein mit männlichen Kunden zu treffen. Bevorzugte sie etwa Frauen? Hatte sie den Senator deshalb so leichtfertig verlassen?

Hm, nein, daran lag es nicht, denn sie hatte mehrere Angebote von Paaren erhalten, die auf eine Ménage-à-trois aus waren.

Ganz eindeutig vertraute sie niemandem. Das wunderte mich nicht, schließlich hatte sie sich für eine Karriere als Trickbetrügerin entschieden.

Ich schwenkte den Scotch in meinem Glas und wartete.

Und beobachtete sie mit einem Grinsen.

Sie senkte den Arm, wobei sie mein Angebot weder akzeptiert noch abgelehnt hatte. Dann widmete sie sich wieder ihrer Arbeit und bediente eine Reihe von Tischen, während sie hin und wieder innehielt, um einen Blick auf ihr Handgelenk zu werfen.

Komm schon, Prinzessin. Tanze für mich. Ich wollte mit ihr allein sein. Natürlich wäre sie mir auch ohne Privatvorführung ins Netz gegangen, doch ich wollte zuvor noch Katz und Maus mit ihr spielen. Und diese Maus reizte mich besonders.

Es vergingen fast dreißig Minuten, bevor sie ihr Armband wieder berührte.

Damit steigerte sie meine Neugier. Hätte sie aus Angst beinahe auf ein Jahresgehalt verzichtet? Oder gab es einen anderen Grund?

Für jemanden, der derart versessen auf Geld war, hätte ich geglaubt, dass sie mein Angebot schneller annehmen würde. Doch ihr Zögern war selbst von der anderen Seite des Raumes aus spürbar.

Dann sah ich den Moment, in dem sie nachgab. Sie hob zwar entschlossen ihr Kinn, doch zugleich ließ sie die Schultern hängen.

Das Gerät auf meinem Tisch gab ein Summen von sich, als der Bildschirm blinkte und mir verriet, dass sie mein Angebot angenommen hatte. *Zimmer 47.* Ich konnte den Raum haben, solange ich wollte.

Auf ihrer Miene zeichnete sich Bedauern ab, als sie die Handrücken an ihre Wangen presste. Dann stieß sie den Atem aus und senkte den Blick, wobei sie kaum merklich den Kopf schüttelte und damit meine Neugier von Neuem weckte.

Das wird ein Spaß.

Ich bezahlte meine Rechnung und gab der Kellnerin ein großzügiges Trinkgeld für ihre beherzten

Verführungsversuche. Dann stand ich auf, knöpfte meine Jacke zu und machte mich auf den Weg zum Privatbereich im unteren Stock.

Obwohl alle Klubs ähnlich aufgebaut waren, wies jeder Ort seine Eigenheiten auf. Ich besuchte zum ersten Mal den Amsterdamer Klub, der im Vergleich zu den Etablissements in New York City und San Francisco schmaler gestaltet war.

Allerdings war der Kerkerbereich um einiges weitläufiger und bot einen perfekten Spielplatz für Voyeure und Exhibitionisten. Ich achtete darauf, die anderen nicht zu stören, und hielt mich am Rande des Geschehens, bis ich mein Ziel erreichte.

Im hinteren Bereich war es ruhig und die Räume waren schalldicht und kaum überwacht.

Ausgezeichnet.

Ich presste den Daumen auf das Display vor Zimmer 47 und wartete darauf, dass ich vom System identifiziert wurde. Die Tür öffnete sich und gab den Blick auf einen schwach beleuchteten Raum mit blutroten Wänden und schwarzen Verzierungen frei. Die Einrichtung bestand aus Ledersitzen, einer kleinen Bar mit Kristallgläsern und erstklassigen Spirituosen, einer Stereoanlage, aus der sanfte Musik drang, und einem kleinen Kleiderschrank. Es gab keinen Couchtisch, sondern nur einen Beistelltisch in der Ecke für Getränke.

Perfekte Voraussetzungen für einen Tanz und andere, intimere Aktivitäten.

Ich streifte mein Jackett ab, hängte es an den Haken an der Tür und entledigte mich meiner Manschettenknöpfe, um die Ärmel meines schwarzen Hemdes bis zu den Ellbogen hochzukrempeln. Ich wollte Amaras Hände auf meiner Haut spüren, um herauszufinden, ob ihre Handflächen vor Nervosität feucht waren oder ob sie sich in Sicherheit wiegte.

Würde sie versuchen, mich wie ihren ehemaligen Verlobten zu bestehlen?

Mir schwirrten so viele mögliche Szenarien durch den Kopf, die alle gleichermaßen verlockend waren.

Ich betrachtete den Raum genauer, wobei mir die Notfallknöpfe ins Auge stachen, die überall angebracht waren. In jedem der Klubs gab es solche Schalter, die den Sicherheitsdienst alarmierten, falls ein Kunde das Spielchen etwas zu weit trieb. Gleichzeitig schaltete sich die Kamera in der Ecke ein und zeichnete das Geschehen auf, um mögliche rechtliche Konsequenzen zu vermeiden.

Ich hatte jedoch einen Störmechanismus in der Tasche, der die mit den Alarmsystemen verbundene Funkfrequenz kurzschloss. Amara würde die ganze Nacht lang auf diese Knöpfe drücken können und niemand würde sie hören.

Armes Ding.

Wie würde sie reagieren? Würde sie schreien? Würde sie sich wehren?

Voller Vorfreude breitete sich eine Gänsehaut auf meinen Armen aus.

Sie spielte schon viel zu lange unter ihrem Niveau. Ich würde ihr eine echte Herausforderung bieten und ihr zeigen, wie ein wahres Raubtier dieses Spiel meisterte.

Ein leises Klopfen an der Tür verriet mir, dass sie eingetroffen war.

Ich lehnte mich an den Tresen und wartete mit betont gelangweilter Miene, als sie das Schloss entriegelte. Die Tür öffnete sich und gab den Blick auf eine spärlich bekleidete Frau frei.

Von Nahem sah ihr Teddy sogar noch besser aus. Der schwarze Seidenstoff hob sich verführerisch von ihrer blassen Haut und den Tätowierungen ab, die ihren linken Arm zierten.

Ihre hochhackigen Schuhe gaben auf dem Marmorboden ein klackerndes Geräusch von sich, als sie eintrat. Dann besiegelte sie ihr Schicksal, indem sie die Tür hinter sich schloss.

Ich lächelte. *Jetzt gehörst du mir, Prinzessin.*

Amara Rose war lebend mehr wert als tot.

Ein Gentleman würde ihr erlauben, ihr Schicksal selbst zu wählen.

Doch ich war kein Gentleman, sondern nur ein Killer, der angeheuert wurde, um jemanden ausfindig zu machen.

Und meine Beute war mir gerade ins Netz gegangen.

KAPITEL 2

KILLIAN

»Mr. Bedivere.« Mit ihrer sinnlichen Stimme jagte sie mir einen erregenden Schauer über den Rücken, während sie mich mit ihren wunderschönen blaugrünen Augen unverblümt ansah. »Genießen Sie Ihren Besuch in Amsterdam?«

»Wer sagt, dass ich zu Besuch hier bin?«, entgegnete ich und neigte den Kopf zur Seite. »Was macht eine Amerikanerin wie Sie hier in einem *Diavolo Rojo* Klub? Ich hatte eigentlich einen Akzent und etwas Abwechslung von meinen üblichen Eroberungen erwartet.« Das war natürlich gelogen. Ich wusste alles über Amara Rose, woher sie kam, warum sie geflohen war. Aber ich wollte sie provozieren, um zu sehen, wie viel sie preisgeben würde.

»Sind Sie enttäuscht?«, fragte sie stattdessen und überraschte mich, indem sie eine Augenbraue in die Höhe zog. »Ich kann Ihnen gern ein einheimisches Mädchen schicken, falls Sie das bevorzugen.«

Ich verzog unwillkürlich die Lippen zu einem Lächeln, denn ihre Erwiderung amüsierte mich. »Nein, meine Liebe. Das wird nicht nötig sein. Ich bin einfach nur neugierig.«

Sie nickte. »Ich verstehe. Sie sind also ein Mann, der Wert auf Konversation legt. Sie reden lieber, statt gleich zur Sache zu kommen«, sagte sie provokativ.

»Vielleicht ist es für mich eine Art Vorspiel«, murmelte ich, stieß mich von der Bar ab und ging mit gemessenen Schritten auf sie zu. »Vielleicht wiege ich meine Beute nur in vermeintlicher Sicherheit, bevor ich zubeiße.«

Sie rührte sich nicht von der Stelle und wich auch nicht zurück, als ich in ihren persönlichen Raum eindrang. Sie neigte den Kopf zurück, um meinem Blick zu begegnen. »Hm. Ich bin aber keine leichte Beute.«

»Gut«, erwiderte ich und baute mich direkt vor ihr auf. Ich überragte ihre zierliche Gestalt bei Weitem, doch sie blieb wie angewurzelt stehen. Sie war alles andere als eine Jungfrau in Nöten, sondern vielmehr eine selbstbewusste Frau mit grausamen Zügen.

Eine Zielperson ganz nach meinem Geschmack.

Ein *Spielzeug* ganz nach meinem Geschmack.

»Zu welcher Musik möchten Sie tanzen?«, fragte ich mit sanfter Stimme. Ich war neugierig zu sehen, wie weit ich das Spielchen treiben konnte. »Schnell oder langsam?«

»Das kommt ganz darauf an, in welcher Stimmung Sie sind, Sir.«

Temperamentvolles Luder. Das gefiel mir. »Beides hat seine Reize.« Ich strich mit den Fingerknöcheln über ihren tätowierten Arm und genoss die Tatsache, dass ich ihr damit eine Gänsehaut bescherte. Nach außen hin gab sie sich gleichgültig, doch ihr Körper verriet ihr Innenleben. Sie schnappte nach Luft und ihre geweiteten Pupillen verrieten mir, dass in ihr eine dunkle Begierde schlummerte, die meiner in nichts nachstand. Unter dem Fetzen Seide, der ihre Brüste bedeckte, konnte ich ihre steifen Brustwarzen erkennen. Sie weckten in mir das Verlangen, sie zu liebkosen, während Amara meinen Namen stöhnte.

»Langsam«, beschloss ich und stieß den Atem aus. Es lag eine knisternde Spannung in der Luft, die ich noch nicht brechen wollte. Ich hatte vor, noch etwas mit ihr zu spielen. Der Senator wollte sie lebend, doch er hatte nicht gesagt, in welchem Zustand ich sie ihm übergeben sollte.

Vielleicht könnte ich zuerst noch ein wenig Spaß mit ihr haben.

»Also schön«, sagte sie mit heiserer Stimme, die Musik in meinen Ohren war. Sie ging auf die Stereoanlage zu und streifte dabei meine Schulter, wobei sie kaum merklich zitterte.

»Möchten Sie etwas zu trinken?«, fragte ich mit betonter Eleganz, die meine mörderischen Absichten Lügen strafte.

»Ein Wasser«, antwortete sie und richtete den Blick auf die Stereoanlage.

Ich verzog die Lippen zu einem Lächeln. »Stilles oder Sprudel?«

»Ein stilles.« Sie schaltete die Anlage ein, aus der daraufhin eine sinnliche Melodie drang, die mein Blut in Wallung brachte. Wenn man bedachte, was ich mit ihr vorhatte, dann war es falsch, sie vor mir tanzen zu lassen. Doch zugleich war es so unglaublich richtig.

Es war nicht ungewöhnlich, dass ich auf eine Frau angesetzt wurde, denn beide Geschlechter schreckten vor Verbrechen nicht zurück. Doch es kam selten vor, dass eine Zielperson mich derart faszinierte. Und die Tatsache, dass diese Frau zudem mein Typ war, machte das Ganze umso reizvoller.

Nachdem ich Wochen gebraucht hatte, um sie aufzuspüren, hatte ich mir etwas Vergnügen verdient.

Und sie würde es mir bieten.

Ich goss ihr ein Glas Wasser ein, bevor ich mir selbst noch einen Scotch einschenkte und mich auf die schwarze Ledercouch setzte.

»Sie haben geschrieben, dass Sie es vorziehen, wenn ich bekleidet bleibe«, sagte sie und schritt auf mich zu.

Ich spreizte die Beine und streckte ihr das Glas Wasser entgegen. Sie trat dicht vor mich und nahm es mit ihrer zierlichen Hand entgegen, bevor sie es an ihre Lippen führte. »Es sei denn, wir handeln eine neue Vereinbarung aus.« Ich ließ den Blick über ihre perfekten Rundungen schweifen. Sie hatte lange, wohlgeformte Beine, die wie geschaffen waren, um einen Mann zu verführen. »Sie sind genau die Art von Frau, mit der ich verhandeln würde.«

»Tatsächlich?« Sie setzte sich rittlings auf mich und schlang ihre Arme um meinen Nacken, als wäre ich ein vertrauter Liebhaber, wobei ich das kühle Glas an meiner Haut spürte. »Und was führt Sie nach Amsterdam?«

Ich zog eine Augenbraue in die Höhe. »Jetzt wollen Sie sich also doch unterhalten?«

»Ich dachte, das ist eine Art Vorspiel für Sie.«

Oh, sie gefiel mir wirklich.

Also schön, du Luder. Dann wollen wir mal sehen, wie gut du dich schlägst ...

»Ich bin geschäftlich hier. Und Sie?« Dabei verschwieg ich ihr natürlich, dass sie der Grund meines Aufenthalts war.

Amara lächelte. »Es ist eigentlich nicht sonderlich aufregend. Ich habe gerade meinen Bachelorabschluss an der Uni gemacht und wollte vor dem Jurastudium ein Jahr pausieren. Mir hat sich die Gelegenheit geboten, hier zu arbeiten, und ich habe sie ergriffen.«

»Interessant«, erwiderte ich belustigt. Sie hatte sich große Mühe mit ihrer Tarnung gegeben und Scarlet Rosalinds Persona bis ins Detail ausgearbeitet. Sie hatte sogar ein Diplom mit dem berühmten Yale-Siegel anfertigen lassen. Ich war durchaus beeindruckt von dem ganzen Aufwand, zumal sie während der vergangenen sechs Monate direkt vor der Nase des Senators daran gearbeitet hatte.

Ich nippte an meinem Scotch und begegnete ihrem forschen Blick, während ich die andere Hand neben ihrem Knie auf das Polster gelegt hatte.

»Was für einen Beruf üben Sie aus, Mr. Bedivere?«, fragte sie. Sie spielte ihre Rolle bemerkenswert gut, denn ich wusste, dass sie sich nicht wirklich für mich interessierte. Aber wenn sie ihre Tarnung aufrechterhalten wollte, musste sie Interesse vorheucheln.

»Haben Sie meinem Eintrag diese Information nicht entnehmen können?«

»Da steht, dass Sie der Erbe eines Familienvermögens sind, dass Sie gelegentlich die Klubs in New York City und San Francisco besuchen und dass Ihre Akte sauber ist. Ansonsten sind die Angaben eher vage, aber Sie sagten, Sie seien geschäftlich hier.«

»Ja, das ist richtig«, erwiderte ich. Ich trank noch einen Schluck Scotch und genoss das Brennen in meiner Kehle. Dann stellte ich das Glas beiseite, damit ich beide Hände frei hatte. »Vielleicht bin ich aufgrund familiärer Geschäfte hier.«

Sie stellte ihr Glas neben meinem ab und legte ihre Handflächen auf meine Schultern. »Irgendwie bezweifle ich das.« Sie blickte durch dichte Wimpern zu mir auf. Ich konnte in ihren Iriden keine Angst erkennen, die meine Opfer für gewöhnlich empfanden. Doch sie wusste nichts über mich.

Ich hatte meine wahre Identität im *Diavolo Rojo* nur angegeben, weil sie zu der Tarnung passte, die ich auch im Alltagsleben anwandte. Niemand außerhalb meines kleinen Freundeskreises wusste von meiner Tätigkeit. Nicht einmal meine Familie. Nun, abgesehen von meinem Bruder, doch er wollte es nicht wahrhaben.

»Was glauben Sie, was ich beruflich tue?«, fragte ich und strich mit dem Finger über den oberen Rand ihrer

Spitzenstrümpfe. »Welchen Beruf würden Sie mir zuschreiben?«

»Wie ist Ihre Familie zu ihrem Reichtum gekommen?«, wollte sie wissen, indem sie meine Frage gekonnt mit einer Gegenfrage beantwortete. Sie war eindeutig eine professionelle Betrügerin. Zu ihrem Pech spielte sie mit einem Meister der Täuschung.

Und ich wusste genau, wie ich sie in die Falle locken konnte.

»Wir kaufen heruntergewirtschaftete Unternehmen auf, funktionieren sie um und verkaufen sie an den Meistbietenden weiter«, erklärte ich und zuckte mit den Schultern. »Es ist nicht sonderlich faszinierend, doch auf diese Art hat meine Familie ihr Vermögen angehäuft. Wir besitzen außerdem eine Handvoll Immobilien, die eine anständige Rendite abwerfen.«

»Arbeiten Sie im Moment für sie?«

Ich lachte. »Nein. Mein älterer Bruder soll die Bedivere Corporation einmal übernehmen.« Ich führte ein völlig anderes Leben, welches sie schon bald kennenlernen würde. »Und was ist mit Ihnen, Scarlet? Wie sehen Ihre Hoffnungen und Träume für die Zukunft aus?«

Eine Gänsehaut bildete sich auf ihrer Haut, als ich meine Finger hinauf bis zu ihren Hüften und wieder hinunter zu ihren Schenkeln gleiten ließ.

So zart.

So zerbrechlich.

Es wäre so leicht, ihre Haut mit einer Klinge zu schneiden.

»Ich lebe im Hier und Jetzt«, murmelte sie, und ihre Pupillen weiteten sich.

»Mir geht es genauso.« Ich sah, wie sie die Zunge herausstreckte und sich über ihre geschwungenen Lippen leckte. Die Geste brachte eine Mischung aus Begierde und

Nervosität zum Ausdruck. Trotz all ihrer Selbstsicherheit schien sie nicht zu wissen, was sie als Nächstes tun sollte. »Werden Sie jetzt für mich tanzen, Schätzchen?«, fragte ich mit sanfter Stimme und blickte ihr direkt in die Augen. »Oder wollen Sie verhandeln?«

Wie weit würde sie gehen? Wie viel würde sie verlangen? Was würde ich geschehen lassen, bevor ich sie mit dem Grund meines Kommens konfrontierte?

So viele Fragen.

Ich genoss die Stille des Augenblicks und die wenigen Minuten, bevor ich mich auf meine Beute stürzen würde. Sie war genau da, wo ich sie haben wollte, und ging mir ins Netz, ohne sich darüber im Klaren zu sein. Ich war wahrlich ein schlechter Mensch, doch ich würde mich niemals dafür entschuldigen.

»Sie sind ...« Sie verstummte und musste schlucken, wobei sie sich in meine Schultern krallte. »Ich habe zuvor noch nie ein Angebot angenommen. Sie sind der Erste.«

Fast hätte sie mich mit ihren ehrlichen Worten verblüfft, doch dann wurde mir klar, was sie vorhatte. Sie gab sich betont unschuldig, weil sie wusste, dass ein dominanter Mann wie ich darauf anspringen würde.

So eine kluge, schöne Frau.

Sie wusste all meine Signale zu deuten, doch meine wahren Absichten erkannte sie nicht.

»Wir werden es langsam angehen«, bot ich an und umfasste ihre Hüften mit beiden Händen. »Tanzen Sie für mich. Ich will sehen, wie gut Sie sich bewegen.« *Falls du dich traust.*

Sie verzog die Lippen zu einem verführerischen Lächeln. »Ich dachte schon, Sie würden mich nie darum bitten.«

Sie ließ sich von meinem Schoß gleiten, wobei sie geschickt auf ihren hochhackigen Schuhen balancierte. Ich griff wieder nach meinem Scotch und beobachtete sie über den Rand des Glases hinweg, während sie in einen sanften Rhythmus verfiel. Zunächst bewegte sie sich langsam und ihre Bewegungen schienen gewöhnlich und sogar fast eintönig. Bis sie die Augen schloss.

Sie begann, ihren Körper in einem sinnlichen Tempo hin und her zu wiegen, welches ihr eine unglaublich verführerische Aura verlieh. Sie ging von ihren Hüften aus, durchströmte ihre Mitte und ihre Arme und zeigte sich in der Art und Weise, wie sie den Kopf in den Nacken warf, als sie sich der Musik hingab.

Ich war so fasziniert von ihrem Anblick, dass ich vergaß zu schlucken. Dabei waren es weniger ihre Bewegungen als vielmehr ihre verletzliche Ausstrahlung, die mich fesselte. Ich hatte noch nie etwas so Verführerisches gesehen.

Dann öffnete sie die Augen und gewährte mir einen Blick in ihr Inneres. Der Schmerz verdunkelte ihre Iriden, während das Verlangen durch ihre geweiteten Pupillen drang und mich mitten ins Herz traf. Diese Art von Emotionen konnte man nicht vortäuschen. Genauso wenig wie den schwachen Duft ihrer Erregung, der in der Luft lag, als sie sich drehte und auf meinen Oberschenkeln niederließ, nur um sich sofort wieder aufzurichten. Sie berührte mich immer nur kurz, um mich zu verführen und mir einen Vorgeschmack auf das zu geben, was zwischen uns geschehen könnte.

Ich hatte erwartet, dass ich mich zu ihr hingezogen fühlen würde, doch als ich sie tanzen sah und sie mich immer wieder berührte, wurde mein Schwanz so hart, dass es fast schmerzte. Mit ihrem gerissenen Verstand und sinnlichen Körper war diese Frau die personifizierte Verführung. Fast wäre ich ihr verfallen.

Doch ich hatte einen Job zu erledigen, und der erforderte meine volle Konzentration.

Wenn sie weiter auf diese Weise tanzte, lief ich Gefahr, die Kontrolle zu verlieren. Wenn auch nur für eine Sekunde.

Ich stellte mein Glas zurück auf den Tisch und begegnete ihrem Blick, wobei ich mein Kinn leicht anhob.

Sie folgte meiner Aufforderung mit einem Lächeln und setzte sich erneut rittlings auf meinen Schoß, während sie sich weiterhin rhythmisch zur Musik bewegte. Ich ließ sie gewähren und genoss ihren erstaunten Gesichtsausdruck, als sie den Beweis meiner Erregung spürte. Ich stöhnte auf, als sie absichtlich die Wölbung in meiner Hose streifte. Offensichtlich gefiel es ihr, wie hart mein Schwanz ihretwegen war.

»Luder«, hauchte ich überaus beeindruckt.

Sie stieß ein heiseres Lachen aus, während sie ihre Hände über meine Brust und meine Arme gleiten ließ und ihren heißen Unterleib an meinen Schenkeln rieb.

Es wäre gefährlich, sie zu ficken.

Dennoch hätte ich liebend gern eine Kostprobe.

Leider war ich mit meinem Job verheiratet und ging nie fremd.

Ich fuhr mit den Fingern durch Amaras dichtes kastanienbraunes Haar und zog sie an mich, um sie davon abzulenken, dass ich ein Messer aus meiner Tasche zog. »Hier drin ist eine Kamera«, flüsterte ich dicht an ihrem Mund.

»Sie ist nicht eingeschaltet«, versicherte sie mir. »Es ist nur eine Sicherheitsmaßnahme.«

»Ich weiß.« Ich fuhr mit der Zunge über ihre Unterlippe. »Deshalb habe ich es erwähnt.« Im Grunde könnte sie jederzeit jemand einschalten, um die Sicherheit der Mitarbeiter zu gewährleisten. Da ich Amaras erster Kunde war, wäre es durchaus möglich, dass die Geschäftsleitung einen Blick auf sie werfen wollte. Dabei wären sie weniger um sie besorgt, sondern eher an ihren Fähigkeiten interessiert. Immerhin war das hier ein Sexklub und keine normale Bar.

Sie packte meine Schultern und wiegte die Hüften weiter

auf meinem Schoß hin und her. »Ich mache mir darüber keine Gedanken.«

»Mm, das solltest du aber.« Ich presste die Schneide meiner Klinge gegen ihre Taille direkt unter ihre Rippen. Dabei drückte ich fest genug zu, um sie das Messer spüren zu lassen, ohne jedoch ihren Teddy zu zerschneiden. »Ich habe dir vorhin die Wahrheit gesagt, Amara. Ich bin aus geschäftlichen Gründen hier, und *du* bist mein Auftrag.«

KAPITEL 3

AMARA

Ich erstarrte.

Amara.

Er kannte meinen Namen.

Meinen *richtigen* Namen. Es gab keinen Zweifel. Mein Magen verkrampfte sich, als ich mir seiner übrigen Worte bewusst wurde.

Mir lief ein Schauer über den Rücken und ich zog unwillkürlich den Kopf zurück, doch er packte mich mit einer Hand am Hinterkopf. Noch vor wenigen Augenblicken hatte ich seine Berührung genossen.

»Schhh«, flüsterte er und streifte mit den Lippen die meinen. »Mach dir keine Sorgen. Niemand wird uns stören, aber mir wäre es lieber, wenn du dich ruhig verhältst, falls jemand die Kamera einschaltet. Ich würde nur ungern jemanden töten müssen, denn ich mag das *Diavolo Rojo*.«

Mir stockte der Atem und ich spannte sämtliche Muskeln an, während ich mich in seine Schulter krallte.

Mir wurde heiß und kalt.

Und mein Herz drohte zu explodieren.

Oh Gott, oh Gott, oh Gott.

Was nun?

Reiß dich zusammen.

Wie denn?

Du findest einen Ausweg. Bisher hast du immer einen gefunden, du bist eine Überlebenskünstlerin.

Allerdings hatte ich den Eindruck, dass nur wenige diesen Mann überlebten.

Als hätte er meine Gedanken gelesen, verzog er die Lippen zu einem Grinsen. »Hast du etwa Angst, Amara?« Er liebkoste meine Wange, woraufhin ich zurückzuckte und mich fast an der Klinge geschnitten hätte, die er an meine Taille presste. »Du hast allen Grund dazu, denn du hast einen sehr wichtigen Mann verärgert.« Er zog den Kopf ein Stück weit zurück und neigte ihn zur Seite. »Hast du ein schlechtes Gewissen?«

Mir gefror das Blut in den Adern, als mir die Bedeutung seiner Worte gewahr wurde.

Er arbeitet für Malcom.

Er hat mich gefunden.

Ich muss von hier verschwinden.

Ich kann nicht ...

»Hast du dazu nichts zu sagen?«, fragte der Mann und schüttelte missbilligend den Kopf. »Und ich dachte, dir gefällt das Vorspiel.« Mit der scharfen Klinge durchschnitt er meinen Teddy und ich spürte voller Entsetzen das kalte Metall auf meiner Haut.

Kämpfe!

Noch nicht.

Ich hatte einen Ausweg.

Wie immer.

Doch dafür müsste ich mich am Fuß der Couch auf den Boden knien. Dieser Raum war mir zugewiesen worden und ich hatte mir jeden Winkel eingeprägt. Meine Betreuerin hatte mir den Schlüssel gegeben und mir versichert, dass niemand außer mir dieses Zimmer benutzen würde. Ich bräuchte nur zwei Sekunden ...

»Du würdest nicht weit kommen«, sagte er mit sanfter Stimme, wobei er das Messer in meine Haut grub. »Eine falsche Bewegung und ich stoße dir die Klinge mitten ins Herz. Niemand wird dich retten können. Und ich wäre furchtbar enttäuscht, denn lebend bist du viel mehr wert. Aber ich werde auf jeden Fall bezahlt werden.«

Ich musste schlucken, während mir das Herz bis zum Hals schlug. Ich hatte es nicht bis hierher geschafft, nur um von diesem ... diesem ... »Wer bist du?«, wollte ich mit krächzender Stimme wissen. Ich erkannte sie selbst kaum wieder. »Du arbeitest nicht für Malcolm«, stellte ich fest, denn er war kein Angestellter meines ehemaligen Verlobten.

»Nein, das ist richtig.« Seine dunkelbraunen Iriden funkelten düster und wirkten in dem gedämpften Licht fast schwarz. Er hatte mich mit seinem Profil, seinem teuren Anzug und seinem eleganten Auftreten getäuscht, aber unter seiner Fassade lauerte ein tödliches Wesen. Und durch seine Augen konnte ich einen Blick auf seine bösartige Seele werfen.

Warum fühlte ich mich stets zu derart verruchten Männern hingezogen?

Ich konnte nichts dafür, denn ich hatte nie etwas anderes gelernt. Meine Eltern hatten mich auf dieses Leben vorbereitet, mich zu einem Leben mit Malcom gezwungen und mich einem Schicksal überlassen, das schlimmer war als der Tod.

Und nun saß ich rittlings auf einem Raubtier, welches mir mit einem Blick zu verstehen gab, dass es nicht zögern würde, mich zu töten. Ich hatte keinen Zweifel daran, denn ich sah ihm an, dass er so etwas nicht zum ersten Mal tat.

Wie habe ich das beim Betreten des Raumes übersehen können? Ich kann Menschen gut einschätzen. Diese Fähigkeit hatte

Malcom immer am meisten an mir bewundert. Nun, vielleicht war *bewundern* nicht der richtige Ausdruck. Es wäre wohl treffender zu behaupten, dass er sie als *äußerst nützlich* erachtete.

Wie dem auch sei, die Absichten dieses Mannes waren mir entgangen. Mir war lediglich aufgefallen, dass er ein Interesse an mir bekundete, welches ich ohne Umschweife erwidert hatte. Die meisten Kunden in diesem Klub sahen durchschnittlich gut aus, waren etwas älter und hatten eine Vorliebe für perverse Praktiken, die mir mehr als unangenehm waren.

Mr. Bedivere war eine willkommene Überraschung gewesen. Ich hatte den Namen sofort erkannt, denn das Vermächtnis seiner Familie war mir ein Begriff. Allerdings ließ sich der Milliardärserbe nur selten in der Öffentlichkeit fotografieren.

Nun fragte ich mich, ob dieser Mann überhaupt zur Familie Bedivere gehörte oder ob er nur die Identität eines Bediveres gestohlen hatte, um mich zu fassen.

»Wer bist du?«, wiederholte ich, wobei meine Stimme etwas ruhiger klang, obwohl mein Puls immer noch raste.

Er verzog die Lippen zu einem Lächeln, woraufhin seine Grübchen zum Vorschein kamen. Sie verliehen ihm ein jungenhaftes und unschuldiges Aussehen, doch ein Blick in seine dunklen Augen genügte, um zu wissen, dass seine äußere Erscheinung nur eine Fassade war.

Ich hätte vorsichtiger sein sollen.

Doch im Gegensatz zu anderen Männern hatte er meine Instinkte nicht in Alarmbereitschaft versetzt.

»Killian Bedivere«, antwortete er. »Du wirst feststellen, dass ich dich bisher noch nicht belogen habe.«

Dann war er tatsächlich der Erbe eines beträchtlichen Vermögens? »Bist du mit Malcolm befreundet?« Ich hatte

Killian noch nie auf einer seiner Partys gesehen, andernfalls hätte ich ihn sofort wiedererkannt.

»Wohl kaum. Er ist nur ein Kunde, der meine besonderen Fähigkeiten in Anspruch nimmt. Und er lässt es sich etwas kosten.«

»Fähigkeiten«, wiederholte ich und versuchte, ihn mit Konversation bei Laune zu halten. Die Kunst der Ablenkung beherrschte ich schon seit Langem und hatte obendrein ein Talent dafür, die Flucht zu ergreifen. Ich musste nur den richtigen Moment abpassen und ihn irgendwie dazu bringen, sein Messer von meinem Brustkorb zurückzuziehen.

»Ich mache Menschen ausfindig. Und töte sie.« Er musterte mich eindringlich und schien darauf zu warten, dass ich vor Angst erstarrte. Diese Genugtuung würde ich ihm nicht geben.

Dieser Mann hatte keine Ahnung, welche Schrecken ich als Kind durchlebt hatte.

Er hatte mich zwar überrascht.

Und es machte mir Angst, seine Klinge an meinen Rippen zu spüren.

Aber vor *ihm* fürchtete ich mich nicht.

Ich war in meinem Leben schon vielen Monstern begegnet. Er war nur eines von vielen.

Er verzog die Lippen zu einem Lächeln. »Es ist eine Schande, dass ich dich an deinen ehemaligen Verlobten ausliefern muss. Ich glaube, wir beide könnten eine Menge Spaß miteinander haben.«

Bei der Erwähnung von Malcom drehte sich mir der Magen um. »Du hast keine Ahnung, mit wem du es zu tun hast.«

Killian zog seine dunklen, perfekt geformten Augenbrauen in die Höhe. »Ganz im Gegenteil, Prinzessin. Du hast keine Ahnung, mit wem *du* es zu tun hast.«

»Du missverstehst mich«, sagte ich und krallte mich in

seine Schultern. »Ich rede von Malcolm. Er ist nicht ... er ist nicht der Mann, der er vorgibt zu sein.«

Er lachte leise. »Ist das überhaupt irgendjemand? *Scarlet Rosalind.*«

Ich seufzte. Es hatte keinen Sinn, denn niemand würde mir je zuhören. Ich hatte schon vor langer Zeit gelernt, dass ich mich auf niemanden außer auf mich selbst verlassen konnte. Und in diesem Fall schien es nicht anders zu sein.

»Weißt du, dass ich drei Wochen gebraucht habe, um dich aufzuspüren?«, fuhr er fort. »Das ist ein Rekord für mich.«

»Es war mir ein Vergnügen«, scherzte ich, was ihm ein Lachen entlockte. Wie schön, dass ich ihn so leicht belustigen konnte.

»Oh, ich mag dich, Amara«, murmelte er und neigte mir den Kopf entgegen. »Ich weiß, er ist nicht der erste Mann, den du betrogen hast, denn dafür war deine Vorgehensweise viel zu perfekt. Also wer war es? Oder hast du schon so viele Männer übers Ohr gehauen, dass du aufgehört hast zu zählen?«

Ich runzelte die Stirn. Hielt er mich für eine Betrügerin? Glaubte er etwa, ich wäre freiwillig in Malcoms Leben getreten, um ihn zu bestehlen? Ich hätte fast gelacht. Aus seinem Mund klang es gerade so, als hätte ich eine unbeschwerte Kindheit genossen. Wenn es so wäre, dann würde ich jetzt nicht in einem Klub wie dem *Diavolo Rojo* arbeiten, um im Tausch gegen meine Seele ein paar Dollar zu verdienen.

»Komm schon«, sagte Killian in schmeichlerischem Tonfall. »Du kannst mich zumindest ein wenig unterhalten.«

»Ich habe bereits für dich getanzt, mehr hatten wir nicht vereinbart.« Ich weiß, dass die Antwort schnippisch war, doch ich konnte nicht anders. Dieser Mann spielte sich als Richter, Geschworener und Henker auf, ohne auch nur das Geringste über mich zu wissen. »Dir ist wohl nicht klar, dass Malcolm nur mit dir spielt.«

Er zog die Augenbrauen in die Höhe und lachte aus vollem Halse. »Niemand spielt mit mir, Süße.«

»Es gibt für alles ein erstes Mal«, sagte ich mit einem lieblichen Tonfall und verzog die Lippen zu einem Lächeln. »Wie willst du mich überhaupt hier herausbringen?« Jemand würde bemerken, dass ich den Klub gegen meinen Willen verlasse. Die Verantwortlichen verkauften hier zwar Sex, aber sie schienen sich um ihre Angestellten zu kümmern. Meine Betreuerin Bridget hatte heute Abend Schicht. Ein Blick in ihre Richtung würde genügen und sie würde den Sicherheitsdienst auf uns hetzen.

»Ich habe ein Geschenk für dich«, murmelte er und festigte den Griff um mein Haar. »Sei ein braves Mädchen und ziehe es aus meiner Tasche. Aber langsam.«

Bei diesen herablassenden Worten kniff ich die Augen zu dünnen Schlitzen zusammen. Ich war weder *brav* noch war ich ein *Mädchen*. Aber ich würde ihn liebend gern abtasten, um zu sehen, ob er noch weitere Waffen bei sich trug.

Als hätte er meine Gedanken gelesen, umspielte ein Lächeln seine Lippen.

Ich ignorierte seine Belustigung und ließ meine Hände langsam über seine muskulöse Brust bis hinunter an seinen flachen Bauch gleiten.

Hätte er mich nicht gerade mit einer Waffe bedroht, wäre ich überaus beeindruckt.

Verdammt.

Offenbar achtete er auf seine körperliche Verfassung und sah zudem umwerfend gut aus. Mit seinem sündigen Blick, seinem verführerischen Lächeln und perfekten Körper strahlte er eine machtvolle und sinnliche Anziehungskraft aus.

Ich hatte ein pelziges Gefühl im Mund, als ich meine

Finger auf seinen Gürtel gleiten ließ. Ich wusste, wie gefährlich dieser Mann war, doch insgeheim begehrte ich ihn.

Das brachte mich auf eine Idee.

Ich hatte schon vor langer Zeit gelernt, jeder Geschichte zumindest einen Funken Wahrheit zu geben. Eine Lüge würde sich früher oder später rächen, doch solange man sich auf die Wirklichkeit stützte, hatte man damit meist Erfolg.

Und ich musste dieses Spiel gewinnen. Mein Leben hing davon ab.

»In deiner Tasche?«, wiederholte ich und strich mit der Hand über die beeindruckende Wölbung in seiner Hose. »Ist das etwa eine Einladung?«

Er durchbohrte mich mit einem feurigen Blick. »Willst du etwa spielen, Süße? Denn du solltest wissen, dass ich mich nicht so leicht manipulieren lasse.«

Daran zweifelte ich keine Sekunde.

Aber Männer waren simpel und hatten eine Schwäche für Sex. Und ich meisterte die Kunst der Verführung, denn ich hatte sie bereits während meiner Kindheit erlernt.

»Wann wirst du mich an Malcolm übergeben?«, fragte ich und übte gerade genügend Druck auf seine Leistengegend aus, um ihn zu reizen und ihm verständlich zu machen, dass ich wusste, was ich tat.

»Wann immer ich will«, antwortete er mit tiefer Stimme. »Tot oder lebend.«

»Aber lebend bin ich mehr wert.« Ich wollte ihn davon abhalten, mich zu erstechen. Zumindest hoffte ich, dass er zögern oder mich nicht tödlich treffen würde, wobei ich es natürlich vorzog, gar nicht verletzt zu werden.

Er lächelte. »Dann hast du mir also zugehört. Braves Mädchen.«

Ich werde es genießen, dich leiden zu lassen, dachte ich und verzog die Lippen zu einem Lächeln. »Und was werde ich in deiner Tasche finden?«, fragte ich und strich wieder über die beträchtliche Wölbung in seiner Hose. Hm, offenbar war er von Kopf bis Fuß wohl proportioniert und zum Anbeißen. Leider hatte er sich auf die falsche Seite geschlagen, denn ich stimmte ihm zu – wir würden sicher viel Spaß zusammen haben.

»Also schön, Schätzchen. Du willst spielen?«

Ich bedachte ihn mit einem unschuldigen Blick. »Wer sagt denn, dass ich spiele?«

»Niedlich«, erwiderte er mit einem Lächeln und nickte. »Nur zu, du kannst mich gern verführen. Aber ich werde dich sicher nicht gehen lassen. Ich bin in erster Linie mit meiner Arbeit verheiratet und versage nie.«

Ich glaubte ihm. Es war seltsam, aber er machte auf mich einen ehrlichen Eindruck. Möglicherweise legte er Wert darauf, sich zumindest mit einer positiven Eigenschaft zu schmücken. Nach meiner Erfahrung brauchte jeder Kopfgeldjäger – oder was auch immer er war – einen charakterlichen Ausgleich.

»Vielleicht wirst du an mir zum ersten Mal scheitern«, stichelte ich, während ich an seinem Gürtel zog und geschickt die Schnalle löste.

Seine Iriden glühten förmlich und erinnerten mich an heiße Schokolade. Sein gutes Aussehen machte die Sache etwas einfacher, denn ich musste kein Interesse vorheucheln. Darüber hinaus war ich mehr als andere Frauen in der Lage, über seine bösen Absichten hinwegzusehen und mich ganz und gar auf den gut aussehenden Mann zu konzentrieren. Es war eine Fähigkeit, die ich im Laufe der Jahre perfektioniert hatte und die mir jetzt von großem Nutzen sein würde.

Ich beugte mich langsam vor und presste einen Kuss auf seine Kehle. »Das Zimmer steht mir die ganze Nacht lang zur Verfügung. Falls du es also nicht eilig hast ...« Ich ließ die Worte zwischen uns in der Luft hängen und fuhr mit der Zunge über seine Halsschlagader, die viel zu gleichmäßig pochte. Wenn ich mit diesem Ablenkungsmanöver Erfolg haben wollte, brauchte ich seine ungeteilte Aufmerksamkeit. Er musste zu Wachs in meinen Händen werden.

Er festigte den Griff um mein Haar und zog meinen Kopf zurück. Er begegnete meinem Blick, während ich den Knopf seiner Hose öffnete. Ich strich mit den Fingern über den kostspieligen Stoff und liebkoste seinen steifen Schwanz darunter.

»Ich weiß, was du vorhast, Amara. Du kannst gern versuchen, mich umzustimmen.« Er ließ mein Haar los. »Ich würde dir empfehlen, deinen hübschen Mund zu benutzen, Schätzchen, damit es sich für mich lohnt.«

Oh, ich würde dieses Spielchen genießen.

Ich strich mit den Lippen aufreizend über seinen Mund. Sein Atem roch nach Scotch und Pfefferminz. Er verzog die Lippen zu einem Grinsen, um mich zu reizen. Offenbar glaubte er nicht, dass ich seiner Aufforderung Folge leisten würde. Nun, er hatte nicht ganz unrecht.

Ich küsste ihn leidenschaftlich und ließ ihn das ganze Ausmaß meiner Fähigkeiten spüren. Ich wurde jahrelang dafür ausgebildet und gewährte ihm eine Kostprobe meiner Macht, indem ich meine Zunge langsam mit der seinen tanzen ließ. Er erschauderte, doch er presste das Messer weiterhin an meine Taille, während er mit der anderen Hand an meinem Rücken hinaufglitt, um sie um meinen Nacken zu schlingen.

Mit der dominanten Geste übernahm er die Kontrolle und gab das Tempo vor, indem er meinen Kuss gekonnt erwiderte.

Das hatte ich nicht erwartet.

Die meisten Männer in meiner Vergangenheit schienen das Einmaleins des Küssens verschlafen zu haben.

Doch Killian beherrschte es meisterlich.

Er stellte sein Können unter Beweis, indem er seinen

Anspruch mit seiner Zunge geltend machte. Mir entfuhr unwillkürlich ein Stöhnen, woraufhin er seinen Griff um meinen Nacken festigte.

Ich schmiegte mich an ihn und presste meinen heißen Unterleib an seinen erregten Schaft, um selbst Besitz von ihm zu ergreifen. Doch trotz meiner Bemühungen war ich am Ende diejenige, die sich vor Verlangen nach ihm verzehrte.

Meine Güte, es war so falsch.

Ich begehrte den Mann, der mich mit einem Messer bedrohte. Insgeheim gefiel es mir sogar.

Konzentrier dich, Amara, ermahnte ich mich in Gedanken. *Er spielt nur mit dir.*

Ich ließ meine Hände über seinen Oberkörper gleiten und genoss das Gefühl der stählernen Muskeln unter seinem Hemd. Dann begann ich, mit flinken Fingern sein Hemd aufzuknöpfen, denn auch in der Kunst des Entkleidens war ich geübt. Er sog zischend die Luft ein, als ich seine nackte Haut berührte und über seine Brust strich.

Warum musst du nur mein Gegner sein?, fragte ich mich fast schon traurig. Denn es wäre mir ein Vergnügen, seinen Körper mit meiner Zunge zu erforschen. So hätte ich die Möglichkeit, eine Weile meinem grausamen Alltag zu entfliehen.

Doch leider musste ich alles tun, um zu überleben.

Ich zog den Kopf zurück und ließ meine Lippen über seine Wangenknochen bis zu seinem Ohr gleiten, wobei seine dunklen Haare meine Nase kitzelten. »Habe ich deine Meinung bereits ändern können?«, wollte ich wissen, als ich an seinem Ohrläppchen knabberte.

»Nicht einmal annähernd«, antwortete er, wobei seine Stimme heiser vor Verlangen war. »Als ich sagte, du sollst deinen Mund benutzen, meinte ich um meinen Schwanz.«

Ich lächelte. »Ich weiß.« Ich wanderte mit der Zunge wieder hinunter bis zu seiner Halsschlagader, um seinen Puls erneut zu überprüfen. Er war leicht erhöht, aber dennoch gleichmäßig. Dieser Mann war tatsächlich ungewöhnlich. Er stellte eine Herausforderung dar, die meine Instinkte anregte und mich dazu veranlasste, die Schenkel um seine Hüften anzuspannen.

Das Gefühl seines warmen, pulsierenden Schaftes war himmlisch und mein Spitzenhöschen konnte meine Erregung nicht verbergen.

Ich will ihn.

Es war wahnsinnig, einen Mann zu begehren, der mich einem Monster aushändigen wollte. Doch ich hatte schon vor Jahren gelernt, meine außergewöhnlichen Neigungen zu akzeptieren. Nur so war ich in der Lage, ich selbst zu sein.

Mit der Zunge bahnte ich mir gemächlich einen Weg über sein Schlüsselbein und leckte seine geschmeidige, gebräunte Haut. Mm, er schmeckte köstlich. Hart, warm, männlich.

»Wirst du auf die Knie gehen, Amara?«, fragte er. Seine raue Stimme bescherte mir eine Gänsehaut auf den Armen. Er war eindeutig ein Mann, der es gewohnt war, das Sagen zu haben.

Ich sah zu ihm auf, während ich mit der Zunge an seinen Brustmuskeln hinabglitt und dabei langsam von seinem Schoß rutschte. Er ließ das Messer an meinen Rippen hinaufwandern, wobei seine Pupillen sich weiteten.

Er festigte den Griff um meinen Nacken und gebot mir Einhalt, als ich das untere Ende seines Brustbeins erreichte. Er hob das Messer und führte es an meine Kehle.

»Stell mich nicht auf die Probe, Süße. Lebend bist du vielleicht mehr wert, aber falls du mich verletzt, wirst du es bereuen.«

»Hast du etwa Angst, ich könnte dich beißen?«, stichelte ich mit einem Lächeln. »Oder befürchtest du, ich könnte es nicht tun?«

Ein faszinierter Ausdruck huschte über sein Gesicht. »Oh, du spielst wirklich ein gefährliches Spiel.«

»Was wäre das Leben ohne ein bisschen Aufregung?«, konterte ich und leckte mir über die Lippen. »Außerdem hast du mir doch geraten, meinen Mund zu benutzen.«

»Das ist wahr.« Er ließ meinen Nacken los, doch das Messer zog er nicht zurück. »Nur zu, wenn du dich traust.«

Oh, ich werde mich trauen.

Und du wirst es bereuen, mich jemals herausgefordert zu haben.

Fast hatte ich ein schlechtes Gewissen. Doch ich sollte mir nicht den Kopf über ihn zerbrechen. Er führte einen Job für Malcolm Jenkins aus. Jeder, der für diesen Mann arbeitete, hatte sein Schicksal verdient.

Auch das Schicksal, das ich für ihn vorgesehen hatte.

»Ich traue mich«, murmelte ich und ließ meine Lippen weiter an seinem straffen Bauch hinabgleiten.

An einem anderen Tag, zu einer anderen Zeit hätte ich es viel mehr genossen.

Aber nicht heute.

Er sah mir die ganze Zeit über in die Augen. Seine Nasenflügel bebten, wobei er das Messer immer noch an meine Kehle gepresst hatte. Ich wusste, dass er es benutzen würde. Ich musste nur schneller sein.

Das hier war mein Zimmer.

Ich hatte Vorkehrungen getroffen für den Fall, dass ich fliehen musste.

Und der arme, umwerfende Killian war im Begriff, eine wertvolle Lektion zu lernen.

Leg dich nie mit einer Frau an, die nichts zu verlieren hat.

Einer Frau wie mir.

Sobald meine Knie den Boden berührten, spreizte er die Beine, damit ich mich zwischen seinen Schenkeln niederlassen konnte. Er ließ die Klinge seitlich an meinen Hals gleiten. Sollte uns jemand durch die Kamera beobachten, würde es den Eindruck erwecken, als liebkoste Killian meinen Nacken. Er war klug und wusste, was er tat. Offensichtlich war er es gewohnt, seine Spuren zu verwischen.

Ich presste einen Kuss auf seinen Bauch oberhalb seiner schwarzen Boxershorts, die ihm sicher perfekt passten. Mit der Hand streichelte ich seinen durchtrainierten Oberschenkel, während ich meinen Mund an seine aufgeknöpfte Hose führte. Ich packte den Reißverschluss mit den Zähnen und zog ihn nach unten, wobei wir einander tief in die Augen blickten.

Er betrachtete mich mit neugieriger Miene, in die sich ein lustvoller Ausdruck mischte, dann legte er seine freie Hand auf seinen straffen Bauch. Ich ergriff den Saum seiner Hose und zog sie herunter, wobei ich mit einem Lächeln zu ihm aufsah.

Auf diesen Moment hatte ich gewartet.

Er hatte einen wissenden Ausdruck im Gesicht und schien sich zu fragen, was ich vorhatte.

Aber er hatte keine Ahnung.

Ich zog ihm die Hose über die Knie und streifte dabei mit den Fingerknöcheln über die Kante der Couch. Ein Lächeln umspielte seine Lippen, während er die Klinge weiter mit festem Griff hielt. Doch er drückte sie nicht an meine Kehle, sondern seitlich an meinen Hals. Genau wie ich es wollte. Ich ließ meine Hände auf seine Waden gleiten und tat so, als wollte ich ihm die Hose gänzlich ausziehen.

Wenn ich ihn wirklich ablenken wollte, könnte ich einfach weitermachen und ihn mit meinem Mund verwöhnen.

Doch ich hatte das Gefühl, dass er niemals unachtsam sein würde, egal wie geschickt ich vorging.

Jetzt oder nie.

Ich schob meine Hand unter die Couch, fand den

Gegenstand, den ich dort deponiert hatte, und sah mit einem Lächeln zu ihm auf.

Er zog eine Augenbraue in die Höhe und bedachte mich mit einem wissenden Blick. »Die Notfallknöpfe werden nicht funktionieren, Schätzchen«, murmelte er, nachdem er gespürt hatte, dass ich die Hand von seinem Bein gelöst hatte. »Netter Versuch.«

Ich gab mich enttäuscht. »Was soll das heißen, sie funktionieren nicht?«

»Sieh nach, was ich in meiner Hosentasche habe.«

Mit einem Stirnrunzeln senkte ich den Kopf und betrachtete seine Hose. Wie gehofft folgte er meinem Blick. Für einen Moment war er abgelenkt und ich hatte die Möglichkeit zu reagieren.

Ich wich seiner Klinge seitlich aus und hob gleichzeitig die Hand. Ich hatte nur eine Chance.

Ich handelte, ohne nachzudenken. Ich rammte ihm die Nadel in den Oberschenkel, drückte mit dem Daumen den Spritzenkolben herunter und injizierte ihm den Inhalt. Ich machte einen Satz zurück. Er streifte mich mit dem Messer am Kinn, doch meine Bewegung war zu unerwartet und schnell, als dass er mich hätte tödlich verletzen können.

»Niedlich«, sagte er und betrachtete den Gegenstand in seinem Oberschenkel. »Wirklich niedlich.«

»In einer Minute wirst du das nicht mehr sagen«, erwiderte ich und trat einen weiteren Schritt zurück, als er die Nadel herauszog und sie beiseitewarf.

Er stand auf, zog seine Hose hoch und schloss sie mit beeindruckender Geschwindigkeit.

»Was ist es?«, fragte er und war plötzlich wieder todernst. »Was hast du mir gerade injiziert?«

Ich musste schlucken. »Das wirst du noch früh genug merken.« Es würde ihn nicht umbringen, aber er würde für eine Weile schlafen.

Er stürzte sich so schnell auf mich, dass ich ihm nicht rechtzeitig ausweichen konnte. Doch statt mir wieder die Klinge an die Kehle zu setzen, packte er mich mit der Hand. »Das war nicht sonderlich klug, Kleine.« Er steckte eine Hand in seine Tasche, dann blinzelte er und schüttelte den Kopf. »*Scheiße.*«

Es wirkt. Für einen Moment hatte ich geglaubt, dass ich etwas falsch gemacht hatte und vielleicht ...

Er festigte seinen Griff um meine Kehle und zückte sein Messer.

Und ich reagierte.

Mir blieb keine Wahl.

Ich rammte ihm ein Knie zwischen die Schenkel, woraufhin er einen Fluch ausstieß. Er lockerte seinen Griff um meine Kehle gerade genug, damit ich mich ihm entziehen konnte. Er trat noch einen Schritt auf mich zu, doch er schüttelte wieder den Kopf und ich wich zurück.

»Wasss zum Teufel isss dasss?«, lallte er.

»Ein Sedativum«, flüsterte ich und sprang zurück, als er auf die Knie fiel. Er würde nur eine Weile schlafen, das war alles.

Ich muss von hier verschwinden.

Als ich meine Hand auf den Türknauf legte, hörte ich ihn meinen Namen sagen. Ansonsten schwieg er.

Ich warf zögernd einen Blick zurück und sah, dass er mich mit seinen dunklen Augen beobachtete. Er war nicht wütend, sondern vielmehr belustigt. Er schien Gefallen daran zu finden, dass ich ihn übertrumpft hatte. Ich musste unwillkürlich lächeln.

»War es für dich genauso schön wie für mich?«, fragte ich.

Ein Lächeln umspielte seine Lippen, dann sackte er zusammen.

»Mach's gut, Killian.«

KAPITEL 4

AMARA

Geld.
   Tasche.
   Ausweise.

Ich ging in Gedanken noch einmal alles durch, während ich durch den *Amsterdam Centraal* marschierte. Mein Zug würde um kurz vor fünf abfahren und mich direkt nach Berlin bringen. Dort würde ich in ein Flugzeug oder in einen anderen Zug steigen und weiterreisen, bis ich wusste, was ich tun und wohin ich gehen sollte.

Dieser verdammte Killian Bedivere. Wie hatte er mich gefunden? Ich hatte eine horrende Summe für die Identität von Scarlet Rosalind gezahlt. Sie war hieb- und stichfest gewesen.

Im Zug ließ ich mich auf meinen Sitz fallen, warf meine Tasche auf den Boden und kniff mir in den Nasenrücken. Ich hatte nur ein paar Kleider, Bargeld und ein paar Ausweise eingepackt.

Ich trug eine braune Jacke und darunter ein Trägerhemd, das an meiner Haut klebte, während meine Jeans eng an meinen Beinen anlag. Und meine Stiefel waren nicht mehr die neuesten.

Aber ich konnte es mir nicht leisten, noch mehr mitzunehmen. Dies war nun mein Leben.

Ich war verdammt erschöpft.

Traurig.

Und erleichtert.

So hatte ich mir mein Leben wahrlich nicht vorgestellt, aber ich konnte auch nicht zu Malcolm zurückkehren. Eher würde ich sterben. Die Dinge, die er von mir verlangte und zu denen er mich *zwang*, waren schlimmer als der Tod.

Und die Dinge, die er tun wollte ...

Ich erschauderte, als ich gegen die Erinnerungen ankämpfte. Hinter verschlossenen Türen war der Senator ein abscheulicher Mann, doch nur wenige Menschen bekamen diese Seite von ihm zu Gesicht.

Leider gehörte ich zu diesen Leuten.

Ich versuchte, mich in meinem Sitz zu entspannen, während ich darauf wartete, dass der Zug losfuhr. Je früher, desto besser. Ich hatte Killian vor ein paar Stunden betäubt, also würde er jetzt bestimmt wach und bei klarem Verstand sein.

Und wahrscheinlich stinksauer.

Malcom wird ihn für sein Versagen zur Rechenschaft ziehen.

Ein Schauer des Unbehagens durchströmte mich. Ich hatte nie vor, jemanden in diesen Schlamassel mit hineinzuziehen, doch ich hatte Killian nicht absichtlich darin verwickelt. Daran war Malcolm schuld. So wie an allem anderen. Dieser Mann war ein abscheulicher Mist...

»Berlin?«, ertönte eine tiefe Stimme, als ein mir vertrauter Mann den Platz neben mir einnahm und mir den einzigen Ausweg zum Gang versperrte. Das Fenster zu meiner Rechten ließ sich nicht öffnen, doch ich hätte ohnehin nicht hinausspringen können, denn der Zug hatte sich gerade in Bewegung gesetzt.

Oh, Scheiße ...

»Bis dorthin sind es fast sechseinhalb Stunden«, fuhr er fort und verzog die Lippen zu einem Lächeln. »Da bleibt uns genügend Zeit, um uns ein wenig zu unterhalten, nicht wahr?«

»W-wie?«, keuchte ich. Ich hatte ihn bewusstlos im *Diavolo Rojo* zurückgelassen. Ich war nicht nach Hause zurückgekehrt, sondern hatte lediglich meine Tasche aus dem Spind geholt, die ich dort verstaut hatte, für den Fall, dass ich fliehen musste. Mir war unbegreiflich, wie Killian Bedivere mir hatte folgen können. Ich hatte alles perfekt durchdacht und meine Fahrkarte vor Ort in bar gekauft, um keine Spuren zu hinterlassen. Ich hatte mein Haar zu einem Pferdeschwanz zusammengebunden und einen Hut aufgesetzt. Ich trug straßentaugliche, unauffällige Kleidung, mit der ich in der Menge unterging. Er hätte mich nicht finden dürfen.

»Oh, Amara«, sagte er mit einem Seufzen, »ich verdiene damit mein Geld. Ich habe immer einen Notfallplan in der Hinterhand.« Er packte meinen Unterarm und befestigte ein Armband an meinem Handgelenk, bevor ich reagieren konnte. »So ist es besser. Jetzt gehörst du mir.«

Ich zog meinen Arm zurück und starrte auf die Metallmanschette. »Was zum Teufel ist das?«

»Ich habe eine Vorliebe für technische Geräte.« Er streckte mir seine Handfläche entgegen, in der eine Art Fernbedienung lag. »Falls du Reißaus nimmst, drücke ich diesen Knopf. Und glaub mir, das willst du lieber vermeiden.«

Mir gefror das Blut in den Adern. »Wie bitte?«

»Es ähnelt einem Peilsender, allerdings ist dieser hier etwas tödlicher.« Er zuckte mit den Schultern und steckte das Gerät in seine Jackentasche. Er hatte den Anzug gegen schwarze Jeans, einen blutroten Pullover und eine Lederjacke getauscht. »Also, wo waren wir? Ach ja, du hast mich mit einer Droge betäubt. Ich hoffe wirklich, dass die Nadel sauber war, Amara, oder du wirst es bereuen, mich jemals getroffen zu haben.«

»Ich bereue es jetzt schon.«

Seine Lippen verzogen sich zu einem umwerfenden Lächeln. »Reize mich nicht, Schätzchen. Ich bin noch ziemlich erregt von unserem Spielchen gestern Abend.« Er zwinkerte mir zu und beugte sich vor, um meine Tasche vom Boden aufzuheben. Ich griff danach, aber er schüttelte missbilligend den Kopf. »Ungezogenes Mädchen. Was soll ich nur mit dir machen?«

Killians Worte trafen mich mitten ins Herz und riefen eine Erinnerung an eine Nacht in Malcoms Keller wach. Er war wütend gewesen, weil ich nicht die Leistung erbracht hatte, die er von mir verlangt hatte.

Der Abdruck seiner Handfläche brannte sich in meine Wange und meine Taille schmerzte, nachdem ich so lange auf dem Boden gekniet hatte. Ich hatte getan, was er von mir verlangt hatte, doch nicht zu seiner Zufriedenheit.

»Was an den Worten ›Finde heraus, was er weiß‹ hast du nicht verstanden?«, wollte er wissen. »Du solltest seinen Schwanz lutschen und ihm jeden Wunsch erfüllen. Und während er sich in einem Zustand der Glückseligkeit befindet, solltest du ihm ein paar Fragen stellen. Deine Vormünder haben mir versichert, dass du die Kunst der sexuellen Vernehmung beherrschst, aber ich glaube langsam, dass du völlig unfähig bist.« Er zog an seiner Zigarre und seufzte. »Vielleicht erbringst du einfach nicht die erforderliche Leistung.«

»Ich habe es versucht, aber er …«

Malcom packte mich an den Haaren und riss meinen Kopf nach hinten, wobei ich seinem kalten Blick begegnete. »Habe ich dich um eine Erklärung gebeten?«

»N-nein, Sir«, stammelte ich. Meine Kehle brannte, da ich seit einer Ewigkeit nichts mehr getrunken hatte. Er hatte mich schon viel zu lange hier unten angekettet, weil ich nicht in der Lage gewesen

war, dem Abgeordneten Bryce die gewünschten Informationen zu entlocken. Der Mann hatte nur meinen Mund ficken wollen, daher war es schwierig gewesen, Fragen zu stellen. Und er war nicht der Typ, der hinterher kuschelte.

»Oh, Amara. Was soll ich nur mit dir machen?«, fragte Malcom seufzend, während ihm bereits alle möglichen Ideen durch den Kopf gingen. Allesamt bösartig und schmerzhaft. »Ich habe morgen eine Besprechung mit ein paar Kunden. Vielleicht lege ich dich nackt auf den Tisch, damit sie ...«

»Pässe und Fahrkarten«, verkündete eine schroffe Stimme und riss mich aus meinen dunklen Erinnerungen. Ich konnte noch immer die Hände der Männer auf mir spüren und schmeckte sie noch immer auf meiner Zunge.

»Killian, Europol«, sagte mein Begleiter in fließendem Deutsch und reichte dem Mann eine schwarze Brieftasche. »Ich bringe diese Frau zurück nach Berlin zu ihrer Verhandlung.«

Mir stand der Mund offen. *Wie bitte?*

»Tatsächlich?« Der Grenzbeamte klappte die Brieftasche auf und betrachtete den Ausweis darin.

Soll das ein Scherz sein?

Killian zog ein gefaltetes Blatt Papier aus seiner Jackentasche und reichte es dem Beamten. »Wollen Sie auch ihren Reisepass sehen? Er ist irgendwo in der Tasche.« Er schüttelte meinen Rucksack. Er hatte ihn noch nicht durchsucht, daher war seine Aussage nur eine Vermutung. Er lag zwar richtig, doch er hatte geraten.

»Das wird nicht nötig sein, Officer Killian«, antwortete der schlanke Mann. »Brauchen Sie Hilfe, um sie sicher zu verwahren?«

Killian lachte leise. »Nein, sie ist harmlos. Sie braucht nicht einmal Handschellen.«

Der Grenzschutzbeamte nickte und gab ihm seine

Brieftasche zurück. »Geben Sie mir Bescheid, falls sich daran etwas ändert.«

»Natürlich«, antwortete er mit geschmeidiger Stimme und steckte das gefaltete Papier mitsamt seinem Ausweis zurück in seine Tasche. »Einen schönen Tag noch.«

Der Mann nickte und wandte sich der nächsten Gruppe von Passagieren zu, die einige Reihen weiter hinten saßen.

»Officer Killian?«, wiederholte ich und zog eine Augenbraue in die Höhe. »Und an welcher Verhandlung werde ich in Berlin teilnehmen?«

»Sprichst du Deutsch?«, fragte er statt einer Antwort.

Ich schnaubte. »Willst du das wirklich wissen?« Ich beherrschte die Sprache nicht sonderlich gut, doch ich verstand eine Menge. Wie auch einige andere Sprachen. »Dann arbeitest du also für Europol?«, fragte ich.

Er schmunzelte. »Heute schon.« Er ließ meine Tasche auf den Boden fallen und wandte sich mir zu, wobei er mich durchdringend anstarrte. »Was war in der Spritze?«

Ich biss mir auf die Innenseite meiner Wange und überlegte, ob ich ihm antworten sollte. Ich war ihm nichts schuldig. Aber ich hatte ihn auch nicht mit irgendeiner illegalen Droge vollgepumpt.

»Ketamin. Es wird benutzt, um Pferde und widerspenstige Patienten zu betäuben, oder auch eigensinnige Männer«, erklärte ich, wobei ich die letzten Worte mit einem lieblichen Tonfall untermalte, um ihn zu verärgern.

»Ich weiß, was Ketamin ist, Schätzchen«, entgegnete er mit einem Funkeln in den Augen. »Aber ich muss zugeben, dass es mir zuvor noch nie jemand verabreicht hat. Das war ein verdammt halluzinogener Trip. Ich sollte den Gefallen erwidern.«

»Im Gegensatz zu dir wäre es nicht mein erstes Mal«, murmelte ich und wandte mich ab, um aus dem Fenster zu starren. Mit einem Mal wurde mir das ganze Ausmaß meiner Lage bewusst.

Er hat mich gefunden.

Schon wieder.

Und nicht nur das, er hatte auch irgendein Gerät aus Stahl an meinem Handgelenk befestigt. Es fühlte sich an, als enthielte es etwas Tödliches. Was würde geschehen? Würde es explodieren? Oder ein Gift freisetzen?

Eine biologische Waffe?, flüsterte mir eine innere Stimme zu und rief eine Erinnerung in mir wach. *Er bringt mich zu ihm zurück.*

Malcom.

Mein schlimmster Albtraum.

Oh, er würde mich nicht töten. Nein. Er würde mich einem viel schlimmeren Schicksal aussetzen. Vielleicht würde er mich an den Meistbietenden versteigern oder mich in seinem Freundeskreis herumreichen, ohne diesmal Regeln aufzustellen. Denn sein Lieblingsspielzeug hatte sich ihm widersetzt. Dadurch war ich fehlerhaft, gebrochen und untreu.

Ich musste schlucken. *Das darf nicht das Ende sein.* Ich konnte nicht einfach aufgeben und musste mich wehren. Ich würde nie wieder zurück zu Malcolm gehen können.

Aber was soll ich tun? Ich brauchte einen Plan. Ich musste irgendwie dieses Gerät von meinem Handgelenk entfernen und Killian loswerden.

Doch diesmal würde es nicht so einfach sein, denn ich hatte mir bereits in die Karten schauen lassen. Und er hatte mein Spiel durchschaut.

»Ja«, sagte er neben mir. »Berlin.« Ich blickte ihn stirnrunzelnd an und bemerkte, dass er telefonierte. »Etwa sechs Stunden.« Er warf einen Blick auf seine Armbanduhr und nickte. »Ja.« Er schwieg einen Moment und schnaubte. »Kein Problem.« Er nickte noch einmal. »Wird gemacht.« Er beendete das Gespräch und lehnte sich in seinem Sitz zurück. »Ich brauche ein Nickerchen. Sei brav und bleib ruhig sitzen.«

»Wohin sollte ich schon gehen?«, fragte ich leise und blickte wieder aus dem Fenster.

Dieser Mann hatte mich bis Berlin in seiner Obhut.

Das gab mir ein paar Stunden Zeit, einen Plan zu ersinnen, wie ich ihm entkommen konnte. Ich war schon unzählige Male in Berlin gewesen und kannte die Stadt gut.

Ich schaffe das, sagte ich mir. *Ich muss es schaffen.*

Denn die Alternative war unvorstellbar.

Eher sterbe ich, als Malcolm noch einmal zu nahe an mich ranzulassen.

KAPITEL 5

KILLIAN

Ich hatte weder als Kind noch als Erwachsener viel mit Drogen experimentiert, aber dieses Ketamin hatte mich auf einen ziemlich wilden Trip geschickt. Ich hatte unmöglich schlafen können, denn jedes Mal, wenn ich die Augen schloss, starrte mich ein seltsames Phantom an.

Diese verdammte Frau hatte mich völlig aus dem Gleichgewicht gebracht und sich damit meinen Respekt verdient. Sie hatte sich nicht nur wochenlang vor mir versteckt, sondern hatte mich zudem überwältigt.

Doch das würde sie nie wieder tun.

Sie blieb ruhig neben mir sitzen, aber ich konnte förmlich hören, wie sich die Rädchen in ihrem Kopf drehten. Insgeheim erregte mich der Gedanke, dass sie einen weiteren Fluchtversuch unternehmen könnte. Ich war neugierig zu erfahren, wie sie sich diesmal aus meinen Fängen befreien würde. Doch ich wusste auch, dass sie damit keinen Erfolg hätte.

Das Gerät an ihrem Handgelenk konnte nur durch meinen Daumenabdruck entfernt werden.

Und es würde nicht nur explodieren, wenn ich es wollte, sondern auch ihre Spur verfolgen.

Es zahlte sich aus, ein Mitglied der *Cavaliers de l'ombre* zu sein. Ich hatte Zugang zu den besten technischen Gerätschaften, und mein Bankkonto gab mir die Möglichkeit, mit ihnen zu spielen. Dazu zählten auch technische Spielereien wie dieses Armband, die noch nicht einmal den Behörden zur Verfügung standen.

Mein Handy gab einen summenden Laut von sich und verriet mir den Erhalt einer Nachricht. Darin standen die Einzelheiten zu dem Wagen, den ich bestellt hatte. Ich grinste, denn ein Aufenthalt in Deutschland hatte einen entscheidenden Vorteil, nämlich die Autobahn. Senator Jenkins hatte für den späten Abend einen Treffpunkt außerhalb der Stadt bestimmt, wodurch mir die Möglichkeit blieb, mein neues Spielzeug ein wenig auszufahren.

Vielleicht würde ich danach eine Weile Urlaub machen und eine Spritztour durch Europa unternehmen. Ich hatte überall Freunde, die ich besuchen könnte.

Doch es wäre verdammt langweilig, vor allem nach den vergangenen Tagen.

Amara Rose war zu einer Art Obsession geworden und ich hatte die Jagd nach ihr mehr genossen als nach jeder anderen Zielperson, die ich je verfolgt hatte. Der Gedanke, sie an Jenkins' Männer auszuliefern, missfiel mir. Aber ich konnte die Zeit mit ihr nicht in die Länge ziehen, nachdem ich so lange gebraucht hatte, um sie aufzuspüren. Der Senator wollte seine Verlobte zurückhaben.

Was würde er mit ihr anstellen?

Würde er sie bestrafen?

Sie töten?

Ich runzelte die Stirn. Nein. Er würde sie nicht umbringen, nachdem er so viel bezahlt hatte, um sie lebend zurückzubekommen. In meinem Beruf war das eine Seltenheit.

Als hätte Amara meine Gedanken gelesen, schlang sie die Arme um ihre Taille und ließ die Schultern hängen. Offenbar war sie erschöpft, nachdem sie stundenlang ihre Flucht geplant hatte, oder sie hatte endlich akzeptiert, dass es kein Entkommen gab.

Nein, so leicht würde sie nicht aufgeben. Diese Frau war eine Kämpferin. In gewisser Weise erinnerte sie mich ein wenig an mich selbst, weil sie sich weigerte, ihr Schicksal einfach hinzunehmen.

»Warum hast du einen der beliebtesten Senatoren des Landes betrogen?«, wollte ich von ihr wissen. »Sollte es eine Art beruflicher Aufstieg sein? Wolltest du die Karriereleiter nach oben klettern? Was hat dich dazu veranlasst?«

Im Tageslicht wirkten ihre Iriden tiefgrün, während die Blautöne in den Hintergrund traten. »Du glaubst, ich bin eine Trickbetrügerin?«

»Bist du das denn nicht?«, drängte ich. Zumindest hatte der Senator es angedeutet.

Sie zuckte mit den Schultern. »Jeder lügt hin und wieder.«

Diese Worte hätten von mir stammen können. »Dann verrate mir eine Wahrheit«, sagte ich. »Erzähl mir etwas, was nicht gelogen ist.«

»Warum?«

»Weil ich die letzten drei Wochen damit verbracht habe, dich aufzuspüren, und ich würde in all deinen Lügengespinsten gern auch eine Wahrheit finden.«

Sie stieß ein humorloses Lachen aus. »Eine Wahrheit.« Sie schüttelte den Kopf. »Malcom mag oberflächlich betrachtet ein beliebter Senator sein, aber hinter der Fassade lauert ein Teufel. Es würde mich nicht überraschen, wenn er auch dich auf irgendeine Weise hintergehen würde.«

»Das hat aber nichts mit dir zu tun«, betonte ich, doch ich merkte mir die subtile Warnung.

Die Informationen, die ich über den Senator hatte, hatten mir zwar zu denken gegeben, doch Deveraux hatte mir versichert, dass er ein guter Kunde war. Natürlich ging es dem Anführer der *Cavaliers de l'ombre* nur ums Geld. Seine Schattenreiter, zu denen auch ich gehörte, waren zwar seine Ritter, doch Clement Devereaux zeigte keinerlei Emotionen. Ich bewunderte zwar seine Kaltherzigkeit und seinen Willen, über uns zu bestimmen, doch ich war deshalb stets auf der Hut.

»Komm schon, Prinzessin«, drängte ich. »Verrate mir etwas, was mich an dich erinnern wird.«

»War das Ketamin nicht genug?«, fragte sie mit kokettem Tonfall.

»Oh, das wird mir zweifellos in Erinnerung bleiben«, sagte ich und lehnte mich zu ihr hinüber. »Genauso wie das Gefühl deiner heißen Muschi an meinem Schenkel. Aber ich möchte etwas *Wahres* über dich wissen.«

Sie leckte sich über die Unterlippe. »Und es war dir nicht intim genug, als ich fast nackt auf deinem Schoß saß?«

Ich grinste. »Nun ja, es hat in mir auf jeden Fall das Verlangen geweckt, mich noch ein wenig mehr mit dir zu vergnügen.« Ihr verführerisches Spiel hatte darin gegipfelt, dass sie die Oberhand gewann, was mich nur noch mehr faszinierte. »Erzähl mir etwas, Amara.«

»Ich schulde dir nichts.«

»Ich habe dich am Leben gelassen.«

»Aus deinem Mund klingt es, als hättest du mir damit einen Gefallen erwiesen. Wenn du wüsstest, in was für eine Art Hölle du mich zurückschickst, würdest du erkennen, dass du damit falschliegst.«

Interessant. »Warum hast du ihn dir dann als dein Opfer ausgesucht?«

»Wer sagt, dass ich ihn mir ausgesucht habe?«

Ich schnaubte. »Also hat jemand anderes dich dazu angestiftet?«

»Du stellst schon wieder Vermutungen über etwas an, von dem du keine Ahnung hast.« Sie sah mir direkt in die Augen. »Ich bin keine Trickbetrügerin, Killian. Das ist meine Wahrheit.«

Sie sprach die Worte mit einer solchen Überzeugung aus, dass ich ihr fast geglaubt hätte, wenn ich nicht mit eigenen Augen den finanziellen Beweis dafür gesehen hätte, was sie Senator Jenkins angetan hatte. »Du bist mit der Hälfte seines Bankkontos abgehauen, Amara.«

Sie schnaubte. »Eines von mehreren Konten. Und glaub mir, ich habe sein Vermögen dadurch kaum geschmälert.«

Das erklärte, warum er in der Lage war, den *Cavaliers de l'ombre* eine derart großzügige Summe zu bezahlen. Ich hatte mich schon gefragt, wie er sich unsere Preise trotz eines geschrumpften Bankkontos leisten konnte.

»Du hast ihn aber dennoch beraubt, nachdem du ihn vor dem Altar hast stehen lassen.« Allein die öffentliche Blamage hätte den Ruf des guten Senators beeinträchtigen können, doch sein Presseagent hatte die Sache zu seinen Gunsten ausgelegt, indem er verkündet hatte, dass er ein gebrochenes Herz habe und wieder Single sei.

Was bedeutete, dass er nicht die Absicht hatte, Amara zurückzunehmen.

Was hatte er also mit ihr vor?

Ich schüttelte den Kopf. Ich sollte mir darüber nicht den Kopf zerbrechen. Ich führte nur einen Job aus, und sie hatte ihr Schicksal verdient. Ende der Geschichte.

Amara schien mir zuzustimmen, denn sie blieb ruhig neben mir sitzen und ballte die Hände zu Fäusten, als wir uns unserem Ziel näherten. Ich konnte praktisch hören, wie sich die Rädchen in ihrem hübschen Kopf drehten und sie ihre

Flucht plante. Doch sie hatte keine Chance, solange sie das Armband trug. Auch ich kannte diese Stadt in- und auswendig. Sie würde sich nirgendwo verstecken können.

Als eine Stimme aus dem Lautsprecher unsere Ankunft ankündigte, erstarrte Amara neben mir.

»Du wirst mir folgen«, sagte ich, »oder ich werde dir zeigen, was das Gerät an deinem Handgelenk anrichten kann.«

»Du brauchst mich lebend«, entgegnete sie mit einem belustigten Unterton in der Stimme.

»Das ist wahr.« Ich lehnte mich zu ihr hinüber und presste meine Lippen an ihr Ohr. »Ich habe nicht gesagt, dass das Armband dich umbringen wird, nicht wahr?« Ich hatte es zwar als »tödlich« beschrieben, doch es verfügte über verschiedene Elektroschockstufen.

Die Manschette war eigens für Menschen entwickelt worden.

Genial.

Amara schien diese Information nicht annähernd so sehr zu amüsieren wie mich. Sie senkte den Blick. Armes Ding. Ich hatte fast Mitleid mit ihr.

»Du hättest dich nicht mit dem Senator anlegen sollen, Schätzchen«, murmelte ich und zog mit dem Daumen ihre Unterlippe zwischen den Zähnen hervor. »Zuweilen steht auf Verrat ein hoher Preis.«

»Du hast keine Ahnung«, flüsterte sie, schüttelte den Kopf und schob meine Hand beiseite. »Absolut keine Ahnung.«

»Doch, die habe ich.« Während meines achtundzwanzigjährigen Lebens hatte ich eine Menge gesehen. Für gewöhnlich wurde ich angeheuert, um für Gerechtigkeit zu sorgen, doch zuweilen sollte ich die Zielperson auch nur für den Auftraggeber einfangen, damit er selbst für ihre Bestrafung sorgen konnte.

Es war jedoch das erste Mal, dass ich es bedauerte, meine Gefangene ausliefern zu müssen.

Denn ich genoss diesen Job.

Ich würde Devereaux um einen weiteren solchen Auftrag bitten müssen.

»Gehen wir«, sagte ich, als der Zug hielt. Ich schlang mir ihre Tasche über die Schulter, als ich aufstand und ihr eine Hand entgegenstreckte. Sie ergriff sie widerwillig und ich spürte, dass ihre Handfläche schwitzte. Offenbar war sie nervös, weil sie einen Plan hatte.

Nur zu, Schätzchen.

Ich verschränkte meine Finger mit ihren und zog sie aus dem Zug in die Menschenmenge, die sich am Berliner Hauptbahnhof tummelte. Der Wagen stand im Parkhaus für mich bereit, ich musste nur noch den Schlüssel vom Lieferanten entgegennehmen.

Amara blieb ruhig, aber wachsam, während sie mit gemessenen und sicheren Schritten neben mir herging.

Ich suchte die Menge nach dem Schild mit der Aufschrift »Mr. Dagger« ab und lächelte, als ich es entdeckte.

Ich begrüßte den Mann in fließendem Deutsch, zeigte ihm meinen Ausweis und bedankte mich, als er mir den Schlüssel für einen brandneuen Audi R8 überreichte. Unter der Motorhaube des eleganten Wagens steckten ausreichend PS, um uns an unser Ziel fliegen zu lassen. Ich konnte es kaum erwarten, ihn unter mir schnurren zu hören.

Dasselbe galt für meine Gefangene, die bisher noch kein Wort gesagt hatte.

»Du bist wirklich sehr brav«, bemerkte ich und drückte ihre Hand.

»Wäre es dir lieber, ich würde einen Aufstand machen?«, entgegnete sie und klimperte mit ihren dichten kastanienbraunen Wimpern. »Ich tue dir gern den Gefallen und schreie.«

Ich verzog die Lippen zu einem Lächeln. »Oh, ich hätte nichts dagegen, aber nicht hier, sondern vielleicht später im Schlafzimmer.« Ich zog sie weiter, bevor sie etwas erwidern konnte, doch mir entging nicht, dass sie leise nach Luft schnappte. Wahrscheinlich erwartete sie, dass ich unser Spielchen zu Ende brachte, welches wir im *Diavolo Rojo* begonnen hatten. Aber so sehr ich es genießen würde, ich brauchte wirklich ein verdammtes Nickerchen. Eigentlich wollte ich im Zug ein Auge zutun, aber ich befürchtete, dass Amara vielleicht einen Fluchtversuch unternehmen könnte.

Ich hatte in der Nähe des Treffpunkts ein Hotel gebucht und würde dort eine Runde schlafen.

Aus dem Augenwinkel nahm ich eine Bewegung wahr.

Amara zuckte nicht mit der Wimper und blickte mit ausdruckslosem Gesicht geradeaus.

Dennoch hatte sie gerade ein Messer von einem der Tische gestohlen, als wir an einem Café vorbeikamen. Ich konnte das Aufblitzen des Metalls sehen, als sie es in ihrer Handfläche verschwinden ließ.

Ich unterdrückte ein Lächeln.

Sie konnte das Buttermesser behalten.

Vielleicht würden wir später sogar damit spielen. Dann würde ich sie mit einem der Dolche bekannt machen, die ich unter meiner Kleidung versteckt hatte, und ihr zeigen, wie sich eine Klinge auf ihrer geschmeidigen Haut anfühlte.

Ich führte sie von der Menschenmenge weg in Richtung Parkhaus und erwartete, dass sie mich dort angreifen würde. Doch sie unternahm nichts, nicht einmal, als wir den Wagen erreichten. Wenn überhaupt schien sie den schönen schwarzen Sportwagen mit Lederausstattung und Schaltgetriebe zu bewundern.

»Steig ein«, forderte ich und hielt ihr die Beifahrertür auf.

Sie zuckte mit den Schultern und ließ sich in den Schalensitz gleiten. Ich konnte das Messer nirgendwo entdecken und vermutete, dass sie es im Ärmel ihrer braunen Jacke oder vielleicht in der Tasche ihrer Jeans versteckt hatte.

Wenn sie vorhatte, mich während der Fahrt zu erstechen, hätten wir ein Problem. Es würde zwar nicht funktionieren, denn mit einer derart stumpfen Klinge würde sie eher blaue Flecke hinterlassen, statt meine Kleidung zu durchschneiden, aber es wäre dennoch ärgerlich.

Ich verstaute ihre Tasche im Kofferraum im vorderen Teil des Wagens und überlegte, ob ich etwas sagen sollte. Da sie bereits angeschnallt war und sich damit zufriedengab, aus dem Fenster zu starren, entschied ich mich dagegen und setzte mich stattdessen auf den Fahrersitz.

Sie schien zu warten, also würde ich mit ihr warten.

In der Zwischenzeit würde ich mich mit meinem neuen Spielzeug vertraut machen. Es war zwar nur ein vorübergehendes Vergnügen, aber es würde Spaß machen.

Der Motor heulte auf und zauberte mir ein Grinsen aufs Gesicht. Amara rührte sich unmerklich und betrachtete das Armaturenbrett. Sie musterte das Symbol der ineinandergreifenden Ringe auf dem Lenkrad und richtete den Blick dann wieder auf das Parkhaus.

Ich schnaubte. Vielleicht fand sie dieses Glanzstück deutscher Technik nicht so schön wie ich, aber ich genoss das Rumoren des Motors, als ich aus der Parklücke fuhr und auf die Ausfahrt zusteuerte.

Amara schien erst hellhörig zu werden, als ich auf die Autobahn fuhr und den Wagen seine volle Leistung entwickeln ließ.

Ich gab Vollgas und genoss es ungemein, als ich die anderen Fahrzeuge mit Leichtigkeit überholte. Es war wirklich schade, dass wir in den Vereinigten Staaten nicht die Freiheit hatten, so schnell zu fahren. Natürlich hielt mich das nicht davon ab, es zu versuchen, doch es war weitaus angenehmer, wenn man keine Konsequenzen zu befürchten hatte.

Wobei ich jedoch weder in New Orleans noch in New York City viel fuhr, den beiden Städten, in denen ich die meiste Zeit über lebte.

»Mein Vater hat so einen Wagen besessen«, sagte Amara mit gedämpfter Stimme. »Ich hielt es immer für Verschwendung, er wusste ihn gar nicht zu schätzen.«

»Du meinst Geoff Rose?«, fragte ich und erinnerte mich an die Unterlagen, die ich über ihre Adoption gefunden hatte.

Die Familie Rose hatte sie im Alter von sieben Jahren aufgenommen und ihr ein Leben ermöglicht, von dem die meisten Waisenkinder nur träumen konnten. Aus diesem Grund erschien mir ihre Berufswahl auch derart unlogisch. Sie brauchte kein Geld. Aber vielleicht spielte sie gern mit den oberen Zehntausend? Auf gewisse Weise konnte ich es verstehen. Ich war aus einem ähnlichen Grund ein Schattenreiter geworden.

»Ja«, antwortete sie. »Daddy Rose.«

»Er lebt in Maine, nicht wahr?«

Sie zuckte mit den Schultern. »Um ehrlich zu sein, habe ich keine Ahnung. Er und Clarissa ziehen oft um.«

»Clarissa?«, wiederholte ich.

»Ja. Meine, äh, Mutter.«

Sie nennt ihre Adoptivmutter bei ihrem Vornamen? Interessant.

»Wie auch immer, sie halten sich dort auf, wo ihre Kunden sind«, fuhr sie fort, während sie den Blick auf die Landschaft richtete. »Sie informieren sich über die neusten Trends, studieren sie und passen sich ihnen an. Sie ziehen von Auktion zu Auktion.« Sie zuckte wieder mit den Schultern. »Daher weiß man nie, wo sie sich gerade aufhalten.«

»Auktionen?«, fragte ich mit einem Stirnrunzeln.

»Mädchen, Killian.« Sie warf mir einen Blick aus dem Augenwinkel zu. »Mädchen wie ich.«

KAPITEL 6

AMARA

Ich hatte keine Ahnung, warum ich es ihm verraten hatte. Aber es machte mich wütend, dass er glaubte, ich sei eine Trickbetrügerin. Zumindest bestätigte es meine Vermutung, dass er keiner von Malcolms Handlangern war, denn diese kannten die Vorlieben meines ehemaligen Verlobten nur zu gut.

Und sie waren zweifellos mit den Auktionen vertraut.

Ich erschauderte und sackte auf meinem Sitz zusammen. »Wann treffen wir Boris?«, fragte ich. Ich wollte wissen, wie viel Zeit mir noch blieb.

»Boris?«

»Malcoms rechte Hand.« Ich hatte keinen Zweifel, dass dieses Monster mich abholen würde. Und wahrscheinlich würde er mich auf seine ganz eigene Art willkommen heißen. Bei dem Gedanken presste ich die Lippen zu einer dünnen Linie zusammen, während sich mir die Kehle zuschnürte.

Wenn Malcolm ihn gewähren ließe, würde der Mann mich zu Tode würgen.

Vielleicht würde er es diesmal tun.

Eine Träne drohte mir über die Wange zu kullern, doch ich wischte sie beiseite, bevor Killian sie sehen konnte. Im Grunde war es mir egal, ob er wusste, wie ich mich fühle. Aber ich wollte weder ihm noch sonst irgendjemandem gegenüber Schwäche zeigen.

»Heute Abend«, antwortete er mit ausdrucksloser Stimme. »Und Malcom hat nichts von einem Boris gesagt.«

»Er wird dort sein.« Mit einigen seiner Lakaien. Der Abend würde lustig werden. Vielleicht würden sie mich wieder bewusstlos schlagen, dann müsste ich mich zumindest nicht an alles erinnern.

Auf dem Weg durch den Bahnhof hatte ich mir ein Messer geschnappt, aber ich wusste, dass es mir nicht helfen würde. Es war ein törichter Impuls gewesen, denn ich wusste, dass Killian mindestens eine Klinge bei sich trug. Vielleicht hatte er sogar eine Pistole.

Und ich hatte nur ein verdammtes Buttermesser.

Bei dem Gedanken, wie er meine Welt im Handumdrehen auf den Kopf gestellt hatte, hätte ich fast gelacht. Ich konnte es ihm nicht einmal verübeln. Es war alles Malcolms Schuld. Und die meiner Eltern.

Verdammt, sie waren nicht einmal meine Eltern, aber mir war beigebracht worden, sie als meine Erzeuger anzusehen. Ich hatte sie über Jahre hinweg in der Öffentlichkeit als *Mom* und *Dad* angesprochen und ihren Nachnamen getragen, während ich vorgegeben hatte, ihrer reichen, kranken Welt zu entstammen.

Meine wirklichen Eltern hatten mich im Alter von sieben Jahren verkauft, damit ich irgendwann versteigert werden konnte.

Aber ich wurde für etwas Besonderes gehalten.

Einzigartig.

Intelligent.

Also hatte die Familie Rose mich behalten, mich zu Hause unterrichtet und mich dann an einer der renommiertesten Universitäten studieren lassen, um sicherzustellen, dass ich den Kunden aus der High Society gerecht wurde. In der Öffentlichkeit spielte ich die feine Dame und im Schlafzimmer die perverse Hure. Ich war darin geschult, Männer zu verführen, um ihnen Informationen zu entlocken, während ich zugleich die Scharade einer unterwürfigen Hausfrau aufrechterhielt.

Es war die Hölle.

Anders konnte ich es nicht beschreiben.

Ich begann, meine Flucht an dem Abend zu planen, an dem ich Malcolm begegnete. An dem Abend, an dem er mich gekauft hatte. An dem Abend, an dem er mich fickte und mich dann an seine Geschäftspartner weiterreichte, damit sie ihren Spaß mit mir haben konnten, während er zusah. Er wollte wissen, wie viel ich ertragen konnte, bevor ich in Tränen ausbrach.

Malcolm würde nicht zulassen, dass ich einfach so untertauchte, dafür wusste ich zu viel. Es ging dabei nicht um Stolz oder Geld, sondern um all die Unterhaltungen, die ich mitgehört, und um all die Informationen, die ich in seinem Auftrag gesammelt hatte.

Ich wusste alles.

Ich kannte seine Pläne.

Und ich wusste, was er in Zukunft vorhatte.

Ich kannte seine Geschäfte, von denen einige illegal waren.

Doch vor allem wusste ich von seinen Verbindungen zu Amir.

Allein der Gedanke an den Namen jagte mir einen Schauer über den Rücken. Dieser Mann strotzte vor Bosheit. Ich hatte mehr Angst vor ihm als vor Malcolm.

Würde er mich an ihn ausliefern? Dieses abscheuliche Monster hatte mich schon immer gewollt, aber Malcolm hatte ihn nie gewähren lassen. Amir hatte eine Vorliebe für Perversionen, die viel düsterer waren als Malcolms Neigungen. Ich würde seine Spielchen nicht überleben.

Ich schluckte die Galle hinunter und konzentrierte mich auf unsere Umgebung und auf das Dröhnen des leistungsstarken Wagens.

Ich habe noch etwas Zeit, sagte ich mir. *Ich bin schon einmal entkommen. Ich kann es wieder tun.*

Aber ich war so müde. Ich hatte seit über vierundzwanzig Stunden nicht mehr geschlafen. Das war zwar nichts Neues, aber der Mangel an Adrenalin führte dazu, dass ich mich der Erschöpfung ergab.

Vielleicht war ein Nickerchen eine schlechte Idee. Ich wäre ohnehin nicht imstande, Killian zu entkommen, während er fuhr, schon gar nicht bei dieser Geschwindigkeit. Außerdem hatte ich immer noch diese merkwürdige Manschette um mein Handgelenk. Wahrscheinlich wäre es das Beste, ein wenig zu schlafen. Vielleicht würde ich ihn überrumpeln können, wenn wir anhielten, nachdem ich mich etwas erholt hatte.

Ein guter Plan.

Für den Moment.

***

errje, es ist viel zu heiß.

H   Ich strampelte die Decke von meinen Beinen und war dankbar für die kühle Luft, die meine nackte Haut traf. Ich seufzte. Das war schon besser, jetzt würde ich schlafen können.

Der Gedanke nagte an mir und durchzog meinen benebelten Verstand.

Ich schüttelte ihn ab. Ich musste mich einfach noch etwas ausruhen. Meine Gliedmaßen waren schwer wie Blei und ich hatte das Gefühl, dass ich seit Jahren nicht mehr geschlafen hatte. Oder ich hatte einen heftigen Kater.

Habe ich letzte Nacht getrunken?

Nein.

Einen Moment mal ...

Ich riss die Augen auf und ließ den Blick durch das dunkle Zimmer schweifen. Die Vorhänge waren zugezogen, um das Tageslicht auszuschließen. Doch die Uhr auf dem Nachttisch zeigte an, dass es bald Abend war.

Und der Mann, der neben mir im Bett lag, brachte im Handumdrehen die Erinnerung zurück.

Killian Bedivere.

Ein Auftragskiller, der mich zu Malcom zurückbringen wollte.

Er war eingeschlafen.

Mit seinem dichten dunklen Haar, das zur Seite fiel, und seinen entspannten Gesichtszügen wirkte er eigentlich recht friedlich, während sein Kiefer immer noch gemeißelt wirkte. Er hatte sein Hemd nicht ausgezogen, doch der weiße Stoff schmiegte sich an seine Muskeln und betonte seine starken Arme, die schlaff neben seinem Körper lagen.

Hm.

Ich sah mich um. Mich beunruhigte die Vorstellung, dass er es geschafft hatte, mich in dieses Zimmer zu bringen, ohne mich zu wecken.

Aber noch mehr beunruhigte mich die Tatsache, dass er mir Stiefel, Jeans und Jacke ausgezogen hatte, sodass ich nur noch mit einem Trägerhemd, einem BH und einem Stringtanga bekleidet war.

Meine Vormünder hatten immer zu mir gesagt, dass ich selbst bei einem Tornado nicht aufwachen würde. Sie hatten nicht unrecht, vor allem wenn ich lange nicht geschlafen hatte. Und ich war wochenlang auf der Flucht gewesen. Es war seltsam, dass ich mich ausgerechnet in Killians Gesellschaft entspannt hatte. Seltsam *und* dumm.

Wo hatte er meine Jeans verstaut? Das Zimmer war tadellos aufgeräumt und meine Kleidung und Tasche waren nirgends zu sehen. Vielleicht waren sie im Badezimmer?

Ich stieg so leise wie möglich aus dem Bett und schlich auf Zehenspitzen ins Bad, wobei mir die elegante Einrichtung ins Auge stach. Wir befanden uns definitiv nicht in einem billigen Motel. Die begehbare Marmordusche, das Doppelwaschbecken und die Fußbodenheizung ließen auf Wohlstand schließen. Selbst für ein europäisches Hotel war es überaus luxuriös.

Und natürlich war das Zimmer völlig leer.

Wo hast du meine Sachen versteckt?

Ich seufzte, betrachtete die Manschette an meinem Handgelenk und dann mein Spiegelbild. Mir starrte ein Ausdruck voller Hoffnungslosigkeit entgegen. Ich war eine Frau, die kurz davor stand, sich geschlagen zu geben.

Wie würde ich entkommen können? Er hatte sogar dieses alberne Buttermesser.

Ich ließ die Schultern hängen, denn ich sah keinen Ausweg mehr. Nachdem ich so viele Pläne geschmiedet hatte, wurde meine Chance auf eine Flucht von einem Mann zunichtegemacht, den ich kaum kannte und der mich nur wenige Stunden nach unserem ersten Treffen überwältigt hatte.

Ich war nicht schwach.

Aber er gab mir das Gefühl, minderwertig und nicht überlebensfähig zu sein.

Denn ich werde nicht überleben.

Der glasige Schimmer in meinen Augen ließ mich zusammenzucken. Das war nicht ich. Ich gab nicht einfach auf. Ich kämpfte. Ich wusste nur nicht wie. Er hatte mich wie kein anderer in die Enge getrieben. In Malcolms Auftrag. Das machte ihn automatisch zu einem Bösewicht.

Ich muss ihn bekämpfen.

Wir hatten schon einmal miteinander gespielt.

Doch dies würde kein Spiel mehr sein. Mir blieb nur eine Chance.

Ich drückte den Rücken durch und starrte die duldsame Frau im Spiegel an. Ich würde lieber sterben, als zu Malcom zurückzukehren, selbst wenn ich Killian provozieren musste, damit er mich tötete. Durch seine Hand zu sterben wäre weitaus besser, als in die Hölle zurückzukehren, aus der ich geflohen war.

Er hielt mich für eine Trickbetrügerin, und seiner Meinung nach hatte ich mein Schicksal verdient. Nun gut, dann würde ich seine Ansichten zu meinem Vorteil nutzen und ihn dazu bringen, mich zu verletzen. Ich würde kämpfen. Vielleicht könnte ich ihm eine Klinge oder sogar eine Pistole entwenden.

Mit diesem Gedanken ging ich zurück ins Schlafzimmer. Er lag noch immer auf dem Bett, wobei sein Brustkorb sich regelmäßig hob und senkte.

Wo ist deine Jacke?, fragte ich mich und suchte die beiden Stühle und die Couch ab, bis mein Blick schließlich auf dem Schrank gegenüber des Bettes landete.

Volltreffer.

Ich schlich hinüber und öffnete die Tür. Ein leises Knarren ertönte und ich warf hastig einen Blick über die Schulter. Killian atmete jedoch nur einmal tief durch und blieb ruhig liegen.

Gut.

Also schön.

Ich zog die Tür ganz auf und betrachtete seinen Mantel.

Mit einem Stirnrunzeln bemerkte ich, dass der Schrank ansonsten leer war. Meine Habseligkeiten waren nirgendwo zu sehen, aber vielleicht würde ich in seinem Mantel etwas Interessantes finden.

Und tatsächlich, in einer der Innentaschen steckte ein Dolch. Er war klein, aber scharf und passte spielend in meine Hand.

Viel besser als das Buttermesser.

Außerdem hatte ich den Vorteil, dass Killian weiterhin tief und fest schlief.

Doch zuerst musste ich an diese Fernbedienung kommen, die sich natürlich nicht in seinem Mantel befand. Wahrscheinlich trug er sie bei sich. Ich würde sie finden, nachdem ich ihn ausgeschaltet hatte.

Bei dem Gedanken setzte mein Herz einen Schlag aus. Es missfiel mir, ihm das Leben nehmen zu müssen. Er wäre zwar nicht der Erste, doch das machte die Sache nicht leichter.

Denk an deine Ausbildung, dachte ich und atmete tief durch. *Du schaffst das.*

Die Hitze im Raum schien erdrückend und mir rann Schweiß über die Stirn, als ich mich ihm mit zögernden Schritten näherte. Die beiden Male, als ich für Malcolm hatte töten müssen, hatte ich meine Opfer nach dem Sex vergiftet. Sie hatten mir erzählt, was mein Herr und Meister hatte wissen wollen, und ich hatte sie dafür belohnt, indem ich ihnen ein tödliches Gebräu in den Drink gemischt hatte.

Ich hasste mich dafür.

Und ich hasste Malcolm.

Ich hasste dieses *Leben*.

Und nun war ich kurz davor, ein drittes Mal zu töten. Aber nicht, weil Malcolm mich dazu gezwungen hatte, sondern weil ich keine andere Wahl hatte. Ich konnte nicht zu Malcom zurückkehren. Ich wusste, was er mir antun und an welchen Abschaum er mich verkaufen würde. Mir stand Schreckliches bevor.

Ich hob das Messer und zielte auf seinen Hals, weil ich wusste, dass ich ihn so am schnellsten außer Gefecht setzen konnte. Aber ich zögerte. Meine Hand war buchstäblich nur Zentimeter von seinem Hals entfernt, als mein Gewissen sich zu Wort meldete.

Er ist einer von ihnen, sagte ich mir. *Er arbeitet für Malcom.*

Meine Entschlossenheit geriet ins Wanken, doch ich festigte den Griff um das Messer, denn ich musste entkommen.

Ein Schnitt durch seine Kehle. Das ist alles. Es ist ganz einfach. Tu es. Ich biss mir auf die Unterlippe und sog die Luft durch die Nase ein. *Jetzt oder nie.*

Ich holte mit zitternden Armen aus, doch im nächsten Moment wurde mir der Boden unter den Füßen weggezogen. Ich stieß einen Schrei aus, als ich mit einem dumpfen Aufprall auf der Matratze landete. Im nächsten Moment lag Killian auf mir und presste mir die Klinge an die Kehle. Mein Handgelenk brannte, nachdem er es gepackt und verdreht hatte, um mir die Waffe zu entreißen, und seine Brust war hart wie Stahl an meinem Oberkörper, während er mich mit einem Oberschenkel auf die Matratze drückte.

Er schüttelte missbilligend den Kopf. »Oh, süße Amara. Als du gezögert hast, dachte ich schon, dass ich dir nicht ganz gleichgültig bin.« Ich spürte das Metall auf meiner Haut und erschauderte. »Regel Nummer eins: Greife nie jemanden mit einem Dolch an, der besser damit umzugehen weiß als du.« Ich verspürte ein Brennen, als er das Messer über meine Haut gleiten ließ. »Regel Nummer zwei: Zögere nie, denn andernfalls stirbst du.«

Seine Worte ließen den letzten Funken meines Kampfeswillens erlöschen.

Ich werde mich nie von ihm befreien können.

»Du hast gewonnen«, flüsterte ich erschöpft.

»Schätzchen, ich hatte schon in dem Moment gewonnen, in dem ich dich gefunden habe.« Er ließ das Messer weiter nach unten gleiten und durchschnitt gekonnt den Baumwollstoff meines Trägerhemds. Er ließ es so einfach aussehen, als wäre es eine völlig gewöhnliche Bewegung. Vielleicht war es für ihn tatsächlich normal. Dennoch erforderte es ein gewisses Geschick, um Kleidung auf diese Weise zu zerschneiden.

Ich zuckte zusammen und mir wurde heiß und kalt, als er mit dem tödlichen Stahl meine Haut liebkoste.

»So hübsch«, murmelte er und fuhr mit der Messerspitze über meine Brust, die sich heftig hob und senkte. »Wenn wir noch etwas Zeit hätten, würde ich da weitermachen, wo wir im Klub aufgehört haben.«

Das bedeutete, dass wir bald auf Malcoms Männer treffen würden.

Meine Kehle war plötzlich wie ausgedörrt und ich ballte die Hände zu Fäusten.

Wenn ich mich gegen Killian wehrte, würde er mich vielleicht töten. Es war immer noch besser als das, was mir bevorstand. Aber ...

Ich stieß ein Zischen aus, als er die Klinge auf meinen Spitzen-BH presste und mit der Spitze die Haut an meiner Brustwarze durchstach. Er legte die andere Hand auf mein Brustbein und drückte mich nach unten, als ich mich ihm instinktiv entgegenwölbte.

»Vorsicht, Kätzchen«, murmelte er. »Ich werde dich bluten lassen, wenn ich es will, aber nicht, weil du mich dazu zwingst.«

Ich zitterte. Seine Worte und seine Berührung durchströmten mich mit einem unbändigen Verlangen, das mich verwirrte. Er ließ seine Hand von meinem Brustbein an meine Kehle wandern, während er mit der anderen das

Messer über meine Haut bis zu meinem Spitzenhöschen gleiten ließ. Mit einer schnellen Handbewegung durchschnitt er den Riemen an meiner Hüfte.

»Killian«, flüsterte ich, während ich mich fragte, was er vorhatte. Das hier hatte nichts mehr mit unserem Spielchen im Klub zu tun, bei dem ich zumindest nach außen hin die Kontrolle behalten hatte.

Hier bestimmte Killian jede Sekunde und jeden Atemzug, während ich ihm ganz und gar ausgeliefert war.

Er würde nach Herzenslust mit mir spielen können.

Und aus irgendeinem kranken, verkorksten Grund steigerte das mein Verlangen nur noch mehr.

Ich *wollte*, dass er mir die Entscheidung abnahm und mir einen Moment des Friedens schenkte, in dem ich nicht mehr denken musste. Ich wollte, dass er mich aus der Hölle meiner Realität entführte und mir etwas *Wahrhaftiges* zuteilwerden ließ.

Es irritierte mich, beschleunigte meinen Atem und ließ mein Herz höherschlagen.

Bisher wurde jeder Mann, mit dem ich je zusammen gewesen war, für mich gewählt. Doch zum ersten Mal in meinem Leben ertappte ich mich dabei, dass ich tatsächlich einen Mann begehrte. Ich wusste, dass es die falsche Wahl war, aber ich wollte ihn dennoch.

Er verzog die Lippen zu einem Lächeln und rollte sich auf die Seite, wobei er den Griff um meine Kehle festigte und mir tief in die Augen blickte. »Hast du schon einmal einen Menschen getötet, Amara?«

Ich versuchte trotz seiner Hand um meine Kehle zu schlucken. »Ja.«

Er legte den Kopf schief und ließ die Klinge unter mein Spitzenhöschen über meinen rasierten Venushügel gleiten. »Und doch hast du gezögert.«

»Ja«, wiederholte ich.

»Warum?«

Darauf wollte ich ihm keine Antwort geben, also starrte ich ihn nur an.

Er grinste. »Ich liebe dein feuriges Wesen«, sagte er und schob das Messer zwischen meine Schenkel, um damit mein empfindsames Fleisch zu liebkosen.

Ich erstarrte und mir stockte der Atem.

»Beweg dich nicht«, murmelte er. »Ich würde eine so schöne Muschi nur ungern verletzen.« Die Spitze der Klinge traf auf meine Klitoris. Mein Herz raste vor Erregung und ich ballte die Hände zu Fäusten.

Die Männer hatten mir im Laufe der Jahre die unterschiedlichsten Dinge angetan, doch das ... das war neu.

Er wandte den Blick nicht von mir ab und seine Pupillen weiteten sich, als er das Messer zwischen meine feuchte Spalte gleiten ließ.

Es sollte mich nicht derart erregen.

Es ist falsch.

Doch es brachte mich fast um den Verstand, dass ich mich nicht bewegen und mein Geschlecht an der Klinge reiben konnte. Und sein Lächeln verriet mir, dass er sich dessen bewusst war.

»Wunderschön, Amara«, flüsterte er, während er den Stahl weiter mit dem Saft meiner Erregung benetzte.

Ich wimmerte unwillkürlich, als er das Messer zurückzog. Ich begehrte mehr, obwohl ich wusste, dass es falsch war. Dieser Mann übte eine unerklärliche Macht auf mich aus, während er mir eine mentale Flucht bot, die meine Begierde nur noch steigerte.

Ich bebte vor Verlangen.

»Öffne deinen hübschen Mund für mich«, befahl er und presste die Messerspitze an meine Lippen, wobei er seine Hand seitlich auf meinen Hals gleiten ließ.

Ich riss die Augen auf und tat, wie geheißen, wobei ich

meinen Puls in den Ohren rauschen hörte. *Was hat er vor?*
Wollte er nur ein wenig mit mir spielen, bevor er mich ersticht? Wollte
er meine Begierde ins Unermessliche steigern, bevor er meinem Leben
ein Ende bereitet?

»Bleib ganz ruhig.« Die Worte waren kaum mehr als ein
Flüstern, wobei das dunkle Timbre seiner Stimme meine
Sinne liebkoste.

Er ließ den warmen, feuchten Stahl über meine Lippen
gleiten und ich schmeckte die vertraute, moschusartige
Essenz.

Oh, verdammt ...

Ich spannte die Schenkel an, während meine Brustwarzen
sich schmerzhaft verhärteten. Dieser Mann war ein
Auftragskiller, der mich zu Malcolm zurückbringen sollte,
und doch hatte er mich mit einigen wenigen Bewegungen
seiner Klinge verführt, bis ich nur noch keuchend und
begierig unter ihm lag.

Und als er sich zu mir hinunterbeugte, um mich zu
schmecken, und das Messer wieder an meine Kehle presste,
gab ich mich ihm hin.

Er strich mit der Zunge über meine Lippen und ließ in
meinem Unterleib ein wahres Feuerwerk an Empfindungen
explodieren. Ihm entfuhr ein leises Knurren, das die Luft
zwischen uns vibrieren ließ. »Du schmeckst köstlich, Amara.
So verdammt köstlich.« Er vertiefte den Kuss, der mit dem
Aroma meiner Erregung getränkt war, während er sich jeden
Zentimeter meines Mundes ins Gedächtnis einzuprägen
schien.

Es war, als wollte er von mir Besitz ergreifen.

Als spräche er ein Gelübde.

Als wollte er uns für die Zukunft aneinander binden.

Doch das war nicht möglich, denn ich wusste, was er mit
mir vorhatte. Und dennoch klammerte ich mich an seine
Schultern und zog ihn an mich. Er verschlang mich

förmlich, wobei er das Messer weiter an meine Kehle presste.

Es war ein perfektes Zusammenspiel von Feuer und Eis. Mit seiner Berührung entfachte er eine Flamme in meinem Inneren, während sein Messer kalt und bedrohlich an meiner Haut ruhte.

Ich wollte aufstöhnen, schreien und ihn anflehen, *irgendetwas* zu tun. Er sollte nur aufhören, mich weiter auf diese Weise zu quälen.

Aber eine innere Stimme schrie mich an und forderte mich auf zu kämpfen.

Ich war wie gelähmt und unfähig, eine Entscheidung zu treffen, während mein Herz, mein Verstand und mein Körper miteinander haderten. Die berauschenden Empfindungen versetzten mich in einen Zustand der Gleichgültigkeit, in dem ich nur noch fühlen wollte.

Er zog den Kopf zurück und sah mich an. Seine Augen waren glasig vor Verlangen, während er belustigt die Lippen zu einem Lächeln verzog. »Ich bin versucht, dich zu behalten«, sagte er und strich mit den Lippen über meinen Mund. »Aber das ist nicht möglich. Ich habe einen Auftrag zu erledigen, Schätzchen. Und wie ich schon erwähnt habe, versage ich nie.«

Er presste noch einmal seinen Mund auf meinen und küsste mich diesmal noch leidenschaftlicher und fordernder. Es war auf eine seltsame Art erfüllend.

Ich ließ meine Zunge mit der seinen tanzen und schwelgte in dem Gefühl der gegenseitigen Anziehungskraft. Ich war noch nie mit einem Mann zusammen gewesen, den ich wirklich begehrte. Ich wusste, dass es falsch war, aber ich konnte nichts dagegen tun. Ich empfand es nicht als lästige Pflicht, ihn zu küssen, sondern als Genuss.

Ich hatte noch nie ein so erregendes Gefühl erlebt, doch

es endete viel zu schnell, als er sich mitsamt seinem Messer zurückzog.

Ich blinzelte voller Verlangen zu ihm auf.

Er fuhr sich mit der Hand durch sein dunkles Haar und über sein Gesicht. Dann stieß er den Atem aus, schüttelte den Kopf und rollte sich vom Bett. »Du musst dich anziehen. Wir werden noch zu spät kommen.«

KAPITEL 7

KILLIAN

Das hätte ich nicht tun sollen.

Ich hätte es besser wissen müssen.

Regel Nummer eins: Verliebe dich niemals in dein Ziel.

Ich hätte Regel Nummer eins nur zu gern gebrochen. Seit dem Kuss waren zwanzig Minuten vergangen, und ich konnte sie immer noch auf meiner Zunge schmecken.

Ich wurde von einer unbändigen Begierde durchströmt, die gefährlich war und meinen Verstand beeinträchtigte. Insgeheim wollte ich sie behalten, doch das wäre wahnsinnig. Ich wusste, dass es nur vorrübergehend wäre und ich sie schließlich an Senator Jenkins ausliefern oder sie vielleicht sogar gehen lassen würde, dennoch würde ich gegen sämtliche Regeln verstoßen.

Und bisher hatte ich meine Gefangenen immer ausgeliefert, tot oder lebendig. Und ich hatte noch nie gezögert.

Warum Amara? Was war anders an ihr?

Sie saß reglos neben mir im Wagen und trug ihre Jeans und Stiefel und ein frisches Trägerhemd aus ihrer Tasche. Ich hatte ihre Sachen im Zimmer versteckt und das Buttermesser hatte ich in den Müll geworfen.

Sie hätte ohnehin nicht gewusst, wie man es benutzt. Die Art und Weise, wie sie mein Messer gehalten hatte, verriet mir, dass sie keine Ahnung hatte. Dennoch hatte sie nicht mit der Wimper gezuckt, als ich sie fragte, ob sie schon einmal jemanden getötet hatte. Sie hatte mir nie gesagt, warum sie in meinem Fall gezögert hatte, doch ich hatte das Gefühl, dass es nicht nur an ihren mangelnden Fähigkeiten gelegen hatte. Ich hatte das Bedauern in ihren Augen gesehen, als sie mit ihrem Überlebenswillen gerungen hatte.

Sie hatte panische Angst davor, zu Senator Jenkins zurückzukehren. Es steckte viel mehr dahinter als nur die Furcht einer Trickbetrügerin, für ihre Vergehen bestraft zu werden. Irgendetwas stimmte hier nicht. Sie hatte zuvor etwas von Auktionen erwähnt und angedeutet, dass sie auf einer ersteigert wurde. Möglicherweise wollte sie mich nur täuschen, doch ich verdiente meinen Lebensunterhalt damit, andere Menschen zu durchschauen. Und weder Amaras Aussagen noch ihre Handlungen ließen darauf schließen, dass sie gelogen hatte.

Ich verkehrte mit Politikern, Milliardären, Wirtschaftsmagnaten und Prominenten, aber mit den dunklen Neigungen der High Society wollte ich nichts zu tun haben.

Auktionen waren nichts Ungewöhnliches und boten den oberen Zehntausend die Möglichkeit, mit Geld um sich zu werfen und sich gleichzeitig als Wohltäter zu erweisen.

Doch Amara hatte nicht von Wohltätigkeitsauktionen gesprochen, ihre Worte deuteten vielmehr auf einen Menschenhändlerring hin und ich wusste, dass diese existierten. Der Sklavenhandel geht auf die früheste Zeit der Zivilisation zurück, und obwohl er heutzutage gesetzlich verboten war, konnte man mit Geld alles kaufen. In dieser

Welt gab es einige kranke Arschlöcher und durch meinen Job hatte ich eine Handvoll von ihnen kennengelernt. Es hatte mir Freude bereitet, sie zu töten.

Und nun schien es, als wäre der berühmte Senator in niederträchtige Geschäfte verwickelt. Es war eine interessante Anschuldigung, die seine Zukunftspläne zunichtemachen könnte.

Die Öffentlichkeit verehrte ihn, wobei sich viele wünschten, dass er trotz seines jungen Alters von sechsunddreißig Jahren bei der nächsten Präsidentschaftswahl kandidierte. Sollten sich Amaras Behauptungen als wahr erweisen, könnte sie seine gesamte Karriere zerstören.

Das wäre ein Grund, sie zum Schweigen zu bringen.

Dennoch wollte er sie lebend. Aber warum?

Sie schien den Kampf aufgegeben zu haben, denn sie saß mit hängenden Schultern neben mir und starrte auf den dunklen Himmel hinaus. Das Treffen fand außerhalb der Stadt in einer ländlichen, unbewohnten Gegend statt. Ich nahm an, dass er einen abgeschiedenen Ort gewählt hatte, falls sie wieder einen Fluchtversuch unternehmen sollte, doch ihre Körperhaltung verriet mir, dass sie nicht die Absicht hatte davonzulaufen. Sie wusste, dass sie mir nicht entkommen konnte.

Amara hatte sich ihrem Schicksal ergeben.

Für gewöhnlich erregte mich der Moment, in dem ich mein Opfer besiegt hatte und die Jagd beendet war. Doch diesmal spürte ich nichts. Am liebsten hätte ich das Steuer herumgerissen und sie so weit wie möglich von Jenkins' Männern weggebracht.

Diese Anziehungskraft raubte mir den Verstand. Es war ein großer Fehler gewesen, sie zu küssen, doch sie hatte meine dunklen Begierden geweckt, als sie versucht hatte, mir die Kehle durchzuschneiden. Es war ganz natürlich gewesen, sie danach mit dem Messer zu reizen, und die Tatsache, dass ich sie damit erregt hatte, hatte wiederum mein Verlangen gesteigert.

Scheiße, ich wollte mehr. So viel mehr.

Sie gehört mir nicht.

Aber sie könnte mir gehören.

Die Mission geht vor.

Scheiß auf die Mission.

Die widersprüchlichen Gedanken quälten mich während der gesamten Fahrt zu unserem Treffpunkt. Als wir in das Industriegebiet von Solar Valley einfuhren, versteifte sich Amara und biss sich auf die Lippen.

Mir lagen unzählige Worte auf der Zunge, wobei viele davon eine Entschuldigung für das waren, was gleich geschehen würde. Ich war verwirrt, denn ich entschuldigte mich nie. Niemals. Meine Opfer hatten ihr Schicksal immer verdient, dennoch konnte ich mich der Ahnung nicht erwehren, dass Amara vielleicht unschuldig war.

Ich ignorierte die Bedenken und konzentrierte mich auf unsere Umgebung, um nach Jenkins' Männern Ausschau zu halten.

Ich durfte mich nicht ablenken lassen, denn das wäre zu gefährlich.

Amara war gefährlich.

Vor uns standen vier geparkte Geländewagen, vor denen sich über ein Dutzend Männer aufgebaut und eine lässige Haltung eingenommen hatten.

Zu lässig.

Ich runzelte die Stirn, als wir uns näherten. In meinem Kopf läuteten sämtliche Alarmglocken. »Stellt dein Verlobter immer eine ganze Armee zu deiner Bewachung ab?«

Sie zuckte mit den Schultern. »Ich hatte stets ein paar Leibwächter.«

»Wie viele?«, drängte ich.

»Drei.« Sie wandte sich mir zu. »Warum?«

Ich antwortete nicht, sondern musterte die Männer vor uns. Sie waren alle bewaffnet, einige mehr als andere. Und hinter ihnen parkten zwei weitere Wagen mit einer Handvoll Männer, die sich entlang der Hauptstraße verteilt hatten.

Insgesamt waren es mindestens zwanzig Schlägertypen, die alle betont lässig wirkten.

»Erkennst du einen von ihnen, Amara?«, fragte ich, als wir etwa dreißig Meter von der Gruppe entfernt parkten, die sich u-förmig formiert hatte.

»Leider«, murmelte sie und legte die Hand an den Türgriff, um auszusteigen.

Ich packte ihren Arm, um sie aufzuhalten. »Wen?«

Sie stieß den Atem aus und blickte in die Mitte der Gruppe. »Das da ist Boris. Der Rest ...« Sie zuckte mit den Schultern. »Das sind wohl seine Schläger.«

»Aber schickt er für gewöhnlich so viele von ihnen?«

Sie begegnete endlich meinem Blick. »Nein. Warum?«

»Mir erscheint es merkwürdig, dass dein Senator ein Willkommenskomitee von zwanzig Männern schickt, um eine einzige Frau zu bändigen.«

Sie verzog den Mund und schüttelte den Kopf. »Wahrscheinlich will er mich damit bestrafen. Vielleicht lassen sie dich mitmachen und beenden, was wir im Hotelzimmer begonnen haben.«

Die Worte ließen mich innerlich erstarren. »Du denkst, er ...« Ich konnte den Gedanken nicht zu Ende führen, geschweige denn die Worte aussprechen, während mir das Blut in den Adern gefror.

»Es wäre nicht das erste Mal«, antwortete sie und klang dabei so distanziert, dass mir das Herz brach. »Nun ja, zwanzig hat er bisher noch nicht geschickt, normalerweise sind es vier oder fünf. Aber ich habe ihn wütend gemacht, daher ...« Sie zuckte wieder mit den Schultern, als wäre es das Normalste der Welt für sie.

»Deshalb bist du weggelaufen«, erkannte ich schlagartig und sie bestätigte meine Vermutung mit einem Blick. Möglicherweise spielte sie mir nur etwas vor, doch ich erkannte eine gebrochene Seele, wenn ich eine sah. Und jetzt starrte sie mir direkt ins Gesicht. Sie wehrte sich nicht mehr.

Sie hatte aufgegeben.

Verdammt.

Aus dem Augenwinkel nahm ich eine Bewegung vor uns wahr und hob ruckartig den Kopf. Ich spannte die Kiefermuskeln an, während ich die Männer beobachtete.

Amara mochte recht damit haben, dass sie sie bestrafen würden, doch es steckte noch etwas anderes dahinter. Ich konnte das Adrenalin praktisch auf meiner Zunge schmecken und die Aufregung eines bevorstehenden Kampfes in der Luft riechen.

Amara war nur das Dessert, nicht das Hauptgericht.

Ich winkte ihnen mit gespielter Gelassenheit zu und griff nach hinten, um einen rechteckigen Behälter aus einem Fach hinter Amaras Sitz zu holen. Ich ließ alle meine Fahrzeuge mit einer solchen Box von der Agentur ausstatten, die mir die Fahrzeuge bereitstellte.

Als ich mit dem Daumen auf den Sensor an der Kante drückte, öffnete sich der Behälter mit einem Zischen.

Darin befand sich eine Pistole mit zwei Magazinen, die ich in meiner Jacke verstaute. Dank der Dunkelheit im Wageninneren konnten die Männer nicht sehen, was ich tat. Zudem hatte ich das Fernlicht brennen lassen und blendete sie.

Ich steckte mir noch zwei Blendgranaten und zwei Dolche in die Taschen und schnappte mir ein Paar Ohrstöpsel.

»Tu, was ich dir sage«, befahl ich Amara und schaltete den

Motor ab, während ich die Scheinwerfer brennen ließ. Ich schob den Behälter an seinen Platz zurück, während sie mir zusah.

»Ich habe wohl keine andere Wahl, oder?«, konterte sie mit ausdrucksloser, kalter Stimme. Sie hatte sich bereits in sich zurückgezogen und schien nicht mehr sie selbst zu sein. Ich kannte sie zwar nicht wirklich, doch sie war nicht mehr die Frau, die ich in dem Klub aufgespürt hatte, sondern ein niedergeknüppeltes Mädchen, das sich geschlagen gab.

Wenn das alles nur gespielt war, würde ich sie eigenhändig umbringen.

Aber ich vertraute auf meine Instinkte und Fähigkeiten. Sie hatten mich bisher nie im Stich gelassen.

Ich steckte mir die Stöpsel in die Ohren, denn in meinem Metier musste man ein geübter Lippenleser sein. »Lass uns gehen.« Ich wartete nicht auf eine Antwort, sondern stieg aus dem Wagen. Ich stieß die Tür mit einer Hand zu, während ich in der anderen die Fernbedienung für ihr Armband hielt.

»Meine Herren«, sagte ich zur Begrüßung und blieb absichtlich neben dem Wagen stehen, um nicht ins Licht der Scheinwerfer zu treten. »Ich muss gestehen, dass diese Furie mich ziemlich auf Trab gehalten hat.« Ich spähte in die Mitte der Männer und erkannte den Mann, den Amara identifiziert hatte. »Boris, richtig?«

Ein verärgerter Ausdruck huschte über sein Gesicht. Ich konnte ihn zwar nicht hören, doch er formte die Worte »Wie ich sehe, hat sie geredet« mit den Lippen.

»Sie hat gar nicht mehr aufgehört«, erwiderte ich, wobei ich einen gereizten Unterton in meiner Stimme mitschwingen ließ. »Ich kann es kaum erwarten, diesen Handel hinter mich zu bringen.«

Boris nickte. »Ausgezeichnet. Komm her, Amara.«

Sie rührte sich nicht und blieb mit trotziger Miene

stehen. Vielleicht hatte sie ebenfalls bemerkt, dass die Männer ein wenig zu eifrig schienen.

Sie starrten nicht sie mit hungrigen Blicken an, sondern mich.

Die Kerle waren eindeutig Anfänger, denn sie waren kaum in der Lage, ihre Absichten zu verbergen.

Das hier ist zweifellos ein Hinterhalt. Aber Jenkins war nachlässig gewesen und hatte nur etwa zwei Dutzend untrainierte Männer statt qualifizierte Attentäter geschickt, um mich auszuschalten. Der Einzige, der sich seiner Sache sicher zu sein schien, war Boris. Offensichtlich war er der Anführer.

Also musste ich ihn zuerst ausschalten.

»Warten Sie. Bevor ich sie zu Ihnen schicke, würde ich gern wissen, ob sie die Manschette wollen oder nicht.«

Boris starrte in meine Richtung, während die Männer hinter ihm unruhig wurden. »Eine Manschette?«

»Ja, so habe ich sie in Schach gehalten. Es ist wie ein besseres Elektrohalsband, das zugleich als GPS-Ortungsgerät fungiert. Sie können es testen, wenn Sie wollen«, sagte ich mit lässigem Tonfall und ließ das Angebot in der Luft hängen. Als er nicht antwortete, zuckte ich mit den Schultern. »Nun, es ist viel zu kostbar, um es zu verschwenden, wenn Sie es also nicht wollen, bringe ich es einfach zurück.« Ich ging rückwärts zum Heck des Wagens, während ich den Blick weiter auf seinen Mund gerichtet hatte.

»Warten Sie«, sagte er, woraufhin ich die Lippen zu einem Lächeln verzog. »Eine Elektromanschette?« Selbst aus zehn Metern Entfernung konnte ich das bösartige Funkeln in seinem Gesicht erkennen. »Kann man es ihr auch um den Hals legen?«

Ich lachte leise. »Nein, es ist für das Handgelenk gedacht. Es ist perfekt, um eine Frau in die Knie zu zwingen, ohne ihren Hals zu riskieren.«

Amara schnappte nach Luft, während Boris lächelte. »Ja, das werde ich gern testen«, antwortete er.

»Es macht eine Menge Freude«, sagte ich. Ich ging vor den Wagen und stellte mich direkt zwischen die Scheinwerfer.

Jetzt wäre der richtige Zeitpunkt, um auf mich zu schießen, aber sie warteten alle auf das Signal ihres Anführers. Und ich hatte das Interesse des Anführers geweckt, wodurch er zu abgelenkt war.

Ich hob meine Hand und zeigte ihm die Fernbedienung. »Fangen Sie.« Ich warf sie ihm genauso zielsicher zu, wie ich auch meine Dolche warf, und er fing sie mit einer Hand auf. »Sie müssen nur auf den Knopf drücken«, erklärte ich und steckte die Hände in die Taschen meines Mantels, um die Blendgranaten zu packen.

»Tritt ins Licht, Amara«, drängte Boris und verzog die Lippen zu einem bösartigen Grinsen. »Du weißt, wie sehr ich dich vermisst habe, und Malcom hat mir die Erlaubnis gegeben, mit dir zu spielen.«

Sie bewegte sich nicht.

»Jetzt, Amara«, fügte ich mit gebieterischem Tonfall hinzu. Ich riskierte es nicht, mich nach ihr umzudrehen, doch ich spürte, dass sie mich anstarrte.

Im nächsten Moment hörte ich ihre Schritte auf dem Kies.

Braves Mädchen, dachte ich, als sie mit stoischer Miene an meine Seite trat.

Ich trat unauffällig einen Schritt nach vorn, denn ich wollte sie außer Reichweite haben.

»Dieser Knopf?«, fragte Boris, während er den Daumen über dem einzigen Auslöser des Geräts schweben ließ.

»Genau«, antwortete ich und drückte ebenfalls mit den Daumen auf die Geräte in meinen Händen.

Als er die Muskeln in seinem Unterarm anspannte, schloss ich die Augen und warf die Blendgranaten seitlich von mir.

Wumm!

Der Knall hallte um uns herum wider und ich nahm das grelle Licht hinter geschlossenen Lidern wahr.

Ich war als Einziger auf die Explosion vorbereitet. Ich blieb aufrecht stehen und die Ohrstöpsel schonten mein Gehör, während die anderen reagierten.

Ich schätzte die Lage mit einem schnellen Blick ein und zielte mit der Pistole, die ich bereits gezückt hatte.

Sieben links von mir. *Peng. Volltreffer. Peng. Peng. Direkt auf die Stirn. Erneut zielen. Peng. Peng. Kopfschuss.* Sieben erledigt.

Eine achte Kugel traf den Mann neben Boris mitten ins Herz. Letzterer lag schreiend am Boden, doch ich ignorierte ihn, wechselte in Sekundenschnelle mein Magazin und schaltete dann sechs weitere Männer aus.

Eine Kugel zischte an meinem Kopf vorbei, woraufhin ich mich zur Seite rollte und den am nächsten liegenden Toten als Schild benutzte. Er absorbierte den Einschlag, während ich zwei weitere Männer ausschaltete. Da ich keine Hand frei hatte, um meine Waffe nachzuladen, rammte ich einem der Männer ein Messer in die Brust, bevor ich mich bückte, um die Waffe meines ersten Opfers aufzuheben.

Eine vollständig geladene Maschinenpistole – perfekt.

Während ich den Toten weiterhin als Schild vor mir herschob, machte ich auch den restlichen Männern den Garaus.

Nachdem ich sie alle erledigt hatte, herrschte Stille. Amara kauerte mit weit aufgerissenen Augen neben dem Wagen.

Ich zog die Ohrstöpsel heraus und steckte sie in die Tasche. »Nicht bewegen«, befahl ich ihr und ging zu Boris. Ihm schien eine Hand zu fehlen. Das hatte er wohl der Fernbedienung zu verdanken.

Und wer hätte das gedacht? Der überhebliche Mistkerl war nicht einmal bewaffnet, sondern verließ sich darauf, dass seine Männer ihn mit den Waffen beschützten, die sie sicher auf der Straße gekauft hatten.

Äußerst nachlässig.

Der ganze Job war von Anfang an ein Reinfall gewesen.

Er stöhnte und schlang seine gesunde Hand um sein verletztes Handgelenk.

»Das tut mir leid. Hatte ich vergessen zu erwähnen, dass nur mein Daumenabdruck das Gerät aktivieren kann? Mein Fehler.« Es war eine Sicherheitsvorkehrung für den Fall, dass die Zielperson mir je das Gerät entwenden würde. Oder wie in diesem Fall ein Arschloch. »Was hattest du vor? Wolltest du dir das Mädchen wieder holen und mich töten?«

»L-leck mich«, fauchte er und drückte seinen verstümmelten Arm an seine blutgetränkte Brust.

»Ah, ich glaube, diese Worte waren für Amara gedacht, die du übrigens nie wieder anrühren wirst.« Ich trat mit einem gestiefelten Fuß auf seinen Hals. »Und jetzt frage ich dich noch einmal. Was hattest du geplant?«

Er beschimpfte mich erneut, woraufhin ich missbilligend den Kopf schüttelte.

»Vielleicht hast du mir nicht zugehört.« Ich zog den Fuß von seinem Hals und ging neben ihm in die Hocke, wobei ich ein Messer zückte. »Ich habe gerade fast zwei Dutzend deiner Männer in weniger als zwanzig Sekunden ausgeschaltet.«

»Du bist verrückt!«, schrie er.

»Du bist nicht der Erste, der das behauptet. Aber ich wundere mich dennoch, wer von uns beiden der Verrücktere ist. Ich, weil ich mich verteidigt habe, oder du, weil du der Meinung warst, dass du und deine Männer eine Chance gegen mich hättet.«

Er knurrte und seine Nasenflügel bebten vor Wut.

»Das habe ich nicht verstanden, Boris. Sollte das etwa eine Art Erklärung sein?« Ich presste die Klinge an die Innenseite seines Oberschenkels und durchschnitt seine schwarze Jeans. »Oder brauchst du einen Anreiz, um endlich zu reden?«

Ich drückte die Messerspitze an seine Hoden und entlockte ihm einen Schrei, als etwas in seiner Tasche vibrierte.

»Oh, wer könnte das wohl sein?« Ich fischte das Handy heraus und sah mir den Namen auf dem Display an.

»Keine krummen Sachen, Boris«, warnte ich ihn und setzte das Messer erneut an, »oder du wirst deine Eier verlieren.«

Er verzog das Gesicht.

»Sag Ja«, forderte ich, während ich den Daumen über der grünen Taste schweben ließ, um den Anruf anzunehmen.

»Jaaaaa«, stieß er hervor. In seinen Augen loderte eine Mischung aus Wut und Angst.

Ich wusste, dass er es vermasseln würde, doch genau das wollte ich.

Ich drückte auf die Lautsprechertaste und schwieg.

»Ist es erledigt?«, fragte eine schroffe Stimme, die zu dem Namen auf dem Display passte – Senator Malcom Jenkins.

Ich sah Boris mit einer hochgezogenen Augenbraue an, der noch mit sich zu hadern schien.

Als er die Stirn runzelte, war mir klar, was er sagen würde. »Er hat die anderen alle ...«

Mit einem Kopfschütteln schnitt ich ihm in die Leistenbeuge und seufzte. »Das haben wir aber nicht vereinbart, Boris«, sagte ich, wischte die Klinge an seinem Oberschenkel ab und genoss seine gurgelnden Schreie, die den Ton für die bevorstehende Unterhaltung angaben.

Ich stand auf, schaltete den Lautsprecher aus und hielt das Gerät an mein Ohr. »Wirklich, Senator, Sie sollten sich bessere Hilfskräfte leisten.«

»Mr. Bedivere«, antwortete er überrascht. »Ich bin verwirrt. Ist etwas passiert?«

»Ich weiß es nicht, Senator. Sagen Sie es mir.« Denn ich hatte geglaubt, er würde die Bezahlung im Austausch für seine entlaufene Braut übergeben, statt mich mit einer Horde von Amateuren ausschalten zu wollen.

Für einen Moment herrschte Stille am anderen Ende der Leitung. »Es ... es tut mir leid, aber ich verstehe nicht ganz. Ich habe meine Abgesandten geschickt, um Amara in Empfang zu nehmen. Geht es ihr gut?«

Ah, so wollte er also spielen? »Ihrer ehemaligen Verlobten geht es gut. Ihren Männern allerdings weniger.«

»Hat sie etwas angestellt?«, fragte er mit schroffer Stimme.

»Amara? Nein. Sie ist zwar streitlustig, aber harmlos.« *Es sei denn, sie ist mit einer Ketamin-Spritze bewaffnet.*

Er räusperte sich. »Hören Sie, Killian, ich weiß nicht, was sie Ihnen erzählt hat, aber sie ist eine Meisterin der Manipulation. Es wäre ein Fehler, ihr zu glauben, denn sie lügt.«

Ich zog die Augenbrauen in die Höhe. »Darum geht es hier also. Wollten Sie mich deshalb aus dem Weg schaffen?« Es war die einzig logische Erklärung dafür, dass er so viele Männer geschickt hatte.

»Sie aus dem Weg schaffen?«, fragte er und stieß ein geschmeidiges Lachen aus. Zu geschmeidig. »Hat sie Ihnen das etwa weismachen wollen?«

Ich lächelte amüsiert. Er spielte seine Scharade perfekt. Hätten seine *Abgesandten* nicht derart schwere Geschütze aufgefahren, wäre ich vielleicht versucht gewesen, ihm zu glauben. Aber mein Instinkt täuschte mich nicht. Er hatte diese Männer gesandt, um mich und nicht Amara zu töten.

»Oh, sie ist Ihnen unter die Haut gegangen«, fuhr er seufzend fort. »Es tut mir so leid, Killian. Aber sie ist ziemlich gut. Sie hat auch mich getäuscht. Wir können die Sache immer noch klären, Sie und ich.«

»Wirklich? Was ist sie Ihnen wert?«, fragte ich neugierig.

»Ich verdopple die Belohnung«, sagte er wie aus der Pistole geschossen.

Ich pfiff durch die Zähne. »Das ist ein beeindruckendes Angebot. Aber wir haben immer noch ein Problem.«

»Was auch immer es ist, ich kann es lösen.«

»Tatsächlich?«, konterte ich. »Denn es war nicht gerade eine kluge Entscheidung, sich mit einem Schattenreiter anzulegen. Aber ich hätte einen Vorschlag für Sie, falls Sie interessiert sind.«

»Raus mit der Sprache.« Er schien sich seiner Sache so sicher zu sein, als wäre es das Normalste der Welt für ihn, jemanden töten zu lassen. *Selbstgerechtes Arschloch.*

»Das nächste Mal sollten Sie eine ganze Armee schicken, und zwar eine gut ausgebildete.«

Aus dem Augenwinkel nahm ich eine Bewegung wahr und beendete das Gespräch. Ich ließ das Handy fallen und entriss der nächstbesten Leiche eine Waffe, um auf Amaras Beine zu zielen.

Sie erstarrte, als die Kugel ihren Unterschenkel nur knapp verfehlte. »Der nächste Schuss durchbohrt deine Wade, Amara«, rief ich ihr zu. »Und jetzt steig in den verdammten Wagen.«

Denn sie hatte mir einiges zu erklären.

Ein Mann wie Jenkins schickte nicht einfach eine Gruppe von Schlägern, um eine entlaufene Betrügerin zurückzuholen. Und er riskierte nicht leichtfertig, den Chef der *Cavaliers de l'ombre* zu verärgern, indem er einen seiner Killer mit einem stümperhaften Erschießungskommando ausschaltete.

Nein, hier war noch etwas anderes im Spiel. Amara hatte die Auktionen erwähnt und angedeutet, dass er sie bei einer gekauft hatte. Nun gut. Es war ein belastender Beweis, aber dennoch stand ihr Wort gegen seines.

Daher vermutete ich, dass diese Information nur die Spitze des Eisbergs war.

Amara wusste etwas, das für den Ruf des Senators viel schädlicher war. Es war so bedeutend, dass er sogar versucht hatte, mich zu töten, nur weil ich etwas Zeit mit ihr verbracht hatte.

Ich jagte Boris eine Kugel in den Schädel, bevor ich die Waffe auf den Boden warf.

Wir würden hier einen Aufräumtrupp brauchen, und zwar umgehend.

Ich zog mein Handy aus der Tasche und schickte dem Teamleiter, der für solcherlei Angelegenheiten zuständig war, eine Nachricht. Ich fügte eine Reihe von Koordinaten und die Anzahl der Opfer bei. Diese Leute hatten Kontakte auf der ganzen Welt, die speziell für diese Art von Situationen bereitstanden.

Aus dem Augenwinkel sah ich, wie Amara sich auf den Beifahrersitz setzte. Das Fernlicht machte es unmöglich, sie im Inneren zu sehen, aber ich vermutete, dass sie versuchen würde, an mein Waffenlager zu gelangen.

Viel Glück, Schätzchen. Im Wagen befanden sich zwei Behälter, die sich beide nur mit meinem Fingerabdruck öffnen ließen. *Ich liebe diese Technik.*

Ich war außerdem von einer Reihe Schusswaffen umgeben, von denen die meisten ziemlich beeindruckend waren. Der Aufräumtrupp würde sich sicher darüber freuen.

Mein Verdacht wurde bestätigt, als ich mich der Fahrerseite näherte und sah, wie Amara gerade die Schultern straffte.

»Es wäre nicht sonderlich klug, mich jetzt anzugreifen, Amara«, warnte ich sie, als ich mich neben sie setzte. Ich hatte gerade fast zwei Dutzend Männer zur Strecke gebracht und wurde immer noch von Mordlust durchströmt. Sie erstarrte vor Schreck, denn wahrscheinlich spürte sie die tödliche Energie, die von mir ausging. Das Adrenalin schoss mir durch die Adern und ich fühlte mich lebendig, unzerstörbar und wütend.

Glaubte Jenkins wirklich, dass er mich mit einer kleinen Truppe inkompetenter Soldaten zu Fall bringen konnte? Es war geradezu beleidigend.

Ich fuhr den Audi rückwärts die lange Auffahrt hinunter, wobei das Brummen des Motors das Grollen in meiner Brust untermalte. Am Ende der Straße scherte ich aus und raste in Richtung Autobahn.

Kurz darauf hallte ein Klingelton durch den Wagen.

Ich musste nicht einmal einen Blick auf das Display werfen, um zu wissen, wer anrief, also drückte ich auf die Annahmetaste. »Devereaux.«

»Was zum Teufel ist passiert, Dagger? Senator Jenkins hat gerade angerufen und behauptet, du hättest wegen eines Mädchens den Verstand verloren.«

Ich schnaubte. »Darauf wette ich.« Ich festigte den Griff um das Lenkrad. »Hat er auch zufällig das Begrüßungskomitee erwähnt, das er zu dem Treffpunkt geschickt hat?«

»Ja. Er behauptet, du hättest sie alle getötet.«

»Das ist richtig.«

»Warum?«, wollte er wissen.

»Auf uns haben etwa zwei Dutzend schwer bewaffnete Männer gewartet. Was sagt dir das?«

Einen Moment herrschte Schweigen, dann antwortete er: »Scheint ein bisschen viel für ein einzelnes Mädchen zu sein.«

»Genau das dachte ich auch«, murmelte ich.

Er schwieg erneut.

Clement Devereaux war zwar kaltherzig, gnadenlos und sadistisch, aber er vertraute seinen Schattenreitern – oder *Les Cavaliers*, wie er uns nannte – bedingungslos.

Ich hatte weder jetzt noch sonst irgendwann einen Grund gehabt, ihn zu belügen. Ich erledigte meine Aufträge immer pünktlich oder sogar verfrüht und hatte ihm im Laufe der Jahre mehrere Prämien eingebracht.

Verlässlichkeit war mein zweiter Vorname.

Ich baute nie Mist.

Und das wusste er.

»Finde heraus, was sie weiß«, sagte er schließlich und legte auf.

Er würde von mir erwarten, dass ich alles Nötige unternahm, um die Wahrheit herauszufinden.

Das schloss auch Foltern nicht aus.

»Ich hoffe, du bist bereit zu reden, Kätzchen«, sagte ich warnend. »Andernfalls haben wir eine lange Nacht vor uns.«

KAPITEL 8

AMARA

K illian hatte all diese Männer getötet.
Ohne mit der Wimper zu zucken.
Dann hatte er mit einer Zielsicherheit auf
mich geschossen, die mich hatte erstarren lassen.

Jede seiner Bewegungen war gemessen und präzise und
verriet mir, was für ein Raubtier er wirklich war. Er hatte
seinen Opfern in die Brust oder den Schädel geschossen,
bevor ihnen überhaupt klar war, was er getan hatte.

Ich hatte auf dem Boden gelegen und alles beobachtet.
Die Explosion hatte mich derart betäubt, dass ich mich nicht
hatte rühren können. In meinen Ohren hörte ich immer noch
ein Klingeln.

Der Todesengel neben mir schien sich davon nicht aus der
Ruhe bringen zu lassen. Er wurde von einer bedrohlichen
Aura umgeben, die den Innenraum des Wagens erfüllte und
mir eine Gänsehaut bescherte.

Amir jagte mir Angst ein.

Malcom machte mich wütend.

Killian faszinierte mich.

Es ergab keinen Sinn und genau deshalb hatte ich

versucht zu fliehen. Ich sollte verängstig sein und um mein Leben betteln, doch als ich gesehen hatte, wie er im Alleingang all diese Männer zur Strecke gebracht hatte, hatte mich plötzlich ein unbändiges Verlangen durchströmt. Ich war hin- und hergerissen und wusste, dass es falsch war, also hatte ich Reißaus genommen.

Doch dann hatte er auf mich geschossen, was mich noch mehr erregt hatte.

Es ist krank.

Er wollte mir Informationen entlocken, die ich niemals laut aussprechen könnte, und ich hatte keinen Zweifel daran, dass er notfalls zur Folter greifen würde. Nach außen hin verströmte Killian Gelassenheit, doch ich hatte gerade sein wahres Gesicht gesehen. Unter seiner eleganten Fassade lauerte eine wilde Bestie.

Und ich wollte ihn liebkosen, mit ihm spielen und jeden Zentimeter seines Körpers lecken.

Ich spannte unwillkürlich die Schenkel an und mein Unterleib wurde von einer erregenden Wärme durchströmt. Vielleicht lag es an der berauschenden Energie, die ihn nach dem Gemetzel umgab, aber ich sehnte mich nach einem Biss dieses animalischen Wesens. Ich wusste, dass es düster, verrucht und wahrscheinlich schmerzhaft sein würde, doch das war mir egal.

»Hast du Hunger?«, fragte er, wobei seine tiefe Stimme mich noch mehr in Wallung brachte.

»Ja«, flüsterte ich. *Aber es gelüstet mich nicht nach etwas zu essen.*

»Gut.«

Dieses eine Wort erregte mich so sehr, dass ich fast laut aufgestöhnt hätte. Meine Güte, er brachte mich ganz durcheinander. Ich musste irgendwie die Fassung wiedergewinnen.

Er hatte mindestens zwanzig Männer getötet.

Einschließlich Boris.

Bei dem Gedanken verzog ich die Lippen zu einem Lächeln. Der Tod hatte mich nie aus der Ruhe gebracht, denn ich hatte mich im Laufe meines Lebens daran gewöhnt. Doch ich hatte ihn zuvor noch nie *genossen*.

Bis heute.

Diese Arschlöcher hatten ihr Schicksal verdient, allen voran Boris. Ich bedauerte nur, dass er ihnen so schnell den Garaus gemacht hatte.

Ich hatte ihn davor gewarnt, dass Malcom ihn hintergehen würde. Glücklicherweise hatte Killian es noch rechtzeitig erkannt und die Situation gerettet.

Trotzdem schockierte es mich. Ich war innerlich so gebrochen, dass ich einfach akzeptiert hatte, dass all die Männer mir eine Lektion erteilen würden. Es war zwar extrem, aber Malcolm liebte es, mich zu bestrafen, und ich hatte ihn mit meiner Flucht zweifellos in Rage gebracht.

Mit einem Schaudern erinnerte ich mich an besagten Tag.

Den Tag unserer Hochzeit.

»Sieh dich nur an, ganz in Weiß.« Boris' *geschmeidige Stimme jagte mir einen Schauer über den Rücken.*

Ich ignorierte ihn, denn ich fürchtete, dass er mir ansehen könnte, was ich vorhatte. Dann säße ich in der Falle und es gäbe keinen Ausweg mehr.

Der Plan musste funktionieren.

Ich hatte nur diese eine Chance.

Malcom war beschäftigt, denn sein Ego übertrumpfte sein Bedürfnis, mich zu bewachen. All seine politischen Verbündeten waren heute gekommen – zumindest diejenigen, die mit ihm legale Geschäfte betrieben. Solange die Kameras und die Blicke der anderen auf ihn gerichtet waren, würde er nicht zum Gewaltausbruch neigen.

Und nach meiner Flucht wäre er zu sehr bemüht, sein Gesicht zu wahren, um umgehend die Verfolgung aufzunehmen. Und diese Zeit würde ich ausnutzen, um mich aus dem Staub zu machen.

»Hast du mich gehört?«, wollte Boris wissen. Ich spürte seinen heißen Atem an meinem Nacken, als er einen Arm um meine Taille schlang und mich ruckartig an sich zog. »Ich habe eine Vorliebe für Schlampen in Weiß, Amara. Glaubst du, Malcom wird mir vor dem Gelübde eine kleine Kostprobe erlauben? Oder wird er dich heute Abend mit mir teilen?«

Mir stieg die Galle in die Kehle. Malcom liebte es zu feiern. Zweifellos hatte er etwas Abscheuliches mit mir vor, wobei ich heute Abend im Mittelpunkt stehen würde. Vielleicht würde er auch einige der anderen Mädchen mitbringen.

Ich wusste es nicht.

Und es war mir egal.

Denn ich würde längst über alle Berge sein, bevor die Feierlichkeiten begannen.

»Boris.« Als ich die vertraute Stimme hörte, dachte ich unwillkürlich an Fingernägel, die über eine Schiefertafel kratzten. Sie verfolgte mich und erinnerte mich an ein Leben, das ich lieber vergessen hätte. »Du solltest die Finger von ihr lassen, bevor dich noch jemand sieht. Du kannst später mir ihr spielen.«

Die Frau, die vorgab, meine Mutter zu sein, stellte sich neben mich. Trotz ihrer vielen Botox-Behandlungen sah man die Fältchen um ihre grauen Augen.

»Ja, ja.« Er biss mir in den Nacken, bevor er von mir abließ. »Sei ein braves Mädchen, Amara. Denk an mich.«

Ich ignorierte ihn, weil ich wusste, dass ich ihn damit in Rage bringen würde. Doch Clarissa Rose warf ihm einen unterkühlten Blick zu und er verließ den Raum.

Niemand würde es wagen, der Madame zu widersprechen. Nicht in dieser Welt.

»Du solltest ihn nicht verärgern«, tadelte sie mich.

Sicher, denn es war meine Schuld, dass ich existierte. Doch statt ihr meine Meinung zu sagen, lächelte ich nur. »Es gefällt ihm.«

Sie schmunzelte. »Wahrscheinlich hast du recht.« Sie wandte sich mir zu. Ihr blondes Haar war wie immer perfekt frisiert. »Du hast *dich wirklich wunderbar entwickelt, liebste Amara. Ich bin so stolz auf dich.«*

Ich schüttelte die Erinnerung ab und hatte stattdessen ein Bild von Clarissas blutigem Gesicht vor Augen. Ich hegte diesen Traum schon lange, doch bisher hatte ich ihn mir noch nicht erfüllt. Doch eines Tages würde ich sie töten.

Genauso wie ihren armseligen Ehemann.

»Wirst du dich anständig benehmen, Amara?«, fragte Killian, als er von der Autobahn abfuhr und sich einer Stadt näherte.

»Wohin sollte ich schon gehen?«, konterte ich. Ich hatte keine Ahnung, wo wir waren. Ich war während der Fahrt mehrere Male eingeschlafen.

»Du würdest nicht weit kommen«, versicherte er mir. »Aber falls du bei unserer Ankunft eine Szene machst, wirst du es bereuen.«

»Drohungen sind im Moment überflüssig, meinst du nicht auch?«, fragte ich und warf ihm einen Blick aus dem Augenwinkel zu. »Wir wissen doch beide, dass du vorhast, mich zu foltern, Killian.« Ich hatte allerdings nicht die Absicht zu reden. Er glaubte, wissen zu wollen, was ich in meinem Gedächtnis gespeichert hatte. Doch niemand wollte das wirklich wissen.

Er widersprach meinen Worten nicht, sondern navigierte den Wagen mit Leichtigkeit durch die Straßen, bis er vor einem Gebäude hielt. Killian schnallte sich ab und beugte sich zu mir hinüber.

»Ich habe durchaus vor, dich zu quälen, Amara. Und zwar gründlich«, flüsterte er mir ins Ohr. »Aber zuerst brauche ich etwas zu essen.« Er biss mir ins Ohrläppchen und zog einen Behälter hinter meinem Sitz hervor.

Es existierten zwei dieser Kästchen.

Ich hatte versucht, beide zu öffnen, während er draußen vor dem Wagen gestanden hatte.

»Rühr dich nicht von der Stelle, Amara«, sagte er und öffnete die Tür, um den Mann vom Parkservice in fließendem Deutsch zu begrüßen.

Ich erwog, seinen Befehl zu missachten und aus dem Fahrzeug zu steigen, nur um zu sehen, wie er reagieren würde. Doch dann beschloss ich, seine Geduld nicht auf die Probe zu stellen. Er strahlte immer noch diese bedrohliche Aura aus, die mir verriet, dass seine Mordlust nicht nachgelassen hatte. Ich wollte zwar mit ihm spielen, doch ich hatte keine Lust zu sterben.

Er übergab dem Mann den Autoschlüssel, nahm meine Tasche aus dem Kofferraum und ging auf die Beifahrerseite, um mir die Tür zu öffnen. Ich folgte ihm schweigend, als er mich in einen luxuriösen Empfangsbereich führte. Er sagte immer wieder etwas von essen, doch wir befanden uns in einem eleganten Hotel.

»Halte das«, befahl er und reichte mir den Behälter, während er meine Tasche um seine Schulter geschlungen hatte.

Eine Frau am Empfangstresen winkte uns zu sich, doch er nickte nur und hielt sich sein Handy ans Ohr. »Wyatt, du musst mir einen Gefallen tun«, sagte er zur Begrüßung. »Ja, ja, setze es auf meine Rechnung. Ich bin in einem deiner Hotels in Leipzig. Kannst du mir ein Zimmer unter einem falschen Namen besorgen?«

Er hielt inne und grinste.

»Also schön, das Hotel deines *Bruders*. Kannst du mir nun helfen oder nicht?« Er lächelte, als der Mann am anderen Ende der Leitung antwortete. »Ich schicke dir die Informationen mit einer SMS.«

Er hörte erneut zu und verzog die Lippen zu einem Lächeln, wobei seine Grübchen zum Vorschein kamen.

»Du bist wirklich ein Arsch, Mershano.« Dann lachte er und schüttelte den Kopf. »Ja, abgemacht. Danke.«

Mit einem Schmunzeln beendete er das Gespräch und tippte eine Nachricht an seinen Freund.

»Mershano?«, wiederholte ich leise und betrachtete das riesige M, das auf dem Marmorboden in der Mitte der Empfangshalle eingraviert war. »Mershano Suites.« Ich hatte noch nie in einem dieser Hotels übernachtet, aber ich wusste von ihrer Existenz.

»Ja.« Er warf einen Blick auf sein Handy, als er eine Antwort erhielt. »Wyatt ist ein Freund von mir.«

»Er ist der Rebell in der Familie, nicht wahr?«, fragte ich, da ich mit der Sippe einigermaßen vertraut war. Sie verkehrten nicht in den Kreisen, denen ich angehörte, doch ihr Name war berühmt. Sie besaßen eine der besten Luxushotelketten der Welt. »Wird sein älterer Bruder nicht bald heiraten, nachdem er in einer Realityshow aufgetreten ist?«

Killian wirkte aufrichtig überrascht. »Du interessierst dich für diesen Mist?«

»Ja. Dafür wurde ich ausgebildet.« Es war Bestandteil meiner Erziehung gewesen, der für meinen Status erforderlich war.

Sein Grinsen erstarb. »Darüber werden wir noch ausführlicher sprechen.«

Ich zuckte mit den Schultern. Diesen Teil meiner Vergangenheit konnte ich ihm verraten. Doch die Details über Malcom wollte ich nicht näher erläutern. Niemals.

Sein Telefon gab wieder ein Summen von sich. Er verzog die Lippen zu einem Lächeln, als er eine Antwort tippte. »Unser Zimmer ist fertig.« Er deutete mit dem Kopf auf den Empfangstresen und bedeutete mir, ihm zu folgen.

Ich gehorchte, denn mir blieb keine Wahl. Obendrein hatte ich keine Ahnung, ob diese verdammte Manschette an meinem Handgelenk noch funktionierte oder nicht. Vor der Explosion hatte er Boris die Fernbedienung zugeworfen. Und soweit ich gesehen hatte war das Ding in Boris' Hand explodiert.

Ein Lächeln umspielte meine Lippen. Das war ein cleverer Schachzug gewesen. Wenn ich doch nur den Abzug hätte drücken können. Es wäre sicher befreiend, das Leben derer zu beenden, die mich gequält hatten.

Wie Clarissa.

Und Geoff, obwohl er nie Hand an mich gelegt hatte. Er hatte nur meine Ausbildung beaufsichtigt.

Und Malcom.

Ich biss die Zähne aufeinander, als ich von Rachedurst durchströmt wurde.

Killian stand jedoch nicht auf meiner Liste. Ich hatte nicht das Bedürfnis, ihm wie den anderen zu schaden. Er hatte mich entführt, mich bereits zweimal mit einem Messer bedroht und mich gezwungen, ihm zu folgen wie ein Schoßhündchen. Ich sollte ihn hassen.

Doch das tat ich nicht, nicht einmal annähernd.

Das Ganze bereitete mir Kopfzerbrechen und ich massierte mir die Schläfen, während er mit der Empfangsdame sprach und sich als *Cav Dagger* ausgab. Als er einen Reisepass aus seinem Mantel zog und ihr reichte, hörte ich schon nicht mehr zu.

Dieser Mann spielte in einer völlig anderen Liga.

Er bedankte sich bei der Frau, als sie ihm einen Schlüsselbund überreichte, und bedeutete mir dann mit einer Geste, voraus zu den Aufzügen auf der anderen Seite der Empfangshalle zu gehen.

Also schön. Dann würde ich ihm eben einen unvergesslichen Anblick bieten, indem ich aufreizend die Hüften schwang, als ich vor ihm her schlenderte. Ein Kleid wäre besser gewesen, doch sein leises Lachen verriet mir, dass ich auch in Jeans Erfolg damit hatte.

»Spielst du die Rolle der Verführerin, Kätzchen?«, fragte er und wählte mit dem Schlüssel die gewünschte Etage.

Die Türen schlossen sich und ich war mit dem Mann allein, der soeben über zwanzig Männer ausgeschaltet hatte, ohne dass ihm etwas nachgewiesen werden konnte.

Ich lehnte den Kopf in den Nacken, um seine belustigte Miene zu bewundern. »Ich dachte, du wolltest etwas essen.«

»Oh, das will ich auch«, antwortete er und ließ den Blick unmissverständlich über jeden Zentimeter meines Körpers schweifen. »Wir werden etwas vom Zimmerservice bestellen.«

»Und danach?«, wollte ich wissen.

Er verzog die Lippen zu einem Lächeln und bedachte mich mit einem glühenden Blick. »Und dann, meine liebe Amara, werden wir spielen.«

Ich bebte am ganzen Körper, doch nicht aus Angst, sondern aus Vorfreude.

Ich *wollte* mit ihm spielen.

Und das bewies, wie gebrochen ich tatsächlich war.

KAPITEL 9

KILLIAN

A mara saß mit angezogenen Beinen auf der Couch in unserer Suite und hatte einen leeren Teller auf dem Schoß. Offenbar war sie genauso hungrig gewesen wie ich, denn sie hatte ihre Mahlzeit in Rekordzeit verspeist. Vielleicht wollte sie aber auch nur zum nächsten Punkt auf der Tagesordnung übergehen.

Folter.

Dazu würde es nicht kommen.

Diese Frau hatte im Laufe ihres Lebens wahrlich genug durchgemacht, was bedeutete, dass sie gegen meine Methoden ohnehin weitgehend immun sein würde.

Ich würde sie auf eine Weise aus der Reserve locken müssen, mit der sie niemals rechnete.

Ich stand auf, nahm ihr den Teller ab und stellte ihn zu den anderen leeren Tellern auf den Tisch neben der Küche. Wyatt hatte uns im Hotel seines Bruders, den Mershano Suites, eine erstklassige Unterkunft besorgt. Mir gefiel vor allem das große Doppelbett im Schlafzimmer.

Amara sah mit ausdruckslosem Blick zu mir auf. Sie hatte sich in ihr Schneckenhaus zurückgezogen. Für einen

Menschen, der es gewohnt war, von anderen verletzt zu werden, war das ein normaler Abwehrmechanismus.

Mir kochte das Blut in den Adern, wenn ich daran dachte, was sie durchgemacht und wie sie einfach so hingenommen hatte, dass diese zwanzig Männer gekommen waren, um sie zu *bestrafen*.

Devereaux wollte Antworten. Genau wie ich. Aber ich würde sie auf meine Art aus ihr herauspressen, ohne mein Messer zum Einsatz zu bringen.

Ich ließ mich auf der Couch neben ihr nieder, wobei ich etwa einen Meter Abstand zwischen uns hielt, und legte den Fuß auf mein anderes Knie. Sie zuckte weder zusammen, noch rührte sie sich von der Stelle, als ich meinen Arm entlang der Rückenlehne ausstreckte und meine Hand nur wenige Zentimeter von ihrer Schulter entfernt ruhen ließ. Selbst als ich mich ihr zuwandte, reagierte sie nicht.

Sie bedachte mich lediglich mit einem emotionslosen Blick und schien bereit zu beginnen.

»Du weißt also über meine Familie Bescheid«, sagte ich, denn wir hatten bei unserer ersten Begegnung im Klub darüber gesprochen. »Ich bin ein Erbe des Vermögens der Bedivere Corporation und halte mich im Allgemeinen bedeckt. Ich lasse mich hin und wieder bei Wohltätigkeits-veranstaltungen sehen, um meine Tarnung aufrechtzuerhalten, während die Öffentlichkeit von mir glaubt, dass ich von meinem Familienerbe lebe und keinen Finger krumm mache.« Ähnlich wie mein Freund Wyatt, doch auch er hatte seine Geheimnisse.

Was mich zu meinem nächsten Punkt brachte.

»Es ist erstaunlich, was man mit Geld alles verbergen kann, meinst du nicht auch?« Ich beugte mich vor, um nach meiner Kaffeetasse zu greifen, und trank einen Schluck. Amara hatte kein Getränk gewollt.

»Mich verwundert nichts mehr«, antwortete sie und legte

den Kopf schief. »Willst du mich mit Geschichten unterhalten, um mich zum Reden zu bringen? Denn das würde mich schnell langweilen.«

»Möchtest du lieber gleich zur Sache kommen?«, konterte ich, stellte meine Kaffeetasse ab und holte eines meiner Messer hervor. »Wir können die Party auch schon früher beginnen«, sagte ich und schüttelte missbilligend den Kopf, während ich die Klinge durch meine Finger drehte. »Erst gestern Abend haben wir doch festgestellt, dass Konversation als Vorspiel gilt.«

»Richtig. Das hatte ich vergessen. Du redest gern.« Sie gab mir mit einer Geste zu verstehen fortzufahren. »Zögere das Unvermeidliche ruhig hinaus. Ich werde mich um einen verängstigten Eindruck bemühen, während ich darauf warte, dass du endlich zur Sache kommst.«

Ich grinste. »Oh, ich mag dich wirklich, Amara.«

Sie schnaubte nur und sagte nichts weiter.

Ich legte das Messer beiseite und griff nach meiner Kaffeetasse. »Es hat Vorteile, im Schatten seines Bruders aufzuwachsen. Während sich alle auf ihn als zukünftigen Firmenchef von Bedivere Corporation konzentrierten, hatte ich die Möglichkeit, mich am Rande der High Society zu halten und verschiedenen Aktivitäten nachzugehen. Ich übte mich in mehreren Kampfsportarten wie Boxen, Ringen und sogar Fechten. Meine Eltern hielten nicht viel davon, aber sie gaben mir ein Bankkonto, mit dem ich mein gesellschaftliches Leben finanzieren konnte.«

Sie betrachtete mich mit stoischer Miene, doch ein Ausdruck von Interesse flackerte in ihrem Blick auf.

»Kurz nach meinem achtzehnten Geburtstag nahmen meine Eltern mich zu einer Benefizveranstaltung in New Orleans mit. Ich nehme an, dass du diese Art von Partys kennst, auf denen mit Geld um sich geworfen wird, unter dem Vorwand, einer wohltätigen Organisation zu helfen, wobei es in Wirklichkeit nur darum geht, seinen gesellschaftlichen Status zu zeigen.«

Sie nickte. »Ja. Ich habe mehrere dieser Veranstaltungen besucht, die zum Teil auch Wahlkampfkampagnen finanziert haben. Aber ich bezweifle, dass deine Erfahrung sich mit meiner vergleichen lässt.«

Ich zog eine Augenbraue in die Höhe. »Hast du jemanden umgebracht?«

Sie warf mir einen vielsagenden Blick zu. »Das hätte ich liebend gern, doch ich habe es nicht getan.« Eine interessante Antwort, auf die ich später noch eingehen würde.

»Ich habe jemanden getötet. Ich meine, bei der Benefizveranstaltung in New Orleans.«

Sie beugte sich vor. »Warum?«

»Ich wurde Zeuge von etwas, was ich nicht hätte sehen sollen, und es hat mir nicht sonderlich gefallen.« Ich zuckte mit den Schultern. »Als der Typ mich in der Tür bemerkte, machte er den Fehler, mich mit einem Messer zu bedrohen. Ich habe ihn damit erstochen.«

Jetzt hatte ich ihre volle Aufmerksamkeit. »Was hat er getan?«

»Er war im Begriff, eine Frau zu Tode zu prügeln.« Ich leerte meine Tasse und stellte sie beiseite. »Ich habe reagiert, ohne nachzudenken. Dann stellte ich fest, dass er nicht der einzige Mann im Raum gewesen war. So lernte ich Clement Devereaux kennen.«

Sie runzelte die Stirn, da ihr der Name offensichtlich nicht bekannt war. »Ist das der Typ, mit dem du am Telefon gesprochen hast?«

Der Typ. Ich hätte fast laut gelacht. »Er leitet eine Vereinigung namens *Les Cavaliers de l'ombre*. Ich bin einer seiner Mitarbeiter.«

»Ist das etwa ein besserer Ausdruck für Kopfgeldjäger und Auftragskiller?«

»Ich bin ein Ritter des Todes, Schätzchen. Ein Schattenreiter. Insgesamt sind wir zwölf. Mit Devereaux sind wir dreizehn.«

»Er hat dich also rekrutiert?«, mutmaßte sie.

»Mehr oder weniger. Er war im Raum und hat alles beobachtet.«

»Und hat nicht daran gedacht, der Frau zu helfen?«

Ich lachte leise. »Das ist nicht Devereaux' Art. Er ist ein sadistischer Scheißkerl. Zu meinem Glück war der Mann, den ich getötet habe, ihm bei einem Geschäft in die Quere gekommen. Er sagte mir, ich hätte ihm einen Gefallen getan und er würde den Schlamassel bereinigen, dann rief er mich zwei Wochen später mit einem Auftrag an. Anfangs erpresste er mich, denn er hatte Fotos von mir am Tatort. Aber die Leute, dich ich töten sollte, waren alle Arschlöcher und Verbrecher, und zehn Jahre später helfe ich ihm immer noch.«

Zu Beginn hatte ich ihn dafür gehasst, doch mit jedem Fall gab er mir einen neuen Mistkerl, der sein Schicksal verdient hatte. Und heute konnte ich mir kein anderes Leben mehr vorstellen. Er meldete sich, wenn er mich brauchte, und ließ mich ansonsten in Frieden leben. Es war eine symbiotische Beziehung, die es mir ermöglichte, meine Fähigkeiten auf lukrative Weise zu nutzen und auszubauen.

»Wie viele Menschen hast du getötet?«, fragte sie, wobei mein beruflicher Werdegang sie nicht zu beunruhigen schien.

»Mehr, als ich zählen möchte«, gestand ich. »Aber ich töte nur jemanden, wenn er sein Schicksal verdient hat.«

»Und du glaubst, ich verdiene mein Schicksal«, sagte sie mit einem traurigen Lächeln. »Ich frage mich, wie viele andere Menschen zu Unrecht zum Tode verdammt wurden.«

»Du hast Geld gestohlen, Amara. Du bist nicht unschuldig.« Ich sprach die Worte bewusst aus, denn ich wollte sie provozieren und sie dazu bringen, mir die Wahrheit zu sagen. Denn sie hatte zweifellos recht. Ich hatte sie falsch eingeschätzt, und wahrscheinlich hatte ich mich in der Vergangenheit auch in anderen Fällen geirrt.

Doch im Gegensatz zu ihnen hatte sie die Möglichkeit, ihr Schicksal zu ändern. Sie wäre in der Lage, mich auf andere Leute anzusetzen. Sie musste mir nur ihre Namen nennen, dann würde ich mich um den Rest kümmern.

»Du weißt nichts über mein Leben, Killian.« In ihren blaugrünen Augen brannte ein Feuer, das mir weit mehr gefiel, als ich ihr offenbarte.

Ja, Kätzchen.

Komm und spiel mit mir.

Erzähl mir eine Geschichte.

Sag mir, wen ich töten soll.

»Ich kenne die Fakten. Du hast einen Mann vor dem Altar stehen lassen und dich mit der Hälfte seines Bankkontos aus dem Staub gemacht.« Ich hob die Hand, um ihren Einwand abzuwehren. »Ja, es mag eines von mehreren Konten sein, aber es ist trotz allem ein Verbrechen. Ganz zu schweigen von dem Schaden, den du seinem Ruf zugefügt hast, indem du ihn am Tag eurer Hochzeit verlassen hast.« Ich schüttelte missbilligend den Kopf. »Das ist wirklich niederträchtig, Schätzchen.«

Das Feuer in ihrem Blick verwandelte sich in ein Inferno und ihr Stoizismus wurde von einer Welle der Wut davongespült.

»Niederträchtig?«, wiederholte sie mit verbittertem Tonfall. »Das Geld auf diesem Konto war für Geoff und Clarissa Rose vorgesehen, um für mich zu bezahlen. Da er damit meine ewige Knechtschaft kaufen wollte, gehörte das Geld meiner Meinung nach mir. Und was die Tatsache angeht, dass ich Malcolm am Tag unserer Hochzeit verlassen habe? Sollte die Braut nicht freiwillig heiraten, statt dazu gezwungen zu werden? Oder ist das für dich nur nebensächlich, wenn du deine Zielperson unter die Lupe nimmst?«

Ihre Wangen glühten und ihre Nasenflügel bebten.

Ich hatte einen Nerv getroffen.

Und dabei eine ganze Menge in Erfahrung gebracht.

»Er hat dich gekauft, weil er dich zu seiner Vorzeigefrau machen wollte«, vermutete ich.

Sie stieß ein humorloses Lachen aus. »Oh, das ist eine naive Einschätzung.« Sie begegnete meinem Blick, wobei ihre Pupillen sich weiteten und ihre Iriden sich verdunkelten. »Er hat mich gekauft, damit ich seine Freunde ficke, Killian. Er hat mir befohlen, sie zu verführen, wie auch immer es ihm gefiel. Er wollte, dass ich Informationen aus seinen vermeintlichen Verbündeten herauspresse, die er dann gegen sie verwenden konnte, oder dass ich ihm helfe, Partnerschaften zu festigen. Er legte sich eine Frau zu, die er in der Öffentlichkeit vorzeigen konnte, während sie hinter verschlossenen Türen seine perversen Wünsche erfüllte. Und das Bankkonto, von dem du gesprochen hast? Das war für die letzte Rate von insgesamt vier gewesen.«

Ich pfiff durch die Zähne. »Deshalb will er dich also zurück. Du bist eine Investition, die ihn einiges gekostet hat.«

Amara antwortete nicht, sondern zuckte nur mit einer Schulter und stieß den Atem aus, wobei ihr Kampfeswillen mit einem Mal zu weichen schien. »Du hast es geschafft, mich zum Reden zu bringen.«

»Das ist richtig.« Und ich bereute es nicht. Ich hatte mir nur vorzuwerfen, dass ich sie falsch eingeschätzt hatte. Doch daran war Malcolm schuld und er würde in naher Zukunft teuer dafür bezahlen. »Was für geheime Informationen solltest du für ihn sammeln?« Denn das war der springende Punkt. Hier ging es nicht darum, wer sie war oder wie er sie gekauft hatte, sondern darum, was sie wusste.

Ein Mann wie Malcom würde Anschuldigungen im

Zusammenhang mit Menschenhandel leicht abstreiten können, vor allem wenn Geoff und Clarissa Rose sich auf seine Seite stellten. Und das würden sie zweifelsohne tun. Sie würden Amara als Täterin darstellen, sie als Verrückte beschämen und sie irgendwo in ein Irrenhaus stecken.

Oder sie umbringen lassen.

Ich habe so etwas immer wieder gesehen. Sicher, es würde ein paar Fragen aufwerfen, doch schließlich würde der Senator einen Weg finden, die Sympathie der Öffentlichkeit zu gewinnen. So wie immer.

Aber Amara wusste etwas, womit sie ihn vernichten könnte. Es war so bedeutend, dass er sogar das Risiko einging, einen Schattenreiter zu verärgern, um es zu vertuschen.

»Was weißt du, Amara?«, drängte ich und beugte mich vor. »Was hat er dir erzählt?«

Sie schüttelte den Kopf. »Das spielt keine Rolle, Killian.«

Ihre abweisende Haltung machte mich wütend. »Es spielt keine Rolle?«, wiederholte ich und zog eine Augenbraue in die Höhe. »Warum beschützt du ihn?« Ich hatte keine andere Erklärung dafür, dass sie mir gegenüber die Informationen nicht preisgeben wollte. Es sei denn, sie schützte sich selbst.

»Wer sagt, dass ich ihn beschütze?«, konterte sie und bestätigte damit meinen Verdacht.

»Er hat etwas gegen dich in der Hand.« Ich fuhr mir mit den Fingern durchs Haar und ließ mich zurück auf die Couch fallen. Das verkomplizierte die Sache natürlich. »Hör zu, der Mistkerl hat versucht, mich umzubringen. Unabhängig davon, ob du mir nun sagst, was er gegen dich in der Hand hat oder nicht, wird er weiterhin versuchen, mich zu töten. Doch statt mich mit ihm auf ein kostspieliges Katz-und-Maus-Spiel einzulassen, würde ich ihn vorzugsweise ganz ausschalten. Aber dafür musst du mir sagen, was du weißt.«

Sie musterte mich. »Und wie kommst du darauf, dass du

ihn schlagen kannst?«, wollte sie wissen. Die Frage war nicht herablassend, vielmehr schien Amara auf meine Antwort gespannt zu sein.

Offenbar hatte ich sie neugierig gemacht.

Das bedeutete, dass sie auspacken würde, falls ich meine Karten richtig ausspielte.

Aber zuerst musste ich ihr meinen Wert beweisen.

»Gib mir dein Handgelenk«, sagte ich mit einem Blick auf die Manschette.

Sie runzelte die Stirn, doch sie streckte mir ihren zierlichen rechten Arm entgegen. Ich umfasste ihr Handgelenk, tastete das Armband ab und fand den Entriegelungsmechanismus. Es erkannte meinen Daumenabdruck und öffnete sich, wobei es auf das Sofakissen zwischen uns fiel. »Du kannst gehen, wenn du willst, aber ich würde dir davon abraten.« Ich stand auf, um mir eine weitere Tasse Kaffee zu holen, während sie mit argwöhnischer Miene auf der Couch sitzen blieb.

Sie vermutete, dass es ein Test war.

Damit hatte sie nicht unrecht, doch der Test war nicht für sie gedacht, sondern für mich. Ich musste ihn bestehen und durfte auf keinen Fall versagen.

Ich beschloss, ihr ebenfalls einen Kaffee anzubieten, und richtete zwei Tassen. Falls sie ihn ablehnte, würde ich ihren selbst trinken.

Ich stellte die beiden Tassen auf dem Couchtisch ab und setzte mich wieder zu ihr. Diesmal zog ich ein Bein auf das Polster und lehnte mich mit dem Rücken gegen die Armlehne.

»*Les Cavaliers de l'ombre* verfügen über eine Menge Ressourcen und unterhalten Verbindungen zu wichtigen Leuten, Amara. Malcolm Jenkins ist entweder äußerst dumm, weil er sich mit einer solchen Organisation anlegt, oder er glaubt, dass er sich in einer vorteilhaften Situation befindet.

Ich tippe auf Letzteres, denn dein ehemaliger Verlobter schien kein Idiot zu sein, obwohl er einen Haufen Amateure geschickt hat, um mich auszuschalten.«

Sie erwiderte nichts und betrachtete mich nur mit einem unleserlichen Ausdruck im Gesicht. Doch ihr Schweigen untermauerte meine Vermutung.

»Hast du eine Ahnung, wie viel die Bedivere Corporation wert ist?«, fragte ich und griff nach meiner Tasse, um auf den heißen Kaffee zu pusten.

»Geld ist nicht alles«, antwortete sie.

»Wer auch immer dir das erzählt hat, lügt. Geld ist Macht, Schätzchen.« Diese Lektion hatte ich schon vor langer, langer Zeit gelernt. »Es geht nur um gesellschaftlichen Status und darum, wer das meiste Geld besitzt, um die anderen aufzukaufen. Dein Senator ist wohlhabend, aber er spielt nicht in meiner Liga.«

»Wie konnte Devereaux dich dann erpressen, für ihn zu arbeiten?«, fragte sie und zog eine Augenbraue in die Höhe. »Wenn Geld Macht ist, dann hättest du ihm doch sagen können, dass er sich verpissen soll.«

Ich lächelte. »Clement Devereaux ist einer der reichsten Männer der Welt, aber er stellt seinen Reichtum nicht zur Schau. Nur so kann man ein Unternehmen wie *Les Cavaliers de l'ombre* ohne staatliche oder politische Beteiligung führen. Wir töten Menschen, Amara. Leise. Schnell. Effizient. Aber das können wir nur mit den nötigen Mitteln tun.«

»Also ist er mächtiger als du«, mutmaßte sie.

»Ja. Zweifellos. Doch darüber hinaus ist unsere Beziehung von gegenseitigem Respekt geprägt.« Über die Jahre hatten wir eine gewisse Hochachtung füreinander entwickelt. Zwar hatte er anfangs damit gedroht, eine Handvoll Bilder von mir am Tatort zu veröffentlichen, doch den nächsten Fall nahm ich nicht an, weil ich Angst vor ihm hatte. Nein, ich tat es aus Neugier. »Er bot mir eine unerwartete Möglichkeit, doch es war genau das, was ich brauchte. Ich habe es nie bereut.«

»Also bereitet es dir Vergnügen, Menschen zu töten.«

Ich nippte an meinem Kaffee und überlegte, wie ich darauf antworten sollte. Der Beruf des Auftragskillers erforderte mehr als nur einen Tötungsdrang. Man brauchte dafür Konzentration, Disziplin und eine Menge Detektivarbeit. »Ehrlich gesagt macht mir die Jagd mehr Spaß als das eigentliche Töten, doch ich bin in beider Hinsicht äußerst bewandert.«

»Du hast nicht mit der Wimper gezuckt, als du Boris und seine Männer ausgeschaltet hast«, sagte sie in sachlichem Tonfall, in dem keinerlei Angst mitschwang.

»Das heißt aber nicht, dass ich es genossen habe.«

Sie warf mir einen zweifelnden Blick zu. »Hast du das etwa nicht?«

»Haben sie ihren Tod nicht verdient?«, entgegnete ich und war neugierig, wie *sie* darüber dachte.

»Und ob«, antwortete sie, ohne zu zögern. »Ich bin froh, dass du sie getötet hast.«

Gut. »Und denkst du, dass du deshalb ein schlechter Mensch bist?«, wollte ich wissen.

»Sind wir nicht alle in gewisser Weise schlechte Menschen?« Sie beugte sich vor, um nach ihrer Kaffeetasse zu greifen, und trank einen Schluck, ohne zu überprüfen, ob er noch heiß war. Da sie das Gesicht nicht zu einer Grimasse verzog, nahm ich an, dass sie eine relativ hohe Schmerzgrenze hatte. »Du verdienst deinen Lebensunterhalt mit dem Töten von Menschen. Ich habe Menschen verführt. Und ich habe Menschen ermordet, weil ich keine andere Wahl hatte. Macht mich das zu einem schlechten Menschen? Oder bin ich nur bereit, alles zu tun, um zu überleben?«

»Es macht dich stark«, sagte ich aufrichtig. »Du bist durch die Hölle gegangen und hast überlebt.«

»Zumindest so lange, bis Malcom mich erneut findet.« Sie starrte mit hohlen Wangen in ihre Kaffeetasse, während sie ihre nächsten Worte abwägte.

Ich wartete ab, denn ich wollte sie nicht drängen. Sie stand so kurz davor, mir zu verraten, was ich wissen musste.

Malcom Jenkins war zwar ein mächtiger Mann, aber er hatte keine Chance. Es war mir egal, wer seine Verbündeten waren. Ich würde sie einen nach dem anderen töten, bis Malcolm völlig allein und ohne Unterstützung dastand. Dann würde ich ihn ein paar Tage lang schwitzen lassen, wobei er ständig einen Blick über die Schulter werfen würde, weil er wusste, dass ich ganz in der Nähe war und mich bereit machte, ihn zu töten.

Und erst, wenn ich das Gefühl hatte, dass er vor Angst fast verrückt wurde, würde ich ihn mit meiner Klinge vertraut machen. Langsam. Gezielt. Gründlich.

Denn niemand bedrohte ungestraft mein Leben.

Nicht einmal der womöglich zukünftige Präsident der Vereinigten Staaten.

KAPITEL 10

AMARA

I ch konnte nicht glauben, dass ich tatsächlich darüber nachdachte, doch Killian hatte einige gute Argumente. Eines hatte ich mit Sicherheit über ihn herausgefunden. Er log nicht. Zwar lieferte er zuweilen nur ausweichende Antworten, doch der Mann rühmte sich mit seiner Ehrlichkeit.

Und bisher hatte er seinen Worten Taten folgen lassen.

In all den Jahren, in denen ich nun schon in gehobenen Kreisen verkehrte, hatte ich noch nie von *Les Cavaliers de l'ombre* gehört. Auch der Name Clement Devereaux war mir nicht bekannt. Doch ich nahm an, dass sie aus einem bestimmten Grund anonym blieben und nur für Aufträge zu Rate gezogen wurden, die äußerste Geheimhaltung erforderten.

Wie zum Beispiel eine entlaufene Sklavenbraut aufzuspüren. Malcom konnte sich nicht an die Polizei wenden, ohne den Beamten zu offenbaren, dass er mich tatsächlich besaß. Genauso wenig konnte er einfach irgendeine beliebige kriminelle Organisation beauftragen.

Nein, er hatte sich an den Besten der Besten gewandt.

An Killian.

Nun war Malcoms Verbündeter zu seinem Gegner geworden. Und es wäre möglich, dass der Feind meines Feindes zu meinem besten Freund werden könnte.

Ich trank einen weiteren Schluck Kaffee und war dankbar, dass Killian weder Milch noch Zucker hinzugefügt hatte. Er hatte heute Abend mit der Präzision einer Maschine sämtliche von Boris' Schlägern ausgeschaltet, ohne mit der Wimper zu zucken. Obwohl er nicht zugeben wollte, dass es ihm Vergnügen bereitet hatte, hatte ich im Wagen gespürt, wie das Adrenalin ihn belebt hatte.

Dieser Mann machte keine halben Sachen.

»Ich bin in erster Linie mit meiner Arbeit verheiratet und versage nie.« Das hatte er mir im Klub gesagt. Ich hatte höhnisch erwidert, dass es für alles ein erstes Mal gab, doch er hatte mich eines Besseren belehrt.

Er war ein vortrefflicher Gegenspieler.

Doch er stand jetzt auf meiner Seite.

Er wollte sich mit mir verbünden.

»Was wirst du tun, wenn ich dir alles über Malcolm erzähle?«, fragte ich.

»Willst du wissen, was ich mit dir oder mit ihm machen werde?«, erwiderte er.

»Um mich mache ich mir keine Gedanken.« Wenn Killian meinen ehemaligen Verlobten zur Strecke bringen wollte, dann brauchte er mich lebend. »Ich will wissen, was du mit Malcom vorhast.«

»Ich werde sein kleines Königreich zerstören und ihn ausräuchern. Dann werde ich ihn töten.« Er legte den Kopf schief. »Das bedeutet auch, dass ich die Roses umbringen werde, denn ich nehme an, dass sie auf die eine oder andere Weise mit ihm in Verbindung stehen.«

»Du willst all seine Verbündeten vernichten.«

»Ja.«

»Warum?«

»Weil er einen Fehler begangen hat, indem er versucht hat, einen Schattenreiter zu töten. Das kann ich nicht ungestraft durchgehen lassen. Und ich bin mir sicher, dass Devereaux genauso denken wird.«

»Dann werdet ihr euch alle zusammen auf die Jagd begeben?« Wie viele Schattenreiter sagte er waren es? Zwölf? Wenn sie alle so gut ausgebildet waren wie Killian, hatten sie vielleicht sogar eine Chance.

»Nein. Ich werde das allein erledigen. Falls ich Hilfe brauche, werde ich sie rufen.«

Als ich das hörte, verschluckte ich mich an meinem Kaffee. Er sah, wie ich einen Hustenanfall bekam, und griff nach meiner Tasse, bevor ich etwas von der heißen Flüssigkeit auf meinem Schoß verschütten konnte.

Sicher.

Wenn er glaubte, ihn im Alleingang ausschalten zu können, dann hatte er offensichtlich keine Ahnung, wie weit Malcolms Verbindungen verzweigt waren.

Allein Amir würde eine ganze Armee benötigen.

»Das ist unmöglich«, keuchte ich.

Er stellte unser beider Tassen ab und wandte sich mir zu. »Das werde ich entscheiden, nachdem du mir gesagt hast, was du weißt.«

Ich hätte fast gelacht und schüttelte den Kopf. »Du hast keine Ahnung, was du da von mir verlangst.«

»Was auch immer er gegen dich in der Hand hat, wir werden sicher eine Lösung finden.«

Ah, das schon wieder. Zuerst hatte er angenommen, dass ich schwieg, weil ich Malcolm beschützen wollte. Dann war er auf die lächerliche Idee gekommen, dass mein Ex-Verlobter ein Druckmittel gegen mich haben könnte. »Das ist es nicht. Ich mache mir um mich keine Sorgen.« Zumindest nicht in dieser Hinsicht.

Er runzelte die Stirn. »Worum machst du dir dann Sorgen?«

Um dich, hätte ich fast erwidert. Dann runzelte ich die Stirn. *Warum behalte ich das für mich?*

Monatelang hatte ich mich zur Verschwiegenheit verpflichtet, denn ich hatte zu viel Angst davor, jemandem zu offenbaren, was ich wusste. Aber nicht um Malcom zu schützen, sondern um meiner selbst willen. Und doch saß ich hier in einer Hotelsuite mit einem Auftragskiller, der mich ursprünglich zu Malcolm zurückbringen oder mich hatte töten sollen. Genau diese Situation hatte ich vermeiden wollen. Abgesehen von der Tatsache, dass er mir tatsächlich helfen wollte.

Es war so verworren.

Ein solches Szenario hatte ich nicht vorausgesehen und nicht einmal in Betracht gezogen. Mein ganzes Leben lang hatte ich mich nur von meinem Überlebenswillen leiten lassen. Bisher hatte mir noch nie jemand geholfen.

Bis ich Killian traf.

Im Grunde hatte er all diese Männer getötet, um sich selbst zu retten, doch er hatte dabei auch mein Leben gerettet. Und jetzt wollte er sich an Malcom rächen.

»Du willst ihn töten.«

»Das sagte ich bereits«, erwiderte er. »Aber wenn ich es wiederholen soll, dann werde ich es tun. Ja, ich werde ihn töten, genauso wie alle anderen, die sich mir in den Weg stellen. Wie ich zuvor erwähnt habe, wird er mich auch weiterhin verfolgen, weil er glaubt, dass ich etwas weiß. Also kannst du es mir auch genauso gut verraten.«

Ich verzog das Gesicht, denn die Bedeutung seiner Worte wurde mir erneut bewusst. Er hatte recht. Malcolm hielt Killian für eine Bedrohung, nur weil er eine gewisse Zeit in meiner Gesellschaft verbracht hatte.

Und das bedeutete, dass Amir es genauso sehen würde.

Selbst wenn ich zu Malcom zurückgehen und bei meinem Leben schwören würde, dass ich ihm kein Sterbenswörtchen verraten hatte, würde er Killian töten. Er konnte es sich nicht leisten, dass jemand außerhalb seines engsten Kreises die Wahrheit erfuhr oder ihn auch nur verdächtigte.

»Weißt du, als kleines Mädchen habe ich mich glücklich geschätzt«, sagte ich, als ich meinen Gedanken Ausdruck verlieh. »Meine leiblichen Eltern waren nicht sehr wohlhabend, und als sie mich an die Familie Rose verkauften, dachte ich, sie wollten mir ein besseres Leben ermöglichen. Aber es ging immer nur ums Geld. Ursprünglich wollten sie mich sofort versteigern lassen«, fügte ich hinzu und warf Killian einen vielsagenden Blick zu. »Es besteht ein Markt für kleine Mädchen.«

Er betrachtete mich mit ausdrucksloser Miene, während sich in seinen dunklen Augen keinerlei Emotionen widerspiegelten.

»Offenbar bestand ich eine Art Eignungstest, mit dem ich mich von den anderen Mädchen abhob, weshalb sie ihre Pläne für mich änderten. Ich bekam ein Zimmer im oberen Stock mit allem, wovon eine Siebenjährige nur träumen kann. Sie unterrichteten mich zu Hause und stellten mir sogar Leibwächter zur Seite, wobei sie mir erklärten, dass eine Prinzessin Schutz brauche.« Ich zupfte an meiner Jeans und hatte einen bitteren Geschmack im Mund. »Ich war sechzehn, als ich die Wahrheit erkannte.«

Bis zu jenem Zeitpunkt hatte ich ihre Lügen geglaubt. Ich dachte, ich würde ihnen etwas bedeuten. Ich wurde von einer Menge Lehrern unterrichtet und ich hatte Freundinnen, die ebenfalls im Haus lebten, bis sie von anderen Familien adoptiert wurden. Im Großen und Ganzen war es ein angenehmes Leben.

Doch es war alles nur eine Scharade.

Und meine Freundinnen wurden nicht adoptiert.

Alles, was ich geglaubt hatte, wurde in einer einzigen Nacht auf den Kopf gestellt.

»Clarissa und Geoff gaben eine Party, und sie baten mich, daran teilzunehmen. Ich war so aufgeregt, denn es war das erste Mal, dass ich dabei sein durfte, aber sie sagten, ich sei endlich volljährig.« Ich biss mir auf die Innenseite der Wange, denn bei dem Wort wurde mir übel. »Lange Rede, kurzer Sinn, sie reichten mich unter den anwesenden Männern weiter, damit diese mich begutachten konnten, wie sie es nannten. Und dann begannen sie, für mich zu bieten.«

Ich brauchte wirklich einen Drink.

Doch Killian fixierte mich mit einem Blick und ich blieb sitzen.

»Sechzehn?«, wiederholte er, wobei die Zahl aus seinem Mund wie ein Fluch klang. »Sag mir, dass sie dich nicht ...«

»Gefickt haben?«, beendete ich mit einem Schnauben den Satz. »Nein. Nicht ganz. Schließlich musste ich für den Mann, der letztendlich den Zuschlag erhielt, unversehrt bleiben. Doch Clarissa verpflichtete sich, mir zusätzlich zu meiner akademischen Ausbildung ein gesundes Maß an sexuellem Training zuteilwerden zu lassen. Das Produkt, wie sie mich nannte, war die perfekte High-Society-Braut, die ihre Rolle im Schlafzimmer verstand.«

»Und Malcom hat das höchste Gebot abgegeben.«

Ich lächelte und schüttelte den Kopf. »Nein. Das war Amir Assad.«

Damals wusste ich nichts darüber, denn ich war in die Auktion nicht eingeweiht gewesen. Ich war nur der Gegenstand auf dem sprichwörtlichen Sockel gewesen.

Killians schockierter Miene nach zu urteilen hatte er den Namen schon einmal gehört. »*Amir Assad?*«

Ich schenkte ihm ein trauriges Lächeln, als wollte ich damit ausdrücken: *Ich sagte dir doch, dass du es nicht wissen willst.* Ich behielt die Bemerkung jedoch für mich und antwortete stattdessen: »Ja. Ich war ein Geschenk, um ihre Geschäftspartnerschaft zu festigen.«

Deshalb wusste ich auch alles über ihr Abkommen.

Über die Waffen, die Malcom unter dem Tisch finanzierte.

Über die politischen Versprechen, die er gemacht hatte.

Über die Morde, die Amir begangen hatte, um Malcom zur Macht zu verhelfen.

Trotz meiner nur neunmonatigen Verlobung mit diesem Monster wusste ich alles. Und das nicht nur, weil ich gewisse Dinge beobachtet hatte, sondern auch, weil ich selbst Nachforschungen angestellt hatte.

»Warum bist du nicht geflohen, als du auf dem College warst?«, fragte er verblüfft. »Meinen Aufzeichnungen zufolge hast du auf dem Campus gewohnt. Allerdings hattest du scheinbar bis auf deine Zimmergenossen keine Freundinnen und Freunde.«

»Und diese waren alle Leibwächter«, fügte ich hinzu. »Glaubst du, ich hätte nicht daran gedacht zu fliehen? Ich habe es einmal versucht, doch ich habe meine Lektion schnell gelernt. Nur meine Jungfräulichkeit musste unversehrt bleiben, Killian. Alles andere ...« Ich ließ den Satz unvollendet. Den Rest konnte er sich denken.

Ironischerweise war der größte Fehler der Roses, mir eine Ausbildung zukommen zu lassen. Dadurch hatte ich nicht nur Zugang zu Computern und anderen elektronischen Errungenschaften, sondern ich hatte auch die Möglichkeit, mir eine eigene Meinung zu bilden.

So viele Jahre hatte ich angenommen, dass es keinen anderen Ausweg gab, und hatte mein Schicksal akzeptiert. Doch als ich mit Malcolm verlobt war, zog ich bei ihm ein und stellte mein Wissen auf die Probe.

Ich lernte.

Beobachtete.

Und schmiedete Pläne.

»Am Hochzeitstag legten deine Leibwächter zum ersten Mal eine Pause ein«, schlussfolgerte Killian. »Und das Konto war die letzte Zahlung. Er hat dir die Daten gegeben, damit du sie an Clarissa übergibst, nicht wahr?«

Ich nickte. »Ganz genau.« Amir hatte das Geld durch irgendwelche Hintertüren auf das Konto überwiesen, und Malcom gab mir die Daten, damit Clarissa das Geld entgegennehmen konnte. Doch ich hob den zugelassenen Höchstbetrag ab und ergriff die Flucht.

Killian verzog die Lippen zu einem Lächeln, wobei er weniger belustigt, sondern eher ehrfürchtig schien. »Du hast alles geplant.«

»Und du hast es ruiniert, indem du mich aufgespürt hast.« Ich konnte es ihm jedoch nicht übel nehmen, denn er hatte nur einen Job erledigt.

»Nun, wie ich schon sagte, du warst nicht leicht zu finden.«

»Ich werde mich nicht dafür entschuldigen.«

»Und ich werde mich nicht dafür entschuldigen, dich gefunden zu haben«, erwiderte er. »Ich würde sogar sagen, es ist Schicksal. Denn jetzt habe ich eine ganze Liste von Leuten, dich ich aufspüren und ihrer gerechten Strafe zuführen werde. Allerdings musst du mir zuerst verraten, was du über Amir Assad weißt.«

Ich runzelte die Stirn. »Warte mal, du wirst sie alle töten?«

»Das habe ich doch gesagt, nicht wahr?«

»Einfach so?«

»Einfach so«, wiederholte er. »Bislang hast du mir noch niemanden genannt, der außerhalb meiner Reichweite liegt, doch ich habe den Eindruck, dass wir bis jetzt nur an der Oberfläche gekratzt haben und dein Wissen viel tiefer geht.«

Das hatte ich nicht gemeint. »Was ist mit mir?« Er konnte

das unmöglich allein durchziehen. Ich hatte es verdient, selbst Rache zu üben.

»Hast du Angst, ich könnte dich umbringen, Kätzchen?«, fragte er und ließ den Blick an mir auf und ab schweifen. »Denn das wäre eine Verschwendung deiner Talente.«

»Verdammt richtig. Deshalb wirst du mich mitnehmen, wenn du diese Arschlöcher zur Strecke bringst.«

Sein Lächeln erstarb schlagartig. »Auf gar keinen Fall.«

»Wie bitte?«

»Ich arbeite allein.«

»Du brauchst mich.«

»Ja, damit du mir Informationen lieferst, aber nicht als Partnerin.«

Oh, von wegen. »Was soll das? Sie haben einmal versucht, dich zu töten, und plötzlich ist dein Bedürfnis nach Rache wichtiger als meines?«

»Das habe ich nicht ...«

»Ich bin noch nicht fertig.« Als er versuchte, sich aufzusetzen, legte ich ihm eine Hand an die Brust und drückte ihn zurück auf die Couch, wobei ich mich rittlings auf ihn setzte. »Du *brauchst* mich. Ich habe jahrelang in dieser Welt gelebt und sie studiert, Killian. Ich kenne sämtliche beteiligten Akteure. Entweder wir ziehen es gemeinsam durch oder gar nicht.«

Er packte meine Hüfte. »Nein, Amara.«

Ich krallte mich in sein Hemd. »Ich bitte dich nicht darum, Killian. Wenn du die Informationen über Amir und Malcolm willst, arbeiten wir zusammen, um sie auszuschalten. Einschließlich Clarissa und Geoff.« Wenn jemand das Recht hatte, sie zu töten, dann war ich es.

»Ich lasse mich nicht auf eine Verhandlung mit dir ein. Ich jage und töte allein. So war es immer und so wird es immer sein.«

Ich kniff die Augen zu dünnen Schlitzen zusammen.

»Dann ist diese Mission zum Scheitern verurteilt. Du hast ohnehin schon versagt.«

»Und was zum Teufel soll das nun wieder heißen?«

»Du hättest mich beinahe an ein Monster ausgeliefert, weil du ihm seine Lügengeschichte geglaubt hast. Auf welche Lügen wirst du noch hereinfallen, Killian? Denn diese eine hätte dich fast dein Leben gekostet.«

Er wich zurück, als hätte ich ihm eine Ohrfeige verpasst. »Du vergisst wohl, dass ich sie alle getötet habe, ohne auch nur einen Kratzer abzubekommen.«

»Wenn du auf mich gehört hättest, wärst du erst gar nicht zu dem Treffen erschienen. Aber dank deiner Überheblichkeit siehst du den Wald vor lauter Bäumen nicht. Genauso wie jetzt.«

Er blickte zu mir auf. »Die Antwort ist trotzdem nein.«

»Dann kommen wir wohl nicht weiter.« Ich ließ sein Hemd los, aber er hielt mich immer noch an der Hüfte fest, während wir beide heftig keuchten. Ich hatte keine Ahnung, wie ich mich in diese Position gebracht hatte, doch ich wurde plötzlich von dem Bedürfnis übermannt, ihn zu dominieren und ihn zur Raison zu bringen.

Er strahlte eine Wut aus, die meiner in nichts nachstand.

Sein Mund war dem meinen viel zu nahe.

»Ich versuche nur, dir zu helfen, Amara.«

»Nein. Du versuchst, dir selbst zu helfen. Wenn du nur mein Bestes im Sinn hättest, dann würdest du nicht versuchen, mich zur Seite zu drängen. Du würdest erkennen, dass ich es verdient habe, mich zu rächen. Ich hatte nie eine Wahl im Leben, doch jetzt habe ich zum ersten Mal eine. Aber wie alle anderen willst auch du mir vorschreiben, was ich zu tun habe. Das macht dich keinen Deut besser als sie.«

Es war brutal, aber wahr.

Er hatte kein Recht, mir vorzuschreiben, was ich zu tun oder zu lassen hatte. Niemals. Ich hatte viel zu lange mit meinem Schicksal gekämpft, um mich noch einmal in eine Ecke drängen zu lassen.

Nie wieder.

»Ich habe es verdient«, wiederholte ich, als mir Tränen der Wut in die Augen stiegen. »Sie haben versucht, mich zu zerstören, und mich durch die Hölle gehen lassen. Du hast keine Ahnung, was ich während der letzten neun Monate alles für Malcolm tun musste. Er hat ein paar Männer auf dich angesetzt? Wie traurig. Ich musste sadistische, kranke und schreckliche Dinge über mich ergehen lassen, um ihn und seine Geschäftspartner zu befriedigen. Ich kannte diese Männer kaum. Ich habe für ihn *getötet*. Zweimal. Er hat mich dazu gezwungen, aber ich war nicht gründlich genug gewesen. Weißt du, wie er mich dafür bestraft hat? Er hat mich bei seinem nächsten Geschäftstreffen mit seinen Partnern geteilt. Ich musste ihre Schwänze ...«

Killian brachte mich zum Schweigen, indem er seinen Mund auf meinen presste. Als ich versuchte, mich ihm zu entziehen, schlang er eine Hand um meinen Nacken und hielt mich fest. Mir liefen Tränen über die Wangen und ich zitterte am ganzen Körper, während er mich küsste. Doch in dem Kuss lag keine Leidenschaft wie zuvor, sondern ein Anflug von Emotionen und ein Schmerz, den er mit Worten nicht auszudrücken vermochte.

Ich ließ die Schultern hängen und mein Herz setzte einen Schlag aus, als ich ihm nachgab.

Mein Kampfgeist war plötzlich erloschen.

Wie ein Feuer im Wind.

Ich wollte nicht mehr streiten.

Ich fühlte keinen Schmerz.

Nur Killian.

Mit seinen geschmeidigen, vollen Lippen ließ er mich sein Mitgefühl spüren, das mich hypnotisierte und mir den Atem raubte. Es war wie Balsam auf meine offenen Wunden, die ich während der letzten zehn Jahre erlitten hatte.

Ich schlang die Arme um seinen Hals und hielt mich an ihm fest. Ich brauchte ihn, wie ich noch nie jemanden gebraucht hatte. Er erwiderte die Umarmung, indem er den Unterarm um mein Kreuz schlang, während er die andere Hand immer noch um meinen Nacken geschlungen hatte.

Es war so falsch.

Ich durfte bei ihm keinen Trost suchen.

Aber ich konnte nicht aufhören, denn mit seiner Stärke linderte er meine Qualen.

»Killian«, flüsterte ich, wobei ich mir nicht sicher war, was ich sagen oder tun sollte.

»Ja, Amara.« Er küsste mich wieder und liebkoste mich auf eine Weise, wie ich es noch nie erlebt hatte. »Ja.«

Ich wusste nicht, worauf er hinauswollte.

Oder warum er das Wort wiederholte.

Doch dann wurde es mir schlagartig klar und ich zog den Kopf zurück.

Er sah mit einem zornigen Blick zu mir auf. Seine Pupillen waren derart geweitet, dass seine Iriden fast schwarz schienen. »Ich habe zwei Bedingungen.«

Ich bewegte mich nicht, während unsere Lippen nur Zentimeter voneinander entfernt waren. »Und welche?«

»Du wirst meinen Anweisungen folgen, ohne Fragen zu stellen. Wir dringen zwar in dein Revier vor, doch es ist immer noch mein Spielplatz.«

Da er über die nötige Erfahrung verfügte, hatte ich kein Problem, diese Forderung zu akzeptieren. »Und die zweite?«, fragte ich.

»Wenn etwas schiefläuft und du verletzt oder gefangen genommen wirst, werde ich dich nicht retten. Ich bin ein Auftragskiller, kein Ritter in glänzender Rüstung. Glaube also nicht, dass ich ein Held bin, denn das würde dich umbringen. Hast du das verstanden?«

Ich schluckte und nickte. »Ja.«

»Dann haben wir eine Abmachung.« Er strich mit den Lippen über meinen Mund. »Ich schlage vor, wir reden morgen früh weiter, denn ich brauche dringend eine Runde Schlaf.«

KAPITEL 11

KILLIAN

Amir Assad.

Ein reicher türkischer Geschäftsmann und ein berüchtigter Geldwäscher und Waffenhändler. Devereaux hatte ihn schon seit Jahren im Auge, und mehrere Leute hatten Anschläge auf den Mistkerl in Auftrag gegeben, ohne jedoch einen ausreichenden finanziellen Anreiz zu bieten.

Es würde nicht einfach sein, ihn auszuschalten, zumal er sich hinter mehreren Scheinfirmen versteckte, die in der ganzen Welt verstreut waren.

Am schwierigsten würde es sein, ihn zu finden.

Aber ich hatte eine Idee, wo ich mit der Suche beginnen konnte.

»Was ist mit dem Mädchen?«, fragte Devereaux mit ausdrucksloser Stimme am anderen Ende der Leitung. Ich hatte ihm gerade von meiner Unterhaltung mit Amara gestern Abend erzählt und ihm vor allem die Namen der Personen genannt, die ich töten wollte.

»Sie ist zu nützlich, um sie loszuwerden.« Ich machte mir nicht die Mühe, ihm zu erklären, dass ich zugestimmt hatte, mir von ihr helfen zu lassen. Mit diesem Problem musste ich mich allein auseinandersetzen, es hatte nichts mit Devereaux zu tun.

»Du fickst sie.«

Ich grinste. »Noch nicht.« Obwohl wir uns letzte Nacht ein Bett geteilt hatten, hatte ich vollständig bekleidet und bewaffnet geschlafen. Vertrauen war etwas für Schwächlinge. Ich zog es vor, am Leben zu bleiben.

Doch als ich heute Morgen erwacht war, stellte ich fest, dass meine Vorsicht unbegründet gewesen war, denn Amara hatte sich zu einer Kugel zusammengerollt und schlief tief und fest.

Ich hatte erwartet, dass sie einen Fluchtversuch unternehmen würde, und hatte sogar ein paar Fallen aufgestellt, doch sie schlief wie ein Baby.

Vielleicht gab es ja doch noch Hoffnung für unsere Partnerschaft.

»Nun, ich denke zwar immer noch, dass Assad eine höhere Summe bringen könnte, aber ich werde einfach das höchste Gebot annehmen. Lass ihn leiden, Dagger.«

»Natürlich«, antwortete ich.

»Ich möchte den Fall Rose noch einmal überprüfen, bevor ich ihre Hinrichtung genehmige, aber der Senator gehört ganz dir. Niemand greift meine Männer an und kommt ungestraft davon.«

»Ich werde ihm diese Botschaft laut und deutlich übermitteln.« *Nachdem ich alles zerstört habe, was er aufgebaut hat.*

»Gut. Halte mich auf dem Laufenden.« Er legte auf, bevor ich ihm zustimmen konnte, doch das war auch nicht nötig. Er wusste, dass ich ihn anrufen würde, falls sich etwas änderte.

Ich nahm das neue Tablet zur Hand, das ich vor dreißig Minuten angefordert hatte, und sah mir die Dokumente an, die Angaben zu Assads letzten bekannten Aufenthaltsorten enthielten.

Kairo.

Hm. Nicht gerade meine Lieblingsstadt. Ich bevorzugte Alexandria oder Sharm el-Sheikh.

Ich betrachtete das Überwachungsfoto genauer und bemerkte den Stempel einer Regierungsbehörde in der unteren Ecke. Glücklicherweise ließen ihre Sicherheitsvorkehrungen zu wünschen übrig.

Raoul, Assads rechte Hand, wurde zuletzt bei einem Treffen mit ein paar Waffenhändlern in der Kairoer Innenstadt gesehen, was auf eine bevorstehende Transaktion hindeutete. Assad würde sicher ganz in der Nähe sein, denn er war berüchtigt dafür, dass er seine Geschäfte nie gänzlich aus der Hand gab und immer alles überwachen musste.

Ich nahm eine subtile Veränderung in der Luft wahr und eine Sekunde später trat Amara über die Schwelle. Sie trug noch die Kleider von gestern Abend, die nun zerknittert waren. Ihr rötliches Haar war zerzaust, ihre Augen noch verschlafen und ihre Wangen leicht gerötet.

Wenn sie doch nur nackt wäre.

Aber ich musste es langsam angehen.

Ich bewunderte ihr sexuelles Selbstvertrauen, doch ihre Vergangenheit legte sich wie ein Schatten darüber. Ich musste behutsam mit ihr umgehen, selbst wenn ich sie am liebsten ins Schlafzimmer getragen und bis zur Besinnungslosigkeit gefickt hätte.

»Guten Morgen, Kätzchen.« Ich warf einen Blick auf die Uhr. »Oder besser gesagt guten Nachmittag. Möchtest du einen Kaffee?«

»Was ist das alles für Zeug?«, fragte sie und musterte die vielen Tüten im Wohnbereich.

»Ich habe ein paar Sachen bestellt, während du geschlafen hast.« *Kleider. Mein Tablet. Einige wichtige Dinge, die wir für die*

Reise brauchen. Ein paar Messer. »Da ist auch eine Tüte für dich auf dem Stuhl.«

Nachdem ich ihr gestern Abend die Jeans ausgezogen hatte, hatte ich mir ihre Hosengröße notiert und den Rest geschätzt. Falls ihr etwas von den Sachen nicht passte, konnte sie es wegwerfen.

»Und das da drüben ist dein Handgepäck für Ägypten.« Ich deutete auf den kleinen schwarzen Koffer auf dem Boden. »Pack alles ein, was du kannst. Wir werden kein Gepäck aufgeben. Aber ich werde für unsere Ankunft ein paar Sachen im Voraus bestellen.«

»Ägypten?«, wiederholte sie.

»Mm-hm«, murmelte ich und rief ein Foto auf dem Tablet auf. »Erkennst du diesen Mann?« Ich zeigte ihr ein Bild von Raoul.

Sie runzelte die Stirn. »Nein. Wer ist das?«

»Assads rechte Hand«, antwortete ich und suchte nach weiteren Details.

»Nein, Taviv ist der Kerl, der sich um all seine Geschäfte kümmert.«

Ich blinzelte zu ihr auf. »Taviv?« Der Name kam mir nicht bekannt vor.

»Ja.« Sie zitterte sichtlich und ihre Augen trübten sich bei der Erinnerung an den Mann. »Er nimmt ihn überall mit hin.«

»Du bist ihm begegnet.«

»Ja.« Sie schluckte und setzte sich neben mich auf die Couch, wobei ihr Oberschenkel den meinen berührte. Sie starrte auf mein Tablet. »Was ist das? Warte ... ist das ...« Ihr Blick fiel auf das Emblem in der oberen rechten Ecke und ich musste schmunzeln.

»Durch eine Hintertür habe ich Zugang zu Geheimdiensten auf der ganzen Welt. Es erleichtert mir die Arbeit.« Devereaux hatte Verbindungen bis in die höchsten Ränge. Genau wie ich.

»Und sie wissen nichts davon?«

»Wenn sie es wüssten, würden sie sicher schon die Tür eintreten.« Außerdem würde Raven eine verschlüsselte Warnmeldung schicken, sollte jemand auf ihr Programm zugreifen. Sie war eine der besten Hackerinnen der Welt, wenn nicht sogar *die* beste. Zudem war sie einer der wenigen Menschen, die meinen wahren Beruf kannten. In Anbetracht der Tatsache, dass sie für ein berüchtigtes Verbrechersyndikat in New York City arbeitete, urteilte sie nicht über mich. Sie half mir, wenn ich sie brauchte, und ich revanchierte mich gleichermaßen bei ihr.

»Wie ist das möglich?«, fragte Amara und vergrößerte mit den Fingern Raouls Gesicht auf dem Bildschirm.

»Vor einiger Zeit wurde ich für einen Job in New York City angeheuert. Der Kerl hatte seine Vorgesetzten um Geld betrogen und war außerdem ein Arschloch, der seine Angestellten gern ausnutzte. Einer dieser Angestellten war eine Frau mit einem Händchen für Computer. Zum Dank gewährte sie mir Zugang zu ihren Systemen.« Ich zuckte mit den Schultern. »Sie würde dir gefallen.«

»Ist sie eine deiner Gespielinnen?«, wollte Amara mit betont lässigem Tonfall wissen. Sie blätterte auf dem Bildschirm weiter zu dem Profil von Assad.

»Ich habe keine Gespielinnen«, antwortete ich, wobei ich sie beobachtete. »Und Raven ist nur eine Freundin. Ich würde unsere Freundschaft nicht aufs Spiel setzen, indem ich sie ficke.« Ich war zwar nicht gerade ein Heiliger, aber ich hurte auch nicht herum. Wenn sich die Gelegenheit ergab, hatte ich hin und wieder ein kleines Abenteuer, das war alles.

Amara nickte und biss sich auf die Unterlippe, während sie weiterblätterte. Sie zog die Beine unter sich an und lehnte sich zu mir herüber. Ich streckte einen Arm auf der Lehne hinter ihr aus, während ich in der anderen Hand das Tablet für sie hielt.

»Was ist mit deinen Tätowierungen los?«, fragte ich und bemerkte die Verfärbung an ihrem linken Arm.

»Hm?« Sie warf einen Blick auf ihre Schulter. »Oh. Sie verblassen wohl mittlerweile. Schade. Ich mochte sie irgendwie.«

»Sie sind gar nicht echt?« Darauf wäre ich nie gekommen. Wahrscheinlich hätte ich es mir denken können, denn auf sämtlichen Fotos war sie mit makelloser, porzellanfarbener Haut ohne Tätowierungen zu sehen. Allerdings hatte ich mir vor allem ihr Gesicht eingeprägt und weniger auf ihren Körper geachtet. Mm, das würde sich bald ändern. Sehr bald.

»Die Tattoos gehörten zu Scarlet Rosalinds Persona«, antwortete sie und runzelte die Stirn, als sie ein weiteres Foto vergrößerte. »Da. Das ist Taviv.«

Ich sah nur den Hinterkopf eines Mannes. »Woher weißt du das?«

»Glaub mir. Er ist es.« Sie zitterte erneut. Ich hatte keine Ahnung, was er ihr angetan hatte, doch ich sah, wie sie sich bei der Erinnerung verschloss. »Er weicht nie von Amirs Seite.«

»Ein Leibwächter«, interpretierte ich ihre Worte. Oder vielleicht war *Vollstrecker* der bessere Ausdruck. »Raoul ist seine rechte Hand.«

Sie schüttelte wieder den Kopf. »Nein. Wenn es sich um etwas Wichtiges handelt, schickt er Taviv.«

»Raoul ist als sein Unterhändler bekannt.« Ich hob meinen Arm von der Lehne, denn ich brauchte meine andere Hand, um über den Bildschirm zu blättern und das Profil des besagten Mannes aufzurufen. »Sieh her.«

Amara nahm mir das Tablet aus der Hand und begann, das Profil zu lesen. Ihre wunderschönen Augen flackerten auf, während sie die Einzelheiten verarbeitete. Sie verzog den Mund. »Nein. Er benutzt diesen Mann vielleicht für seine weniger wichtigen Geschäfte, aber für Amir ist er unbedeutend. Die Leute, denen er am meisten vertraut, trifft er persönlich und achtet darauf, dass sie in seiner Nähe bleiben.«

»So wie Jenkins?«, fragte ich.

»In seinem Fall ist es komplizierter.« Sie legte das Tablet auf meinem Schoß ab und wandte sich mir zu. »Ich war ein Geschenk von Amir an Malcom, um ihre Partnerschaft zu besiegeln. Niemand außer ein paar Leuten weiß davon, deshalb ist Taviv normalerweise derjenige, der sich mit Malcom trifft.«

»Und deshalb denkst du, dass er Assads rechte Hand ist, nicht Raoul.«

»Genau. Ich habe Raoul noch nie gesehen, und wenn man bedenkt, was Amir geplant hat, würde er sicher seinen Stellvertreter einbeziehen wollen.«

»Und was hat er geplant?«, fragte ich, legte das Tablet beiseite und schenkte ihr meine volle Aufmerksamkeit.

»Er will sicherstellen, dass Malcom der nächste Präsident der Vereinigten Staaten wird. Durch eine Reihe katastrophaler Ereignisse wird er ihm die Macht und die Möglichkeit verleihen, seine Amtszeit zu verlängern, denn er will seine Bündnisse mit bestimmten Ländern festigen. Der Plan ist bereits im Gange. Malcolm glaubt, dass er das Sagen hat, aber in Wirklichkeit ist Amir der Drahtzieher.«

Ausgehend von dem, was ich über den Gangsterboss wusste, überraschten mich diese Informationen nicht. Er hatte eine Vielzahl von Verbündeten in der ganzen Welt und hatte die Geschäftsbeziehungen durch jahrelangen Waffenhandel gefestigt. Er hatte sogar Zugang zu biologischen und chemischen Waffen und profitierte in erheblichem Maße vom Krieg. Daher operierte er hauptsächlich im krisengebeutelten Nahen Osten.

»Du musst eine Liste erstellen.« Ich stand auf, suchte nach einem Block Papier und einem Stift und reichte ihr beides.

»Notiere sämtliche Namen, die dir in den Sinn kommen, einschließlich Malcolms politische Verbündete. Kennzeichne alle, von denen du glaubst, dass sie anständig sind und nichts mit der Sache zu tun haben, mit einem Pluszeichen. Alle anderen, die bekanntermaßen in seine schmutzigen Geschäfte verwickelt sind, versiehst du mit einem Minuszeichen. Und dann setze ein Häkchen hinter alle, die wir töten sollen. Mach dich an die Arbeit und ich hole dir noch einen Kaffee.«

»In Ordnung«, sagte sie über den Block gebeugt und begann zu schreiben.

Zu meiner Freude befolgte sie meine Anweisung ohne Widerrede. »Ich werde uns außerdem etwas zu essen bestellen.« Ich war nämlich am Verhungern.

Sie nickte nur, während sie ganz auf ihre Aufgabe konzentriert war.

Eine Stunde später wurde unser Mittagessen endlich geliefert und Amara reichte mir drei Seiten mit Namen. Darunter entdeckte ich mehrere Senatoren und andere Politiker, von denen sie die meisten mit einem Pluszeichen versehen hatte. Neben einem von ihnen stand ein X – Senator Dresden.

»Hast du Senator Dresden jemals getroffen?«, fragte ich, wobei ich den Namen kannte und um die dunklen Vorlieben des Senators wusste.

»Ja, bei einer Wohltätigkeitsveranstaltung. Er lebt nicht mehr. Aus diesem Grund habe ich das X hinzugefügt.« Sie aß einen Bissen von ihren Spätzle. Dem Gericht waren Champignons beigefügt, aber kein Fleisch.

»Ich weiß.« Nach allem, was Nikolai mir erzählt hatte, hatte Senator Dresden sein Schicksal mehr als verdient.

»Was ist mit den anderen beiden mit einem X?« Mir war klar, dass sie ebenfalls tot waren, aber ich wusste nicht viel über sie.

»Sharsky war ein Gouverneur. Malcolm hat mir befohlen, ihm den Schwanz zu lutschen und ihn zu töten, nachdem ich einige Informationen aus ihm herausgepresst hatte. Wilson war ein Politikanalytiker, der für einen von Malcoms Rivalen gearbeitet hat. Er hat mich Wilson für eine Nacht zur Verfügung gestellt. Sobald ich ein paar Antworten von ihm bekommen hatte, musste ich ihn vergiften.«

Sie erzählte so beiläufig von den Schrecken ihrer Vergangenheit, dass sich mir der Magen umdrehte. Niemand sollte je etwas so Furchtbares durchmachen müssen, doch es sprach Bände über ihre Charakterstärke, dass sie in all der Zeit nicht den Verstand verloren hatte. Jedes Mal wenn sie mir etwas davon offenbarte, bewunderte ich sie ein wenig mehr.

»Das schmeckt gut«, sagte sie und deutete auf ihr Essen. »Du solltest es probieren.«

Ich musste lächeln. »Nicht doch, ich bleibe bei meiner Currywurst.« Sie stand nicht auf der Speisekarte des Hotels und musste extra geliefert werden. Wyatt sollte das tunlichst ändern. Currywurst war ein Grundnahrungsmittel in diesem Land und es war schon fast ein Verbrechen, das Gericht nicht auf der Karte anzubieten.

Wir aßen schweigend, während ich mir die Namen durchlas. Malcolm hatte eine Menge politische Verbündete, von denen die meisten mit einem Pluszeichen markiert waren. Etwa fünfzehn weitere, darunter nur zwei Senatoren, waren mit einem Minuszeichen versehen, wobei die meisten von ihnen wohlhabende Gönner waren.

Und offenbar wünschte sie nur einer Handvoll den Tod. »Warum sind nur sieben Häkchen auf dieser Liste, Amara?« Ich hatte mindestens zwanzig erwartet, doch sie hatte lediglich Assad, Taviv, Malcom und vier namhafte Wahlkampfspender angekreuzt.

»Du hast mich gebeten, die anzukreuzen, die ich tot sehen will. Das sind sie.«

»Und keiner dieser anderen Männer hat etwas getan, das ein Todesurteil rechtfertigt?« Denn ich erkannte mehrere, die es meines Wissens verdient hätten. »Willst du mir etwa weismachen, dass keiner dieser anderen Männer dich angefasst oder Malcolm um eine Nacht mit dir gebeten hat?«

Sie stellte ihren fast leeren Teller beiseite und setzte sich zu mir auf die Couch. »Einige von ihnen sind lüsterne Männer, aber Malcolm ist derjenige, der mich ihnen angeboten hat.«

»Und sie haben das Angebot *angenommen*. Sie haben sicher gewusst, dass es falsch war.«

»Du willst also, dass ich sie töte, weil sie mich gegen meinen Willen benutzt haben?«

»Nein, *ich* will sie töten, weil sie ohne deine Zustimmung Hand an dich gelegt haben.«

»So gesehen müsste ich dich ebenfalls auf die Liste setzen. Immerhin hast du mir erst gestern ein Messer an die Muschi gehalten, nicht wahr? Und ich glaube nicht, dass ich dich darum gebeten hatte.«

Bei den vulgären Worten stand mir der Mund offen und mir drehte sich der Magen um. Ich schob meinen Teller beiseite, denn mir war der Appetit vergangen.

»Was ist denn? Dann darfst du mich im Gegensatz zu den anderen also ausnutzen?«, fragte sie und schüttelte missbilligend den Kopf. »Komm schon, Killian. Wer im Glashaus sitzt, sollte nicht mit Steinen werfen.« Mit ihren vorwurfsvollen Worten zerrte sie an meinen Nerven.

»Es hat dir also gefallen, dass sie dich angefasst haben?«, entgegnete ich wütend, weil sie mich gerade mit einem Haufen Vergewaltiger verglichen hatte. Möglicherweise hatte ich eine kompromittierende Situation ausgenutzt, aber nur, weil zwischen uns eine gegenseitige Anziehungskraft herrschte, die deutlich spürbar war.

»Manchmal reagiert der Körper, auch wenn der Verstand rebelliert«, antwortete sie und senkte beschämt den Blick.

Ich packte sie am Kinn und hob es an, damit sie meinem Blick begegnete. »Willst du mir sagen, dass es dir nicht gefallen hat, als ich dich mit meinem Messer berührt habe, und dass dein Körper gegen deinen Willen reagiert hat?« Denn das würde ich ihr nicht glauben. Ich wusste, wie man die Reaktionen der Frauen interpretierte. Und Amaras Iriden hatten sich vor Erregung tiefgrün verdunkelt, während sie meinen Kuss zweifellos erwidert hatte. Ich war mir sicher, dass es ihr gefallen hatte.

»Nein.« Sie versuchte, meine Hand abzuschütteln, aber ich hielt sie fest. Ich musste die Antwort auf meine Frage hören und ihr dabei in die Augen blicken. »Du hast mich gefragt, ob es mir gefallen hat, wenn sie mich berührten. Ich sage nur, dass nicht alle körperlichen Reaktionen aus freien Stücken geschehen. Selbst wenn ich bei diesen Männern eine Reaktion gezeigt habe, heißt das nicht, dass ich es genossen habe.«

»Und mit mir?«, drängte ich.

Sie musste schlucken und ihre Pupillen weiteten sich. »Du bist ... anders.«

Gut. »Dann wirf mich nicht mit diesem Abschaum in einen Topf. Ich spiele zwar gern mit dir, Amara, aber ich würde niemals Hand an die Braut eines anderen Mannes legen, wenn ich weiß, dass es gegen ihren Willen geschieht.« Ich ließ sie los. Ich war immer noch wütend, weil sie mich mit diesen Männern verglichen hatte.

Doch dann besann ich mich.

Sie wusste es nicht besser, denn sie hatte nie etwas anderes gekannt.

»Setze ein Sternchen hinter alle Männer, die dich angefasst haben.« Da sie offenbar noch nie freiwillig mit einem Mann zusammen gewesen war, wäre es nicht nötig, irgendwelche Unterschiede zu machen. Ich reichte ihr die Liste, ohne sie anzusehen, da ich immer noch gereizt war.

»Viele von ihnen haben nur ihr Interesse bekundet und wollten nach der Hochzeit Zeit mit mir verbringen«, sagte sie leise, statt meiner Aufforderung nachzukommen. »Ich habe nur neun Monate mit Malcom zusammengelebt, und die meisten Männer, die in dieser Zeit Hand an mich gelegt haben, gehörten zu seinem Personal, wie Boris.« Sie zuckte so heftig zusammen, dass die Couch bebte, und ich verspürte einen Stich im Herzen.

Diese Frau war durch die Hölle gegangen, und ich war wütend, weil sie mich mit Männern wie Malcolm verglichen hatte. Amara war mir begegnet, weil ich sie zurück nach Hause hatte bringen sollen – tot oder lebendig. In ihren Augen war ich dadurch ebenso ein Monster wie all die anderen.

Sie hatte gesagt, ich sei *anders*. Meinte sie damit, dass sie sich tatsächlich zu mir hingezogen fühlte? Oder unterschied ich mich von den anderen, weil ich ihr helfen wollte?

»Nun, in der ersten Nacht hat er mich entjungfert und mich dann an einen Haufen seiner Kollegen weitergereicht, um zu sehen, wie viel ich ertragen kann, bevor ich zusammenbreche. Dann hat er mich ein paarmal bei Besprechungen eingesetzt, doch meist nur als Tischdekoration. Bis auf das eine Mal, als ich ihn verärgert hatte, da musste ich den Männern gefällig sein. Und dann waren da noch die beiden Männer, die ich danach töten musste. Aber seine Pläne für mich betrafen hauptsächlich die Zeit nach der Hochzeit. Alles, was davor geschehen ist, war nur ein Test, um herauszufinden, wie ich ihm und auch Amir von Nutzen sein könnte.«

Das Blut kochte mir in den Adern, als sie die letzten Monate ihres Lebens wie beiläufig schilderte. Vielleicht hätte es noch schlimmer sein können, doch was dieser Scheißkerl ihr angetan hatte, war so verdammt falsch. Und die Pläne, die er für ihre Zukunft geschmiedet hatte, waren noch schrecklicher.

»Es wird mir ein Vergnügen sein, ihn zu töten«, gestand ich mit düsterem Tonfall. »Aber ich will dennoch wissen, wer auf dieser Liste Hand an dich gelegt hat. Selbst wenn er nur mit dem Finger über deine Haut gestreichelt hat, will ich seinen verdammten Namen wissen. Vielleicht werden wir nicht jeden Einzelnen von ihnen töten, aber wir werden ihnen zumindest eine Lektion erteilen.« Und ich würde ein Auge auf sie haben. Wenn sie auch nur eine falsche Bewegung machten, wären sie fällig. »Füge auch Clarissa und Geoff hinzu, und alle, die mit den Auktionen zu tun haben.«

»Wenn du so weitermachst, werde ich aus dem Schreiben gar nicht mehr rauskommen«, murrte sie.

»Wenn man bedenkt, was wir vorhaben, müssen wir alles gründlich planen, Kätzchen.« Ich stand auf, denn ich brauchte eine Dusche. Amara war zwar nicht die Erste, die mir schwere Vorwürfe machte, doch sie war die Erste, die mir unter die Haut ging. Obwohl ich wusste, dass die Anschuldigungen auf ihre verkorkste Vergangenheit zurückzuführen waren, hatte sie nicht ganz unrecht. Ich bat nie um Erlaubnis, es war einfach nicht mein Stil. Doch ich verließ mich darauf, dass meine Gespielinnen mir sagten, falls ich zu weit ging. Außerdem genoss ich es, mit dem Messer zu spielen, und hatte geglaubt, dass Amara ebenso Gefallen daran gefunden hatte.

Doch jetzt wusste ich nicht mehr, was ich denken sollte.

Und ich hasste dieses Gefühl.

Ich fuhr mir mit der Hand durchs Haar und stand wie erstarrt vor ihr. »Amara?«

Sie blickte nicht zu mir auf, sondern konzentrierte sich weiter auf die Papiere in ihrem Schoß. »Hm?«

Ich packte erneut ihr Kinn und hob ihren Kopf an. »Falls ich jemals etwas tun sollte, was dir nicht gefällt, dann musst du es mir sagen.«

»Du meinst so etwas wie mir ein explosives Armband anzulegen?«, fragte sie mit einer hochgezogenen Augenbraue.

Mir entfuhr ein Schnauben. »Das habe ich wegen des Auftrags getan.«

»Ja, ich weiß.« Sie legte eine Hand auf meine und umschloss sie mit ihren zarten Fingern. »Du hast mich nicht verletzt. Es geht mir gut.«

»Ich habe eine Waffe auf dich abgefeuert.«

»Und ich habe dich mit Ketamin vollgepumpt.« Sie zuckte mit den Schultern. »Ich bin nicht zerbrechlich, Killian. So leicht bin ich nicht unterzukriegen«, sagte sie mit gekränkter Stimme. Also ging ich vor ihr in die Hocke.

»Ich halte dich ganz und gar nicht für schwach, Amara. Ich will damit nur sagen, dass du es mir sagen musst, falls ich es zu weit treibe. Denn ich bin es nicht gewohnt, um etwas zu bitten. Ich nehme es mir einfach, wobei ich das Einverständnis meiner Partnerin voraussetze. Doch in deinem Fall ist es, nun ja, anders.« Ich benutzte absichtlich dieses Wort, und sie reagierte darauf, indem ihre Nasenflügel bebten und sie die Augen zu dünnen Schlitzen verengte.

»Ich wollte damit sagen, dass ich mich zu dir hingezogen fühle, du Trottel. Zerrede es nicht, sonst machst du alles zunichte, und dann fühle ich mich nicht mehr zu dir hingezogen.«

Ich zog die Augenbrauen in die Höhe. »Ist das eine Drohung?«

»Ja, allerdings.« Sie bedachte mich mit einem herausfordernden und sinnlichen Blick, der mein Blut in

Wallung brachte. Diese Frau faszinierte mich wie keine andere.

Sie war eine Kriegerin.

Eine ebenbürtige Geliebte.

»Dann werde ich mich vorsehen.« Ich strich mit der Nase über die ihre und ließ meinen Mund ganz dicht über ihren Lippen schweben. »Während du arbeitest, werde ich mich unter die Dusche stellen und davon träumen, wie wunderbar deine Muschi sich um meinen Schwanz anfühlen wird, wenn ich dich endlich ficke. Und das werde ich bald tun, Amara. Aber zuerst brauche ich diese Liste.«

Ihr stand der Mund offen und ich nutzte die Gelegenheit, um meine Zunge zwischen ihre Lippen gleiten zu lassen. Ich nahm ihren Mund auf dieselbe Weise in Besitz, wie ich auch ihren Körper in Besitz nehmen würde, und demonstrierte es ihr mit jeder Liebkosung, bis sie sich keuchend an mich schmiegte.

»Mm, und du wirst es auch genießen«, flüsterte ich verheißungsvoll. »Viel Spaß bei der Arbeit, Kätzchen.«

KAPITEL 12

AMARA

Das wird kein gutes Ende nehmen. Killian schien anderer Meinung zu sein, als wir den Zollbereich des Kairoer Flughafens betraten, obwohl ich wusste, dass er in seinem Jackett einige Messer bei sich trug. Er schüttelte einem der Grenzbeamten die Hand und übergab ihm irgendwelche Dokumente, dann zeigte er auf mich und sagte etwas in fließendem Arabisch.

Wie viele Sprachen beherrscht dieser Mann eigentlich? Ich würde ihm die Frage später stellen, denn im Moment war ich viel zu nervös.

»*Shukraan*«, sagte Killian und verbeugte sich leicht vor dem stämmigen Mann, der unsere gefälschten Pässe in der Hand hielt. Der Beamte erwiderte etwas, was ich nicht verstand, und winkte uns durch.

Killian nickte, nahm die Pässe und sein Dokument entgegen und sagte erneut: »*Shukraan.*« Er verstaute die Papiere in seiner Aktentasche und streckte mir dann eine Hand entgegen. Ich ergriff sie und folgte ihm.

Wir hatten eine Woche in dem Hotelzimmer verbracht. In der Zeit hatten wir mein Leben mit Malcolm bis ins Detail beleuchtet, hatten verschiedene Pläne entworfen und unsere Zielpersonen mithilfe seines Tablets überwacht. Die Frau, die Killian den Zugang zu den Überwachungssystemen der Regierung verschafft hatte, hatte einen Orden verdient.

Denn es war verdammt hilfreich. Außerdem war es beruhigend zu wissen, dass ich nur mit ein paar Klicks herausfinden konnte, wo Malcolm sich gerade aufhielt. Killian hatte es mir am zweiten Tag unseres Aufenthaltes gezeigt, damit ich sicher sein konnte, dass mein ehemaliger Verlobter uns nicht zu nahe kam. Ich hatte befürchtet, dass er mich finden könnte, da wir in der Nähe des ursprünglichen Treffpunkts geblieben waren. Doch Killian hatte mir versichert, dass Malcom von uns erwarten würde zu fliehen.

Killian führte uns einen Gang entlang, der abseits der anderen Zollschalter lag, während eine Wache uns folgte. Ich täuschte Gelassenheit vor, doch innerlich starb ich fast vor Angst.

Ich trug ein ärmelloses, bodenlanges Kleid, das zwei Messer in meinen schwarzen Stiefeln verbarg. Da wir mit einem Privatjet geflogen waren, hatten wir bereits beim Boarding in Berlin keinerlei Sicherheitschecks durchlaufen müssen. Und offenbar würden wir hier auch nicht kontrolliert werden.

Wir gingen auf eine Schiebetür zu, die nach draußen führte und von zwei Soldaten flankiert wurde. Der Mann hinter uns sagte etwas, woraufhin die beiden kurz nickten. Die Tür öffnete sich und mir schlug eine warme Brise ins Gesicht, als mein Blick auf einen schwarzen, unauffälligen Wagen fiel.

Neben dem Kofferraum stand ein Mann, der Killian den Schlüssel reichte und sowohl meinen kleinen Koffer als auch seine Aktentasche darin verstaute. Killian hatte darüber hinaus kein Handgepäck mitgenommen, doch ich hatte meine Tasche mit den Sachen aus meinem Rucksack und der

Kleidung vollgestopft, die er für mich in Berlin besorgt hatte. Ich hatte den Wäscheservice des Hotels genutzt, den Killian jedoch als unnötig bezeichnet hatte. Offenbar hatte er uns für unseren Aufenthalt in Kairo bereits eine weitere Garderobe bestellt.

In seinem Beruf war er ständig unterwegs und jagte immer neuen Zielpersonen hinterher, daher musste er wohl für alles gerüstet sein.

Er sagte etwas auf Arabisch, bevor er die Beifahrertür öffnete und mir bedeutete, in den Wagen zu steigen. Ich ließ mich auf den Ledersitz sinken, raffte mein Kleid um die Beine und seufzte, als die Klimaanlage mir ins Gesicht blies.

Keine Zwischenfälle. Uns ist nichts passiert. Es geht mir gut. Es wird alles gut gehen.

Dennoch war ich innerlich aufgewühlt.

Wir waren hier, um Raoul aufzuspüren und Amir eine Nachricht zu überbringen. Mir war nicht wohl bei dem Gedanken, doch laut Killian war es unumgänglich.

Er stieg zu mir in den Wagen. In seinem maßgeschneiderten Anzug, mit seinem gestylten Haar und seinen aristokratischen Zügen wirkte er elegant. »Im Nachhinein bin ich froh, dass deine Tattoos verblasst sind. Zumindest für den Moment.«

Ich runzelte die Stirn und betrachtete meinen nackten Arm. »Wie bitte? Warum?« Ich vermisste sie irgendwie.

»Weil du in Kairo mit einer Tätowierung auffallen würdest wie ein bunter Hund, und wir müssen so unauffällig wie möglich bleiben.« Er legte den Sicherheitsgurt an, stellte noch etwas an der Armatur ein und legte den Gang ein. »Du kannst jetzt aufatmen, Amara«, sagte er mit belustigtem Tonfall.

»Mit meiner Atmung ist alles in Ordnung.«

»Sicher«, erwiderte er und verzog die Lippen zu einem

Lächeln. »Ich hatte schon Angst, du würdest am Zoll in Ohnmacht fallen.«

»Hast du nicht die Maschinengewehre gesehen?«, konterte ich.

Er schnaubte. »Die meisten dieser Typen sind Amateure. Die würden ein bewegliches Ziel nicht treffen können.«

»Bei einem Maschinengewehr muss man nur den Abzug betätigen. Da braucht man nicht viel Geschick.«

»Sicher, wenn man es mit einem durchschnittlichen Menschen zu tun hat.« Er fuhr vom Terminal weg und navigierte den Wagen mit einer Sicherheit durch die Straßen, die darauf schließen ließ, dass er sich in Kairo auskannte. »Ich bin kein Durchschnittsmensch, Amara.«

»Ich schon.«

»Nein, Schätzchen. Das bist du gewiss nicht.« Er ergriff meine Hand und führte sie an seine Lippen. Doch statt sie zu küssen, biss er mir leicht ins Handgelenk und lachte leise, als ich zurückschreckte. »Das wird ein Spaß.«

»Nein, das wird es nicht. Mit Amir spielt man nicht.«

»Ah, aber ich will ihn aus der Reserve locken.« Er legte meine Hand auf seinen Oberschenkel und umfasste den Schaltknüppel. »Ein Mann wie Assad braucht einen Anreiz, um sich aus seiner Höhle herauszuwagen. Und wir sind hier, um ihm diesen Anreiz zu bieten.«

Indem wir Raoul ermorden.

Killian hatte eine Menge Aktivitäten geplant, bei denen wir Raoul beschatten würden, denn er wollte den perfekten Zeitpunkt und Ort bestimmen, um den Mann auszuschalten. Dann würden wir zu Phase zwei übergehen.

Während der Fahrt beobachtete ich die Umgebung und betrachtete die viel befahrene Schnellstraße und die umliegenden Gebäude mit ihren offenen Balkonen und belebten Dächern, die von einem gelblichen Himmel überspannt wurden.

»Denkst du, wir könnten die Pyramiden besuchen?«, fragte ich, denn ich hatte sie vom Flugzeug aus nicht gesehen. Killian hatte mir gesagt, dass sie direkt neben der Stadt lagen, doch der Smog hatte es bei der Landung unmöglich gemacht, etwas zu erkennen.

»Wenn du möchtest«, antwortete er. Ich spürte, wie er den Oberschenkel unter meiner Hand anspannte, als er im frühen Abendverkehr einen Gang zurückschaltete. »Wir könnten mit einem Ausflug den Tod von Raoul feiern, nachdem wir ihn ausgeschaltet haben.«

»Das würde mir gefallen«, erwiderte ich. Er wusste bereits, dass dies mein erster Aufenthalt in Ägypten war. Ich hatte zwar schon einige Male Europa besucht, doch in den Nahen Osten war ich noch nie vorgedrungen. Im Laufe der letzten Woche hatte ich erfahren, dass es nicht viele Orte gab, die Killian noch nicht gesehen hatte, da er aufgrund seines Berufes und seiner Herkunft überall auf der Welt unterwegs war.

Im Grunde hatten wir nur geredet. Killian hatte zwar mit mir geflirtet, doch bis auf einen Kuss hier und da war nichts geschehen. Offensichtlich wollte er es aufgrund meiner Erlebnisse langsam angehen lassen, oder vielleicht wartete er, bis ich den ersten Schritt machte. Doch jedes Mal, wenn ich daran dachte, fassten wir einen neuen Plan und gingen ihn solange durch, bis ich kaum noch die Augen offen halten konnte.

Killian war gründlich.

Und brillant.

Und in diesem Anzug sündhaft sexy.

Ich wandte den Blick ab, aber nicht bevor ich das Zucken seiner Mundwinkel bemerkte. Er schien immer zu wissen, wann ich ihn beobachtete, doch das überraschte mich nicht, schließlich war er ein gerissener Auftragskiller.

»Wie kommt es, dass du so viele Sprachen sprichst?«,

fragte ich, als ich daran dachte, wie er uns am Flughafen durch den Zoll geführt hatte.

»Schule. Leben. Erfahrung.« Er zuckte mit den Schultern. »Als Jugendlicher hatte ich Lateinunterricht, dadurch war es leichter, Spanisch, Portugiesisch und Italienisch zu lernen. Französisch beherrsche ich nicht sonderlich gut, aber ich kann es verstehen. Auf der Highschool hatte ich Deutschunterricht. Arabisch habe ich auf dem College gelernt, ebenso wie Farsi. Irgendwann würde ich gern Urdu lernen.«

»Wirklich? Und Russisch interessiert dich nicht?«, scherzte ich.

»Nein, falls ein Auftrag Russischkenntnisse erfordert, rufe ich einfach Nikolai an.«

»Nikolai?«, wiederholte ich.

»Einer meiner besten Freunde«, antwortete er und verzog die Lippen zu einem Lächeln. »Er ist ebenfalls ein Schattenreiter und der Einzige, der uns bei einigen Punkten auf unserer Liste behilflich sein wird.«

Ich runzelte die Stirn. »Bei welchen?«

»Mit den beiden Wahlkampfspendern, die Häuser in Florida besitzen – Davidson und Kirpatrick.«

Bei der Erwähnung der beiden Namen gefror mir das Blut in den Adern. Sie waren zwei von Malcolms besten Freunden und waren an dem Abend dabei gewesen, an dem ich zum ersten Mal ... intime Bekanntschaft mit Malcolm gemacht hatte.

Es war Kirpatrick, der mich schließlich gebrochen hatte.

Bei dem Gedanken daran stieg mir die Galle in die Kehle und ich erstarrte.

Killian umfasste meine Hand und führte sie an seinen Mund, um sie zu küssen. »Sie werden nie wieder Hand an dich legen, Amara«, murmelte er. »Und glaub mir, Nikolai und Ava werden sie leiden lassen.«

Ich musste schlucken und das Herz schlug mir bis zum Hals, als mir bewusst wurde, dass wir im Begriff waren, unsere Pläne in die Tat umzusetzen. Killian würde mir tatsächlich helfen.

Bisher hatte mir noch nie jemand geholfen.

Alle hatten mich immer nur benutzt.

Ich war ganz durcheinander und wusste nicht, wie ich all die Emotionen verarbeiten sollte. Killian wollte nicht nur mich rächen, sondern auch sich selbst. Er hatte vor, Malcom zu vernichten, weil dieser versucht hatte, ihn zu töten.

Dennoch steckte mittlerweile mehr dahinter.

Killian hatte mich gebeten, Clarissa und Geoff und sämtliche ihrer mir bekannten Geschäftspartner auf die Liste zu setzen. Keiner von ihnen hatte etwas mit Malcolms letztendlichen Plänen zu tun, denn seine Verbindungen zu den Auktionen waren minimal. Im Grunde war ich die einzige.

Was bedeutete, dass Killian sie alle nur töten wollte, um Gerechtigkeit walten zu lassen.

Für mich.

Und für die vielen Leben, die sie ruiniert hatten.

Er küsste noch einmal meine Hand, bevor er sie wieder ablegte und den Schaltknüppel umfasste. »Wir werden um zwanzig Uhr in der Nähe von Raouls mutmaßlichem Aufenthaltsort zu Abend essen. Ich würde gern einen Spaziergang durch die Gegend machen und die Sicherheitsvorkehrungen überprüfen. Morgen geht der Spaß los.«

»Spaß«, wiederholte ich. »Sicher.«

Er lachte leise. »Du wirst schon sehen, Kätzchen.«

Ich schüttelte den Kopf über den Kosenamen. Ich wollte ihm gegenüber nicht zugeben, dass er mir gefiel und es mich jedes Mal erregte, wenn er mich so nannte. Ich träumte davon, dass er mir den Kosenamen ins Ohr flüsterte, nachdem er mir etwas Schmutziges befohlen hatte.

Lutsch meinen Schwanz, Kätzchen.

Reite mich, Kätzchen.

Mm, ich werde diese süße Muschi verschlingen, Kätzchen, und dich stundenlang zum Schreien bringen.

Ich spannte die Schenkel an, als ich von unbändiger Begierde gepackt wurde. Ich hatte noch nie einen Mann so sehr begehrt wie Killian. Und er schien es zu genießen, mich damit zu quälen.

Vielleicht sollte ich mich einfach auf ihn stürzen.

Mich ausziehen und von ihm verlangen, mich zu ficken.

Ich wusste, wie man einen Mann verführt, also warum war Killian so anders?

Weil du ihn magst, flüsterte eine innere Stimme mir zu.

Ich stieß ein Knurren aus. *Eigentlich sollte es die Sache leichter machen, statt sie zu erschweren.*

»Ist mit dir alles in Ordnung?«, fragte Killian belustigt. Wahrscheinlich wusste er, dass er mich vor Lust in den Wahnsinn trieb. *Arschloch.*

»Es geht mir gut.«

»Wirklich? Denn ich könnte schwören, dass du mich gerade angeknurrt hast.«

»Ich habe mich selbst angeknurrt«, brummte ich und warf einen Blick aus dem Fenster, als wir von der Schnellstraße abfuhren.

»Mm, du kannst mich gern jederzeit anknurren, Kätzchen. Es ist sexy.«

Ich verdrehte die Augen. »Dein Gerede ist doch nur heiße Luft, Bedivere. Ich mache mir nichts vor.«

Er lachte. »Wie bitte?«

Mist. Ich hatte die Worte nicht laut aussprechen wollen. »Gar nichts.«

»Oh nein, das habe ich gehört.« Er hielt an einer Ampel an

und wandte sich mir zu. »Hast du mir etwa gerade vorgeworfen, dass ich meinen Worten keine Taten folgen lasse?«

»Ist es denn so?«, konterte ich und beschloss, mich auf die Diskussion einzulassen. »Denn ich dachte, du wolltest mich ficken. Aber bisher ist nichts passiert.«

»Du kannst es wohl kaum erwarten, Kätzchen«, sagte er leise mit einem bedrohlichen Funkeln in den Augen. »Vielleicht betrachte ich es ja als Vorspiel, wenn wir eine Weile umeinander herumtänzeln.«

»Vielleicht finde ich es langweilig.«

»Wenn es so wäre, würdest du nicht derart erregt sein und knurren, nicht wahr?« Mit einem Grinsen konzentrierte er sich wieder auf die Straße. »Geduld, süße Amara. Du wirst meinen Schwanz noch früh genug zu spüren bekommen.«

»Alles nur heiße Luft«, wiederholte ich und seufzte. »Ich dachte, du wüsstest, wie man mit einer Frau umgeht, Killian.«

Er lachte leise. »Es wird dich auch nicht weiterbringen, wenn du mich reizt.«

Wirklich? Das werden wir ja sehen, Bedivere.

Denn ich hatte ein paar Ideen, wie ich ihn würde *reizen* können. Ich musste nur den Mut aufbringen, es durchzuziehen.

Killian stellte eine noch nie da gewesene Herausforderung dar. Er faszinierte mich. Er erregte mich. Er rief all diese ungewohnten und verlockenden Empfindungen in mir hervor und ich wollte herausfinden, inwieweit ich mich darauf einlassen konnte. Ich wollte wissen, ob er mir helfen konnte, mich von meiner Vergangenheit zu lösen und meinen Emotionen zur Freiheit zu verhelfen.

Ich wollte, dass er mir ein Leben voller Leidenschaft und Ekstase zeigte.

Ich wusste nicht, warum ich ihn gewählt hatte. Vielleicht weil er der Erste war, dem ich etwas bedeutete. Vielleicht weil er all diese fremden Gefühle in mir geweckt hatte. Vielleicht weil ich ihm vertraute, zumindest auf einer oberflächlichen Ebene.

Oder vielleicht lief es einfach nur auf eines hinaus – ich begehrte ihn.

Er war weder mein Ritter.

Noch war er mein Retter.

Er war einfach nur Killian. *Mein Killian.* Zumindest für den Moment. Und ich wollte wissen, wie es sich anfühlte, wenn ein Mann mit seinem Wissen und seiner Macht wirklich von mir Besitz ergriff.

Vielleicht musste ich es ihm zeigen, statt es ihm mit Worten verständlich zu machen. Ich wollte verhindern, dass er das Vorspiel in die Länge zog und die Verbindung zwischen uns zunichtemachte.

Denn ich wusste, das Gute währte nicht ewig.

Heute Abend, beschloss ich. *Heute Abend werde ich ihn mit seinen eigenen Waffen schlagen.*

KAPITEL 13

KILLIAN

As-salaam 'alaykum«, begrüßte uns der schlaksige
Empfangschef, als wir das Restaurant betraten.

»*Wa 'alaykum al-salaam*«, erwiderte ich.

»Willkommen in Kairo, Mr. und Mrs. Dagger«, fügte der
junge Mann mit einem aufgeregten Lächeln hinzu. Offenbar
lernte er Englisch und war ganz begierig darauf, seine
Sprachkenntnisse anzuwenden.

Amara festigte den Griff um meine Hand, wie jedes Mal,
wenn uns jemand als Ehepaar ansprach. Ich hatte den
Decknamen für diese Reise gewählt. Die Einzigen, die mich
unter dem Spitznamen Dagger kannten, waren die
Schattenreiter und Devereaux. In Anbetracht meiner
Vorliebe für Messer war es ein passendes Pseudonym.

Heute Abend war ich wie zuvor in Deutschland Mr. Cav
Dagger. Und Amara spielte die Rolle meiner Frau Scarlet
Dagger.

Beide Identitäten besaßen diplomatische Immunität, was
der Grund dafür war, dass man uns am Flughafen von Kairo
eine Sonderbehandlung hatte zuteilwerden lassen. Raven hatte

ein wenig gezaubert und mir die entsprechenden Dokumente zukommen lassen, wobei sie zugleich einen neuen Reisepass für Amara besorgt hatte. Als Zeichen meiner Dankbarkeit hatte ich ihr eine beachtliche Summe überwiesen, doch sie schickte mir ein Foto ihres Mittelfingers. Offenbar wusste sie die Geste nicht zu schätzen.

Ich gab mich als Gentleman und zog Amara einen Stuhl hervor, bevor ich ihr gegenüber Platz nahm. Ich hatte dieses Restaurant gewählt, weil ich vermutete, dass Raoul in der Nähe wohnte, und die Unterlagen darauf hindeuteten, dass er hier oft zu Abend aß.

Leider schien er heute Abend nicht unter den Gästen zu sein.

Aber vielleicht hätten wir noch Glück.

»Die gesamte Speisekarte ist auf Arabisch«, murmelte Amara und betrachtete die Menükarte auf ihrem Teller.

Das Restaurant bot zwar nicht viel Auswahl, doch die Bewertungen im Internet priesen es als eines der besten in Kairo. »Bevorzugst du Rind, Lamm oder Huhn?«

Sie verzog den Mund. »Hm, das kommt darauf an, wie es zubereitet wird. Würdest du etwas empfehlen?«

»Lamm.«

»Dann bestelle ich das Lamm.«

Ich lächelte. »Ich mag es, wenn du derart umgänglich bist, Amara.«

»Hätte ich das Rind nehmen sollen?«

»Ganz sicher nicht.« Ich gab dem Kellner ein Zeichen und bestellte unsere Hauptgerichte mit mehreren Beilagen. Mein arabischer Akzent war zwar nicht perfekt, vor allem weil sich der ägyptische Dialekt deutlich von der Hochsprache unterschied, die ich im College gelernt hatte. Glücklicherweise waren die meisten Fernsehsendungen und Filme auf Ägyptisch, wodurch ich Gelegenheit hatte, verschiedene umgangssprachliche Ausdrücke aufzuschnappen, die ich jetzt anwenden konnte.

Nachdem der Kellner wieder gegangen war, betrachtete Amara mich mit einem faszinierten Ausdruck im Gesicht, wobei ihre blaugrünen Augen interessiert aufblitzten.

»Was würdest du gern wissen, Schätzchen?«, fragte ich, bevor ich an meinem Glas Wasser nippte und mich dann zurücklehnte, um ihren Ausschnitt zu bewundern. Da wir in Ägypten waren, trug sie ein sittsames, langärmeliges Kleid, das sich aber verführerisch eng an ihren Körper schmiegte.

Sie biss sich auf die Unterlippe und errötete. »Ich bewundere nur deine Fähigkeit, von einer Sprache zur anderen zu wechseln.«

»Und das aus dem Mund der Frau, die Deutsch spricht.« Ich legte neugierig den Kopf schief. »Welcher Sprachen bist du sonst noch mächtig, Amara?«

»Ich spreche nicht fließend Deutsch, aber ich kann es verstehen. Dasselbe gilt für Französisch, Spanisch und Türkisch.«

»Türkisch?«, wiederholte ich. »Das ist ungewöhnlich.«

Sie zuckte mit den Schultern. »Meine leibliche Mutter hat es gesprochen. Ich erinnere mich nicht an viel, aber ich schnappte hier und da ein paar Wörter auf.«

»Wurdest du in der Türkei geboren?«, wollte ich wissen, denn ich hatte keine Ahnung, aus welchem Land sie stammte.

»Ich weiß es nicht«, gestand sie. »Ich kenne meine Herkunft nicht. Wir sind viel umgezogen. Meinen Vater habe ich nur selten gesehen, ich weiß nicht einmal mehr, wie er aussah«, erklärte sie und zuckte wieder mit den Schultern. »Ich erinnere mich, dass ich mit meiner Mutter in South Carolina war. Und danach weiß ich nur noch, dass ich in Boston bei den Roses gelebt habe.«

»Du hast mir erzählt, dass die Roses ebenfalls oft umziehen.«

»Clarissa, ja. Aber ich bin bei Geoff in Boston geblieben. Sie haben mich zu Hause unterrichtet und mich dann zum Studium nach Harvard geschickt.«

Zusammen mit ein paar Leibwächtern, hätte sie hinzufügen sollen. Ich hatte diese Leibwächter auf meine Abschussliste gesetzt, nachdem ich in der vergangenen Woche Näheres über sie erfahren hatte.

Unser Kellner erschien mit einer Kanne Tee und bot zuerst Amara und dann mir etwas an. Sie nippte zögernd an ihrer Tasse und trank dann einen größeren Schluck, nachdem sie den einzigartigen Minzgeschmack für gut befunden hatte. Ich schloss mich ihr an und genoss es, sie eine Weile schweigend zu beobachten.

Wir waren die ganze Woche über immer wieder in kameradschaftliches Schweigen verfallen. Wir schienen einander einfach zu verstehen. Eigentlich ergab es keinen Sinn, denn unser beider Vergangenheit hätte unterschiedlicher nicht sein können. Sie war als Sklavin aufgewachsen und wurde dazu ausgebildet, ihrem zukünftigen Ehemann zu dienen, während ich im Schoß liebevoller Eltern groß geworden war und es mir an nichts gemangelt hatte.

Dennoch hatten wir uns beide nicht wie erwartet entwickelt.

Vielleicht brachte uns das einander näher, denn wir hatten alle überrascht und unsere eigenen Pfade beschritten. Ich war ein Auftragskiller und sie eine Kriegerin. Das perfekte Paar. Als sie von mir verlangte, mit ihr zusammenzuarbeiten, hatte ich mich zu Anfang dagegen gesträubt. Doch mittlerweile konnte ich sehen, warum unsere Partnerschaft funktionieren würde. Sie folgte tatsächlich meinen Anweisungen und ließ sich von meiner Erfahrung leiten, während sie im Gegenzug wertvolle Einsichten beisteuerte.

Wie zum Beispiel einen Einblick in Assads Netzwerk.

Es widerstrebte ihr zwar, Assad und Malcolm eine

Nachricht zukommen zu lassen, doch sie vertraute meinem Plan.

Erstaunlich.

»Du starrst mich an«, flüsterte sie.

»Das ist richtig.« Weil sie eine der schönsten Frauen war, der ich je begegnet war. Durch ihre Augen konnte ich einen Blick auf ihre geschundene Seele werfen, die mich um Trost anrief. Ich wollte ihr beweisen, dass nicht alle Menschen böse waren. Es war beängstigend und aufregend zugleich, sodass ich das Verlangen hatte, die Herausforderung anzunehmen, und gleichzeitig vor ihr Reißaus nehmen wollte.

Aber ich schreckte nie vor einer schwierigen Aufgabe zurück.

Stattdessen nahm ich sie an und meisterte sie.

Machte mich das zu einem Helden oder wollte ich am Ende einfach nur den Sieg davontragen? Wollte ich sie aus egoistischen oder selbstlosen Gründen? Ich wusste es nicht. Vielleicht war es eine Mischung aus beidem. Aber ich wollte derjenige sein, der ihre Seele heilte und sie in die Welt der Sinnlichkeit und Empfindungen einführte.

Ich wollte für sie kämpfen.

Eigentlich sah es mir überhaupt nicht ähnlich und doch passte die Rolle zu mir. Denn ich gewann immer und Amara war der Preis für meinen Sieg.

Aber zuerst musste ich mich als würdig erweisen. Deshalb ließ ich es langsam angehen, überwand eine Barriere nach der anderen und zeigte ihr, wie ein Mann eine Frau umwerben sollte. Auch wenn unsere Situation verkorkst und kompliziert war, hatte sie es immerhin verdient, dass ich mich um sie bemühte. Und als ich ihr Lächeln sah, wusste ich, dass es funktionierte.

Sie schüttelte den Kopf. »Ich habe keine Ahnung, was in deinem Kopf vorgeht, doch am liebsten würde ich dich wieder anknurren.«

Ein Lächeln umspielte meine Lippen. »Gut, denn ich mag diesen Laut.«

»Meine Güte, Killian, warum kommen wir nicht endlich zur Sache?«, wollte sie wissen. »Warum lässt du mich warten?«

»Weil es dann noch viel besser sein wird. Glaub mir.«

»So hat mich noch nie jemand behandelt.«

»Und genau deshalb tue ich es jetzt«, erwiderte ich.

Sie zog einen Schmollmund, woraufhin ich ein Zucken in der Lendengegend verspürte. Ich sehnte mich danach, ihre Lippen um meinen Schwanz zu spüren. Vielleicht würden wir heute Abend dazu kommen. »Aber du weißt, dass ich dich will«, sagte sie mit einem liebenswert frustrierten Unterton in der Stimme.

Ich sah mich um, um mich zu vergewissern, dass uns niemand hörte, dann lehnte ich mich vor und blickte ihr tief in die Augen. »Trägst du ein Höschen, Amara?«

Ihre Nasenflügel bebten und ihre Pupillen weiteten sich. »Ich ... ja. Warum?«

»Gib es mir.«

»Wie bitte?«

Ich lächelte. »Du hast gehört, was ich gesagt habe, Kätzchen.«

»Hier?«, fragte sie mit schriller stimme, wobei ihre Wangen hochrot anliefen.

»Ja.« Ich beugte mich noch weiter vor und senkte die Stimme. »Du hast doch gesagt, dass du mich willst. Ich will dafür einen Beweis, und zwar sofort.«

Sie schnappte nach Luft. Der Laut war Musik in meinen Ohren und ich genoss den Anblick ihres geröteten Dekolletés. »Ich ...«

Ich zog eine Augenbraue in die Höhe. »Spreche ich etwa undeutlich, Schätzchen?«

»N-nein.«

»Warum erfüllst du mir dann nicht meinen Wunsch? Oder

bist du vielleicht doch nicht so interessiert an mir, wie du behauptest?« Ich lehnte mich in meinem Stuhl nach hinten und ließ meine provozierenden Worte zwischen uns in der Luft hängen.

Sie kniff die Augen zu dünnen Schlitzen zusammen. »Du glaubst wohl, dass ich mich nicht traue.«

»Ich sehe nicht, wie du meiner Aufforderung Folge leistest«, erwiderte ich und nippte an meinem Wasser, um ein Lächeln zu verbergen. »Ich hatte dich eigentlich nicht für einen Feigling gehalten, Kätzchen. Zu schade.«

Sie stieß ein Knurren aus, das meine Lendengegend erneut durchzuckte. Wir hatten heute Abend nichts weiter geplant als einen Spaziergang durch die Gegend, um die Orte ausfindig zu machen, an denen Raoul sich bevorzugt aufhielt. Also blieben mir mehrere Stunden, in denen ich mich im Hotel mit ihr vergnügen konnte. Ich hatte mein Verlangen während der letzten Woche auf Eis gelegt, da das Schmieden unserer Pläne Vorrang gehabt hatte.

Doch nun war die Planung abgeschlossen.

Und wir hatten den ersten Schritt bereits in die Wege geleitet.

Also hatte ich etwas Zeit zum Durchatmen, Entspannen und zum *Genießen*.

Das Geschäftliche mit dem Angenehmen zu verbinden schien seine Vorteile zu haben, und ich hatte vor, diese Vorteile eingehender zu erkunden.

Amara leckte sich über die Lippen und atmete heftig ein und aus. Sie schien wütend und berauscht zugleich. *Mm, ich wette, die Spitze zwischen ihren Schenkeln ist bereits mit dem Saft ihrer Erregung durchtränkt.* Ich konnte es kaum erwarten, ihn zu kosten.

Sie ließ ihre Hände langsam unter den Tisch gleiten, während sie mich aus ihren blaugrünen Augen anstarrte. Ein

Knistern lag zwischen uns in der Luft, welches mein Blut in Wallung brachte und meinen Schwanz hart werden ließ.

Ich wollte sie.

Unbedingt.

Und ich gab ihr mit einem Blick zu verstehen, wie sehr ich sie begehrte.

Sie rutschte auf ihrem Stuhl hin und her, und ich stellte mir vor, wie sie ihr bodenlanges Kleid nach oben rollte und langsam ihre wohlgeformten Schenkel entblößte. Ein Kleid mit Schlitz hätte die Sache vereinfacht, doch ich fand es aufregender, wenn man für sein Vergnügen arbeiten musste. Das machte es umso lohnender.

Sie biss sich auf die Unterlippe, als sie ihren Körper um ein paar Zentimeter anhob. Statt sich verlegen umzusehen, fixierte sie mich mit einem selbstsicheren Blick, der mich nur noch mehr erregte.

»Wenn du mich später nicht fickst, werde ich einen Aufstand machen«, sagte sie, wobei ihre Stimme ein kehliges Schnurren war.

»So fordernd«, neckte ich sie. »Was ist mit dem Vorspiel?«

»Die letzte Woche war ein einziges Vorspiel, und das weißt du.« Sie beugte sich vor, wobei sie mir einen verlockenden Blick auf die geschmeidige Haut ihrer Brüste gewährte. Dann richtete sie sich auf. »Viel Spaß damit.« Sie streckte den Arm aus und ließ ihren Spitzentanga auf meinen leeren Teller fallen.

»Das sieht köstlich aus«, erwiderte ich und verzog die Lippen zu einem Lächeln. »Soll ich es schmecken, Kätzchen?«

Sie schluckte und betrachtete mich mit hochrotem Gesicht.

Ich ergriff das schwarze Spitzenhöschen, führte es an meine Nase und atmete ihren berauschenden Duft ein. »Mm, es ist ja ganz durchnässt.« Ich bemerkte, wie sie sich auf ihrem Stuhl wand, also fügte ich hinzu: »Vielleicht willst du mich ja doch.«

»Killian«, hauchte sie, wobei ihre Brustwarzen sich unter dem dünnen Stoff ihres Kleides abzeichneten. »Wir werden beobachtet.«

Tatsächlich. Offenbar musterte uns das Paar einen Tisch weiter mit offenen Mündern. Ich gab meinem Drang nach und leckte den feuchten Stoff langsam und bedächtig, während ich ihren feurigen Blick erwiderte. »Nachtisch vor dem Essen.« Ich gönnte mir eine weitere Kostprobe und brummte zustimmend. »Wirklich wunderbar, Amara.«

Ich faltete das Höschen zusammen und steckte es in meine Jackentasche, und unsere beiden Zuschauer schnappten nach Luft. Ich zwinkerte der Frau zu, woraufhin ihre Wangen sich blutrot färbten. Ihr Ehemann schien bereit zu sein, sich mit mir anzulegen, doch ich gebot ihm mit einem Blick Einhalt.

Das hier ging nur Amara und mich etwas an. Wir hatten ihn schließlich nicht gebeten, uns zuzusehen.

Ich griff nach ihrer Hand und führte sie an meine Lippen, um ihr einen Kuss auf das Handgelenk zu drücken. »Danke für die Vorspeise, Kätzchen.«

Sie bebte. »Wenn du mich nicht bald fickst, dann schwöre ich dir ...« Sie verstummte und schüttelte den Kopf.

»Beende den Satz ruhig«, ermutigte ich sie.

»Dann werde ich nackt schlafen und mich neben dir selbst befriedigen, während du mir dabei zusiehst. Und wenn du versuchst, mich zu berühren, werde ich mich dir verweigern.«

»Ich liebe es, meine Befriedigung hinauszuzögern«, warnte ich sie. »Und ich werde mich bei dir in gleicher Weise revanchieren, Schätzchen.«

»Heiße Luft«, warf sie mir erneut vor. »Alles nur heiße Luft.«

Ich stieß ein düsteres Lachen aus. »Oh, später wirst du dir

noch wünschen, es wäre nur heiße Luft gewesen.« Sie hatte bereits Bekanntschaft mit meiner Klinge gemacht, doch das war nur eine Einführung gewesen. Die Schattenreiter nannten mich nicht ohne Grund *Dagger*. Ich war im Kampf mit Messern äußerst bewandert und brachte sie mit Vorliebe auch im Schlafzimmer zum Einsatz.

Amara würde auch die Erfahrung machen.

Und sie würde um mehr betteln.

Ihr stand der Mund offen, als ich ihr einen Blick auf die sowohl sinnliche als auch tödliche Verheißung in meinem Inneren gewährte. Plötzlich wurde ich von dem Drang übermannt, ihr eine Demonstration meiner Messerkünste gleich hier an Ort und Stelle zu geben.

Doch dann wurde die Eingangstür des Restaurants geöffnet.

Und Raoul trat ein.

Ich trank einen Schluck Wasser, bevor ich wieder Amaras glühendem Blick begegnete. Sie hatte den Neuankömmling noch nicht bemerkt, denn sie war viel zu sehr auf mich konzentriert.

»Du kannst dich doch an die Nachricht erinnern, über die wir gesprochen haben, nicht wahr? Ich werde sie vielleicht noch heute Abend überbringen«, sagte ich wie beiläufig, als vier Männer in Anzügen eintraten und sich zu Raoul gesellten.

Gangsterbosse.

Und zwar alle von ihnen.

Das sinnliche Interesse in Amaras Augen erlosch zwar, doch sie rührte sich nicht. Sie war ein Naturtalent in Sachen Täuschung, was ich sehr zu schätzen wusste. Die Zusammenarbeit mit ihr erwies sich als aufregender, als ich ursprünglich erwartet hatte.

Vielleicht könnte ich sie in Zukunft für weitere Missionen rekrutieren. Es wäre ein guter Grund, sie am Leben zu lassen, nachdem ich ihr alles über *Les Cavaliers de l'ombre* verraten hatte. Devereaux würde nicht erfreut sein, wenn ich ihm davon erzählte, obwohl er es wahrscheinlich bereits wusste. Aber es war die einzige Möglichkeit, Amara all die Informationen zu entlocken. Sie musste Vertrauen aufbauen, statt gefoltert zu werden.

Unser Essen wurde gebracht, als Raoul und seine Gäste auf der anderen Seite des Restaurants Platz nahmen. Es schien, als hätte das Schicksal mir ein glückliches Händchen beschert, denn von unserem Tisch aus hatten wir einen perfekten Blick auf die Gruppe.

Der Kellner reichte uns noch etwas Wasser und Tee und überließ uns dann unserer Mahlzeit. Amara schien nicht in der Lage zu sein, einen Bissen herunterzubekommen.

Ich legte ihr ein paar Spieße und einen Löffel Reis auf den Teller. »Iss etwas, sonst wirst du noch unerwünschte Aufmerksamkeit auf dich ziehen«, sagte ich leise, während ich mir die doppelte Menge auf meinen Teller lud. »Ich werde dafür sorgen, dass er dir nicht zu nahe kommt.« Ich wusste, dass sie deshalb so nervös war und Raoul nicht ansehen konnte. Dabei spielte es keine Rolle, dass sie einander nie begegnet waren. Er arbeitete für den Mann, der sie gekauft hatte. Ich konnte ihre Abneigung verstehen.

Amara räusperte sich und nickte mir zu. »In Ordnung.« Bei den Worten wurde mir warm ums Herz, denn es bedeutete, dass sie mir vertraute. Ich hatte ihr versprochen, dass ich sie beschützen würde, und sie glaubte mir. Für dieses Geschenk war ich dankbar.

Mit der Gabel löste sie das Lamm und das Gemüse vom Spieß und nahm ein paar Stücke Fladenbrot, um daraus eine Art Taco zu formen. Sie bestrich eines der Brote mit Hummus, fügte etwas Fleisch und Reis hinzu und aß einen Bissen.

Ich unterdrückte ein Lachen, bewunderte sie für ihre

Experimentierfreudigkeit und beschloss, es ihr gleichzutun. Denn es sah köstlich aus. Es spielte keine Rolle, dass sie eigentlich mit der Gabel essen sollte.

Wir aßen schweigend, wobei sie sich ganz auf mich konzentrierte, während ich hin und wieder einen Blick auf unsere Zielperson auf der anderen Seite des Raumes warf. Das Pärchen neben uns verließ nach einer Weile das Restaurant, doch auf dem Weg hinaus warfen die beiden uns noch ein paar tadelnde Blick zu, die mich zu einem Grinsen veranlassten.

»Ich glaube, seine Frau ist neidisch auf unsere Spielchen«, murmelte ich und zwinkerte der Frau noch einmal zu. Sie lief erneut hochrot an, während ihr Mann sie praktisch aus dem Restaurant schob.

Amara schüttelte den Kopf. »Du bist gemein.«

»Ich weiß«, stimmte ich zu und aß einen weiteren Bissen. »Was hältst du von deinem Kebab-Taco?«

»Er schmeckt gut.« Sie kreierte einen weiteren und betrachtete mich mit einem Funkeln in den Augen. Zumindest hatte sie sich ein wenig beruhigt und konnte den Abend genießen. Wenn Raoul nicht zum Teil meine Aufmerksamkeit in Anspruch genommen hätte, hätte ich mich über den Tisch gebeugt und sie ein wenig gereizt. Vor allem da sie nun kein Höschen mehr trug.

Hm. Wir würden später miteinander spielen.

Da sich uns eine so günstige Gelegenheit bot, konnte ich diesen Teil der Mission gleich hinter mich bringen, wodurch wir sofort zum nächsten Punkt auf der Liste übergehen könnten.

Ich schwenkte mein Wasser und wünschte, es wäre ein Scotch oder ein Bourbon. Leider war es in Kairo nicht üblich, Alkohol zu trinken. Ein weiterer Grund, warum wir den Plan vorantreiben sollten.

Hier wollten wir lediglich eine Botschaft überbringen. Der wahre Spaß würde erst in den Staaten beginnen.

Als hätte er meine Gedanken gehört, stand Raoul auf und ging auf dem Weg zu den Toiletten direkt an unserem Tisch vorbei. *Oh, das ist viel zu einfach.*

Amara starrte auf seinen Hinterkopf. Sie hatte sich die ganze Woche lang Fotos von ihm angesehen, daher erkannte sie ihn sogar von hinten.

Ich zählte im Geiste zehn Sekunden, bevor ich meinen Stuhl nach hinten schob. »Liebling, würdest du mich einen Moment entschuldigen?«

Sie erblasste. »Killian ...«

Ich strich ihr mit dem Daumen über die Lippen und schenkte ihr ein Lächeln. »Es wird nur ein paar Minuten dauern. Ich bin gleich zurück.« Ich gab ihr keine Gelegenheit zu widersprechen, sondern folgte Raoul in den hinteren Teil des Restaurants.

Es gab nur eine Toilette.

Sie war abgeschlossen.

Ich überprüfte die Sicherheitsvorkehrungen. Keine Kameras. Die Tür zur Küche war verriegelt, was darauf schließen ließ, dass die Angestellten diesen Eingang nur selten benutzten. Außerdem waren wir hier außer Sichtweite der Gäste.

Manche würden vielleicht stutzig werden, wenn sich ihnen eine derart günstige Gelegenheit bot, doch ich wusste es besser. In den meisten Fällen ereigneten sich die Umstände in einer perfekten Ordnung und wurden nur durch menschliches Zutun durcheinandergebracht.

Mein Vorhaben konnte nur noch durchkreuzt werden, falls noch jemand die Toilette benutzen wollte und sich ebenfalls anstellte. Also musste ich mich beeilen.

Ich beäugte den Türgriff und das billige Schloss. Ich

würde es mit einer kräftigen Drehung aufbrechen können und ich bezweifelte, dass die Tür von innen verriegelt war.

Ich presste ein Ohr an die Tür und wartete darauf, dass die Spülung betätigt wurde, denn dann könnte ich ihn in einem Moment der Schwäche überraschen.

Da war es.

Ich drehte einmal mit Wucht an dem Griff, drückte die Tür auf und stieß sie dem Idioten direkt gegen den Kopf. Das hatte ich zwar nicht geplant, aber es funktionierte. Er stieß einen Fluch auf Arabisch aus, als ich die Tür mit einem Fußtritt schloss und ihn zum Waschbecken zerrte.

»Hat dir denn niemand beigebracht, dir die Hände zu waschen? Scheiße, Mann.« Da ich nichts fand, mit dem ich die Tür hätte verriegeln können, packte ich ihn am Revers seiner Jacke und drückte ihn dagegen. Er war so benommen, dass er erst eine Sekunde zu spät nach seiner Waffe griff. Ich hatte sie bereits in der Hand und presste den Lauf an seine Schläfe.

»*Marhabaan*«, grüßte ich und schenkte ihm ein überaus freundliches Lächeln. »Ich weiß, dass du Englisch sprichst, Arschloch, also komme ich gleich zur Sache. Ruf deinen Chef an.« Ich senkte den Blick, doch ich bereute es sofort. »Und zieh den Reißverschluss deiner verdammten Hose zu.«

Also wirklich.

Hatte er tatsächlich vor, so zurück in den Flur zu treten? Denn er hatte eindeutig nicht vor, sich die Hände zu waschen. Nicht sehr hygienebewusst.

»Du bist lebensmüde«, erwiderte er, wobei sein Akzent einen britischen Einschlag hatte.

»Das Gleiche könnte ich von dir behaupten, weil du meine Worte als Bitte missverstanden hast«, entgegnete ich und drückte ihm den Lauf noch fester an die Schläfe. »Hose. Und zwar sofort.«

Er grummelte ein Schimpfwort, während er sich die Hose

zuknöpfte, und zog daraufhin eine Augenbraue in die Höhe. »Zufrieden?«

»Wohl kaum. Ruf deinen Chef an.«

Er lächelte. »Natürlich.« Er zückte sein Handy und strahlte dabei eine unglaubliche Arroganz aus. Dieser Typ hatte den Job eindeutig nicht wegen seines Verstandes bekommen.

»Stell es auf Lautsprecher.«

Er zuckte mit den Schultern und tat, wie geheißen. Das Telefon klingelte einmal, bevor jemand abnahm. »Ist es erledigt?«, fragte eine kühle Stimme mit einem britischen Akzent.

Raoul zog eine Augenbraue in die Höhe.

»Das ist nicht dein Chef«, sagte ich und rammte ihm den Kolben meiner Pistole gegen den Kopf. Er sackte mit einem Stöhnen zusammen, wobei er das Handy fallen ließ. Mit einem Seufzen bückte ich mich, um das Gerät aufzuheben.

»Es tut mir leid. Raoul hat beschlossen, sich vorzeitig zu verabschieden.« Ich schob die Waffe in mein Jackett, um das Telefon besser halten zu können. »Taviv, nicht wahr?«, fragte ich, schaltete die Freisprechfunktion ab und hielt mir das Gerät ans Ohr.

Am anderen Ende der Leitung herrschte Stille.

»Ach, seien Sie doch nicht so schüchtern. Ich habe von einer gemeinsamen Freundin alles über Sie gehört. Amara. Sie ist nicht gerade Ihr größter Fan.« Ich kniete mich neben Raoul und zog mein Messer hervor. »Haben Sie noch ein paar letzte Worte, bevor ich Ihrem Freund die Kehle durchschneide?«

»Killian Bedivere«, sagte eine andere Stimme, deren kehliger Klang auf jemanden schließen ließ, der zu viele Zigarren geraucht hatte. Wie klischeehaft für einen Mann in seiner Position.

»Assad«, antwortete ich, wobei ich mein Messer über

Raouls Hals gleiten ließ. »Ich bedaure, Ihnen mitteilen zu müssen, dass es heute Abend nicht mehr zu einem Geschäftsabschluss kommen wird. Ich hoffe, Sie brauchen diese Gangsterbosse da draußen nicht mehr. Einen Moment mal.«

Ich legte das Telefon beiseite und drückte den sterbenden Raoul gegen die Tür. Es würde zwar nicht unbedingt jemanden am Eindringen hindern, doch falls es jemand versuchte, würde es mir zumindest etwas Zeit verschaffen.

Ich erhob mich und drehte den Wasserhahn auf, um das Blut von meinem Dolch waschen, denn ich hielt meine Waffen gern sauber.

Ah, Bleichmittel.

Sehr gut.

Ungefähr zwei Minuten später funkelte meine Klinge wieder. »Perfekt.« Ich steckte das Messer zurück in die dafür vorgesehene Tasche und griff nach dem Handy. »Ihr Mitarbeiter hat ein Durcheinander angerichtet, um das ich mich erst kümmern musste. Wo waren wir stehen geblieben?«

»Sie wollten mir gerade erzählen, dass Sie lebensmüde sind.«

Ich verzog die Lippen zu einem Lächeln. »Ich finde durchaus Gefallen am Tod, Assad. Wie nett von Ihnen, dass Sie das bemerkt haben. Oh, da wir gerade davon sprechen, ziehen Sie eine bestimmte Art zu sterben vor? Denn ich nehme gern Anregungen entgegen. Allerdings sollte ich Sie warnen, denn meine Partnerin hat selbst ein paar niederträchtige Ideen, wie sie Sie ausschalten könnte.«

Und genau diese Botschaft wollte ich ihm überbringen. *Amara hat mir alles erzählt.*

»Sie sollten vorsichtig sein, wem Sie drohen, Mr. Bedivere. Bekanntermaßen können leicht Kollateralschäden entstehen. Und mit einem so bekannten Nachnamen könnten bestimmte Familienmitglieder in Gefahr geraten. Zum

Beispiel könnte jemand Ihren Bruder mit Ihnen verwechseln. Sie haben doch beide dunkles Haar, eine ähnliche Statur und sind fast im selben Alter, nicht wahr? Wo hält er sich gerade auf? In San Francisco?« Im Hintergrund ertönte eine weitere Stimme. »Das dachte ich mir schon. Die Gegend in Kalifornien ist sehr schön um diese Jahreszeit.«

»Das ist wirklich drollig«, murmelte ich belustigt. »Viel Glück damit, Assad. Sie sollten nur wissen, dass wir uns bald begegnen werden.« Ich ließ das Handy fallen und stampfte heftig mit dem Fuß darauf, sodass es zersplitterte.

Mission ausgeführt.

Und falls er es tatsächlich auf meinen Bruder abgesehen haben sollte, konnte ich ihm nur Glück wünschen.

Nur ein Schattenreiter würde Hunter Bedivere etwas anhaben können, und Clement Devereaux würde den Auftrag niemals annehmen.

»Du hast wirklich ein Chaos angerichtet«, sagte ich und warf einen Blick auf Raouls Leiche. Ich schüttelte missbilligend den Kopf und schob ihn mit dem Fuß beiseite.

Wir mussten von hier verschwinden, und zwar sofort.

Ich verließ das Bad und war dankbar, dass sich niemand im Flur befand. Dann kehrte ich an unseren Tisch zurück, wo Amara mit geisterhaft blassem Gesicht saß.

»Es ist Zeit zu gehen, Kätzchen«, sagte ich und warf ein Bündel Scheine auf den Tisch. Es war doppelt so viel, wie das Essen gekostet hatte, was das Restaurant zufriedenstellen sollte.

Bis die Leiche gefunden wurde.

Zum Glück hatten wir den Tisch unter einem Decknamen reserviert.

Cav und Scarlet Dagger existierten nicht.

Was bedeutete, dass ich nun einen anderen Decknamen brauchte. Ich sah bereits vor mir, wie Raven ihre fast schwarzen Augen verdrehte, und musste unwillkürlich schmunzeln, als ich Amaras Hand ergriff.

Auf dem Weg nach draußen bedankte ich mich beim Empfangschef und gab ihm ein großzügiges Trinkgeld. Ich zog Amara an mich, die am ganzen Körper zitterte. »Schhh«, murmelte ich und legte meinen Arm um ihre Schultern. Sie sagte nichts, sondern ging einfach neben mir her, als ich sie aus dem Restaurant und die Straße hinunterführte.

Ich zog mein Handy aus der Tasche und wählte zunächst die Nummer eines Fahrdienstes, der uns drei Häuserblocks entfernt abholen sollte. Dann rief ich den Aufräumtrupp an und bat um eine Säuberung des Restaurants. Hoffentlich würden sie es nicht niederbrennen müssen.

Als wir uns dem Treffpunkt näherten, sprach ich mit dem Flugdienst und forderte einen Abflug vom Kairoer Flughafen in drei Stunden. Selbst wenn die Behörden anhand der Reservierungsliste auf unsere Decknamen stießen, würde es Tage dauern, bis sie sie mittels ihrer Systeme überprüft hätten.

Dann wären wir schon längst über alle Berge, wobei unser Zielort auf mysteriöse Weise nicht festzustellen wäre.

Vorausgesetzt Raven würde mir erneut helfen.

Vor uns lag eine weitere lange Nacht. Vielleicht würde ich diese mit Amara ausklingen lassen, die sich nackt im Flugzeug wand. Man durfte schließlich noch träumen.

KAPITEL 14

AMARA

Er hat deinen Bruder bedroht?« Als ich Killian nach seiner Unterhaltung mit Amir fragte, hatte ich so etwas wahrlich nicht erwartet. Und dann hatte er mich schockiert, indem er mir versicherte, dass alles in bester Ordnung sei. »Warum beunruhigt dich das nicht?«

Killian lachte leise, als er sich im Flugzeug auf den Sessel neben mich setzte und entspannt seine langen Beine ausstreckte. »Hunter hat mit die besten Leibwächter der Welt. Und selbst wenn Amir es schafft, sie zu überwältigen, muss er noch meinen Bruder zur Strecke bringen. Und das wird nicht leicht sein.«

»Ich dachte, er sei ein Geschäftsmann.«

»Ja, und er hat wie ich einen Faible für Kampfsport und Waffen.« Er ergriff meine Hand, führte sie an seinen Mund und knabberte an meinem Daumen. »Mein Bruder kann auf sich selbst aufpassen, glaub mir.«

»Aber du weißt nicht, wozu Amir fähig ist«, drängte ich, denn ich war nicht im Geringsten überzeugt. »Ich habe gesehen, wozu er fähig ist, Killian.«

»Aber du weißt nicht, wozu mein Bruder fähig ist«,

konterte er mit einem Lächeln. »Wenn es hier um mich ginge, wärst du dann ebenso besorgt? Oder habe ich einen Grund, eifersüchtig zu sein?«

»Das ist nicht der Punkt. Du musst ihn zumindest warnen.«

»Schon geschehen, Kätzchen. Willst du wissen, was er gesagt hat?«

»Du hast ihm von Amir erzählt?«

»Ich habe ihn darüber informiert, dass er bei meinem letzten Auftrag am Rande erwähnt wurde.« Er ließ meine Hand los und zog sein Handy aus seiner Tasche. »Hier, lies selbst, was er geantwortet hat.« Er drehte es um, sodass ich den Bildschirm sehen konnte.

Ausgezeichnet. San Francisco ist verdammt langweilig. Ich könnte etwas Abwechslung gebrauchen.

»Er klingt genau wie du«, gestand ich.

»Ja, wobei er allerdings ein Milliarden-Dollar-Unternehmen leitet. Jeder, der versucht, ihm zu schaden, ist ein Idiot. Ich kann Assad nur Glück wünschen.« Er steckte sein Handy zurück in die Tasche, als eine Flugbegleiterin in die Kabine schlenderte.

»Mr. Bedivere«, begrüßte sie ihn mit einem sinnlichen Unterton in der Stimme. »Kann ich Ihnen oder Ihrer Begleitung vor dem Start etwas bringen?«

»Scotch mit Eis«, antwortete er und wandte sich mir zu. »Möchtest du auch etwas, Schätzchen?«

»Einen Kaffee.« Wir waren gerade erst vor ein paar Stunden in Kairo gelandet und reisten bereits wieder ab. Ich brauchte Koffein. Und zwar eine Menge.

»Milch und Zucker?«, fragte sie in diesem sinnlichen Tonfall, der mir an den Nerven zerrte.

Killian lachte leise. »Sie mag ihn lieber schwarz«, antwortete er, bevor ich etwas sagen konnte, und fixierte mich mit seinen dunklen Augen. »Hast du Hunger?«

Nach unserem Erlebnis beim Abendessen? »Nein.«

Er betrachtete mich einen Moment, dann wandte er sich wieder der Flugbegleiterin zu. »Ich habe Lust auf einen Nachtisch. Könnten Sie einen Eisbecher zubereiten, sobald wir in der Luft sind?«

Ihr Gesichtsausdruck erhellte sich, als hätte er sie gerade gefragt, ob sie ihn heiraten wolle. »Natürlich, Sir.« Sie wirbelte herum und ging mit wiegenden Hüften davon.

»Offenbar hofft sie, dass du sie mit dem Eisbecher vernaschst«, bemerkte ich, als ich ihr mit einem Stirnrunzeln hinterherblickte. »Es sei denn, sie ist immer so gut gelaunt.« Mir kam ein Gedanke. »Ist sie deine übliche Flugbegleiterin?« Auf dem Flug nach Kairo hatten uns allerdings drei Männer betreut.

Ein Lächeln umspielte Killians Lippen. »Nein. Ich bin ihr noch nie begegnet. Aber die Firma, die ich beauftrage, bietet alle möglichen Dienstleistungen an, und es wäre möglich, dass sie meine Bedürfnisse falsch interpretiert.« Er zuckte mit den Schultern. »Aber das spielt keine Rolle, denn der Eisbecher ist für dich.«

»Ich sagte doch, ich habe keinen Hunger.«

»Ich weiß«, erwiderte er und ließ seinen feurigen Blick an mir auf und ab schweifen. »Er ist *für* dich, Amara.«

Ich bekam einen trockenen Mund. »Oh«, sagte ich. Mehr brachte ich nicht hervor.

Er grinste und warf einen Blick auf sein Handy, als es einen summenden Laut von sich gab. »Ah, perfekt. Raven arbeitet an unseren Anmeldedaten. Ich wusste, dass sie mich liebt.« Dann lachte er, als er eine Nachricht mit einem Bild erhielt.

»Ist das eine Katze, die sich den Hintern leckt?«, fragte ich und warf einen Blick auf seinen Bildschirm.

»Raven hat einen verkorksten Sinn für Humor.« Er tippte eine Antwort und drückte dann einen Knopf auf der Konsole zwischen uns. »Wir haben grünes Licht, um nach Charlotte zu fliegen.«

»Danke, Sir«, lautete die Antwort. »Ich habe gerade den Papierkram erledigt. Wir sollten in etwa zehn Minuten in der Luft sein.«

»Ausgezeichnet.« Er entspannte sich, doch ich starrte ihn nur an.

»Charlotte?« Mir drehte sich der Magen um. Diese Stadt war mir nur allzu vertraut. »Was genau hast du Amir versprochen?« Ich löste meinen Sicherheitsgurt. Ich wurde von dem Bedürfnis übermannt, die Flucht zu ergreifen, und Tränen stiegen mir in die Augen. »Ich habe dir vertraut.«

Oh Gott.

Meine Unterlippe bebte und ich sah ihn nur noch verschwommen.

»Ich habe dir vertraut«, wiederholte ich wütend und verletzt zugleich.

So dumm. Ich war *so unglaublich dumm*.

Ich setzte mich in Bewegung, obwohl ich nicht wusste, wohin ich gehen sollte.

Aber ich würde nicht nach Charlotte fliegen.

Niemals.

Ich weigerte mich.

Nein!

Ich hätte es wissen müssen. Killian hatte mich in Sicherheit gewiegt und mir eingeredet, er würde mir helfen, nur um mich zu ihm zurückzubringen.

Ich hörte meinen Namen, doch ich ignorierte ihn. Ich musste von hier verschwinden. Ich konnte nicht mehr zurück, nicht nach allem, was geschehen war.

Die Tür war geschlossen.

Die Treppe war bereits verstaut.

Würde ich springen können?

Ich musste sie zuerst öffnen, aber der Griff ...

Ich wurde mit dem Rücken gegen die Wand gepresst und sah Killian vor mir, der vor Wut kochte. Ich reagierte einfach. Ich rammte ihm die Faust gegen den Kiefer und hob das Knie, wobei ich ihn am Oberschenkel traf. Mir rauschte das Blut in den Ohren und ich konnte sein Fluchen kaum hören. Im nächsten Moment wurde ich hochgehoben. Ich trat aus, wand mich, schrie und versuchte, nach ihm zu schlagen. Ich tat alles, nur um nicht in diesem Flugzeug mitfliegen zu müssen.

Nach Charlotte.

Denn er *lebte dort.*

Es war die Hölle.

Ich konnte und *würde* nicht dorthin zurückkehren.

Tränen liefen mir über die Wangen, als sich alles um mich herum drehte. Ich hörte kaum, was er sagte, doch es war mir ohnehin egal. Ich wollte nur noch fliehen.

»Du kannst mich nicht zwingen, dorthin zurückzugehen. Du kannst mich nicht zwingen.« Ich schüttelte energisch den Kopf und wollte nur noch, dass er mein Flehen erhörte. »Nein!« Ich versuchte erneut, nach ihm zu schlagen, doch im nächsten Moment landete ich mit dem Rücken auf etwas Weichem. Er packte meine Handgelenke mit einer Hand und hielt mich unter seinem Körper gefangen, wobei er auf mich herabstarrte.

»Verdammt, Amara«, sagte er mit einem Knurren, das durch meine Brust vibrierte, während er mich auf ... eine Matratze drückte.

Wo zum Teufel sind wir hier?

Ich blickte mich um und bemerkte, dass wir in einer Art Schlafkabine waren.

»Sir, ich ...«

»Es ist alles in Ordnung. Geben Sie im Cockpit Bescheid, dass wir starten können. Und schließen Sie die verdammte Tür.«

»Natürlich.«

»Nein!«, schrie ich.

»Lassen Sie uns allein, und zwar sofort.« Auf seine Worte folgte ein Klicken und mir stockte der Atem. Mein Schicksal war besiegelt, ich war in diesem Raum in einem Flugzeug gefangen, das mich in meinen schlimmsten Albtraum zurückfliegen würde. Ich zitterte und schrie innerlich vor Schmerz und Angst. Auf gewisse Weise war es noch schlimmer, als mich in Deutschland an Boris auszuliefern, denn jenes Treffen hatte sich so unwirklich angefühlt.

Aber das hier ...

Es geschah wirklich.

Und ich konnte nichts dagegen tun.

»Amara«, blaffte Killian.

Es war mir egal, was er zu sagen hatte. Er hatte mich auf die niederträchtigste Weise betrogen. Killian war der erste Mensch gewesen, dem ich je in meinem Leben vertraut hatte. Ich hatte keine andere Wahl, doch ich war unvorsichtig geworden und ...

Er presste seinen Mund auf meinen und riss mich aus meinen Gedanken.

Was soll das?

Nein!

Ich wehrte mich gegen ihn, wand mich und versuchte verzweifelt, mich aus seinem Griff zu befreien, doch er war zu stark. Er hatte immer noch meine Handgelenke gepackt und drückte sie mit Leichtigkeit über meinen Kopf, während er mit der anderen Hand meine Kehle umschloss und wieder auf mich herabstarrte.

»Hör auf«, forderte er.

»Fick dich!«

»Mein Gott, Amara.« Das Dröhnen der Motoren übertönte seine Stimme, und als ich spürte, dass das Flugzeug beschleunigte, zerbrach etwas in mir.

Das war's.
Ich gehe zurück zu ihm.
Es gibt keinen Ausweg.
Ich ... ich habe verloren.

Meine Schultern bebten und meine Lunge brannte, als ich kampflos unter ihm zusammensackte. Er hatte mich genau da, wo er mich haben wollte.

Gebrochen.

Allein.

Ohne Hoffnung.

»Amara«, flüsterte er und drehte sich zur Seite, um mich in seine Arme zu ziehen. Wir waren bereits in der Luft und der Atmosphärendruck bereitete mir Kopfschmerzen. Vielleicht schmerzte auch nur mein Herz. Nein, mein ganzer Körper.

Oh, verdammt. Ich wusste nichts mehr. Ich hatte mich noch nie derart *gebrochen* gefühlt. Wie hatte er mir das antun können? Mein ganzes Leben lang hatten Menschen Spielchen mit mir getrieben, doch keiner von ihnen hatte je gewonnen.

Bis auf Killian.

Warum er?

Warum hatte ich ihm vertraut?

Weil ich ihn *mochte.*

Weil ich zum ersten Mal in meinem Leben jemanden wirklich wollte. Bislang war mir jede Begegnung mit einem Mann aufgezwungen worden. Doch Killian hatte ich begehrt.

Aber es war alles eine Lüge gewesen.

Eine furchtbare Bestrafung.

Eine List, um mich zu demütigen und mich daran zu erinnern, wo mein Platz im Leben war.

»Charlotte ist der letzte Ort, an dem er nach uns suchen wird«, sagte Killian und presste seine Lippen an mein Ohr. »Ich weiß, dass du nicht dorthin zurückkehren willst, aber es gibt kein Versteck, das sicherer wäre. Außerdem findet am

Wochenende eine Benefizveranstaltung statt, bei der zwei unserer Zielpersonen anwesend sein werden. Es ist eine perfekte Gelegenheit, um den nächsten Schritt einzuleiten.«

Ich blinzelte erschrocken und verwirrt. »W-wie bitte?«

Er fuhr mit den Fingern durch mein Haar und schlang seinen anderen Arm fest um meinen Rücken.

»Es ist ein Maskenball.« Er küsste meine Schläfe und zog den Kopf zurück, um auf mich herabzublicken. »Ich habe es Anfang der Woche erwähnt, weißt du noch?«

Hatte er das? Mein Kopf schmerzte und ich konnte mich nicht an diese Unterhaltung erinnern. Zu viele Pläne. Zu viele Details. Zu viel *Schmerz*.

»Ich dachte, wir würden zu der Zeit noch in Kairo sein«, fuhr er fort. »Aber da Raoul uns quasi in den Schoß gefallen ist, können wir den nächsten Schritt früher als geplant einleiten und an der Veranstaltung am Freitagabend teilnehmen. Wir müssen einen Weg auf die Gästeliste finden, aber ich kenne ein paar Leute, die uns dabei helfen können. Und ich weiß, wo wir uns in Charlotte verstecken können. Assad und Malcom werden zu sehr damit beschäftigt sein, im Ausland nach uns zu suchen, als dass sie North Carolina auch nur in Betracht ziehen würden. Bis die beiden merken, wo wir sind, werden wir schon die nächste Phase unseres Plans eingeleitet haben.«

»Du wirst ...« Ich musste schlucken und mein Hals schmerzte. Hatte ich geschrien? Geweint? Ich konnte mich nicht konzentrieren und war viel zu erschöpft von dem Schrecken, der auf mir lastete.

Amir.

Malcom.

Clarissa.

Ich erschauderte und wünschte mir nichts sehnlicher, als alles zu vergessen.

Aber Killian hatte nicht die Absicht, mich zu ihnen

zurückzubringen. Es war alles Teil seines Plans, um Malcolm und all die anderen zu vernichten.

»Du wirst mich nicht zu ihm zurückbringen«, flüsterte ich mehr zu mir selbst als an Killian gerichtet.

»Wie bitte?« Killian bäumte sich auf, als hätte ich ihm gerade eine Ohrfeige verpasst. *Schon wieder*, dachte ich. Denn ich hatte ihn geschlagen. Mehrere Male. Und er hatte sich nie gewehrt, sondern mich einfach hochgehoben und hierhergetragen. »Wie kommst du nur darauf?«

»Charlotte ...« Der Name der Stadt hatte meine schlimmsten Ängste wachgerufen und ich war wie ein panisches kleines Mädchen zusammengebrochen. Wie damals, als ich mich mit sechzehn zitternd unter dem Bett versteckt hatte und nicht glauben wollte, dass meine Eltern all diesen Männern erlaubt hatten, Hand an mich zu legen.

»Amara.« Killian packte mein Haar und neigte meinen Kopf zurück. »Ich habe dich nie belogen. Ich werde dich nie anlügen. Ich hatte zwar die Anweisung, dich zurückzubringen, aber ich habe den Kunden inzwischen gefeuert und den Auftrag damit für null und nichtig erklärt. Du bist nun meine Kundin, Kätzchen. Wir werden jeden töten, der dich jemals angefasst hat. Und zwar nicht, weil du mich bezahlst oder weil ich etwas von dir erwarte. Sondern weil ich es will. Verstehst du?«

Mir stiegen erneut die Tränen in die Augen, doch diesmal aus einem ganz anderen Grund – Erleichterung.

Erleichterung, gepaart mit Verwunderung.

Und vielleicht auch ein wenig Aufregung.

»Du hilfst mir wirklich«, staunte ich, während ich immer noch ganz überwältigt von all den Emotionen war.

Denn ich glaubte ihm. Vielleicht sollte ich ihm nicht vertrauen, vielleicht war das alles nur ein Trick, um mich zu beschwichtigen, aber ich konnte die Aufrichtigkeit in seinem Blick sehen. Er hatte mir von Anfang an reinen Wein eingeschenkt. Er hatte mir gesagt, was er tat, selbst als er mich an Boris auslieferte. Er vertraute mir auch weiterhin seine Vergangenheit an und hielt mich über alles auf dem Laufenden. Und bisher hatte er seinen Worten immer Taten folgen lassen.

Und doch hatte ich an ihm gezweifelt.

»Ich ...« Ich schluckte den Kloß in meinem Hals hinunter. »Ich bin es nicht gewohnt ...«

»Schhh.« Er strich mit seinen Lippen über die meinen. »Ich weiß, Amara. Es ist in Ordnung. Du hast jedes Recht, an mir und der Situation zu zweifeln. Man kann eine Menge von mir behaupten, aber ich bin kein Feigling. Wenn ich dich zu Malcom bringen wollte, würde ich es dir sagen.«

In seinen schokoladenbraunen Augen lag ein ehrenvoller und stolzer Ausdruck, der ein Feuer in meinem Inneren entfachte. Meine Güte, dieser Mann hatte die Macht, mich auf eine Weise zu zerstören, wie es kein anderer je getan hatte. Die letzten Minuten hatten mir das bewiesen.

Wie konnte jemand, den ich erst seit so kurzer Zeit kannte, nur zu so etwas fähig sein?

Was würde er mich sonst noch fühlen lassen?

Leidenschaft?

Erregung?

Lust?

Ich erschauderte bei dem Gedanken und seine Nähe rief plötzlich ganz andere Fantasien in mir wach. Sie war nicht länger mit Angst und Leere verbunden, sondern barg feurige Möglichkeiten. Sie verhieß ein Leben, von dem ich nie zu träumen gewagt hatte. Sie weckte in mir eine Begeisterung für die Zukunft.

Mein Blut geriet in Wallung und mein Herz machte einen Satz.

Und als ich sah, wie seine Pupillen sich erweiterten, wusste ich, dass er es auch spürte.

Etwas hatte sich verändert.

Wir spürten beide die Begierde.

Die Hitze.

Ich legte eine Hand an seine Wange und strich mit dem Daumen über seine Lippen. So weich, perfekt und verführerisch. Ich wollte ihn schmecken. Ich wollte nicht nur eine Kostprobe, um ihn zu reizen, sondern ich wollte ihn auf sinnliche Weise wahrhaftig küssen. Ich wollte ihn.

»Killian ...«, sagte ich flehend und begegnete seinem Blick, während ich mich ihm entgegenwölbte. Ich sehnte mich nach einer feurigen und leidenschaftlichen Art von Trost, wie ich sie noch nie erlebt hatte.

Er lockerte seinen Griff in meinem Haar und ließ seine Hand an meinen Nacken gleiten. »Komm her, Kätzchen«, sagte er und rollte sich auf den Rücken, wobei er mich auf sich zog. Ich setzte mich rittlings auf ihn. »Nimm dir, was du brauchst.«

Ich hatte keine Ahnung, woher er es wusste. Aber es war mir egal, denn ich wollte mich einfach nur in diesem Moment verlieren. Ich presste meine Lippen mit Wucht auf die seinen und schob meine Zunge in seinen Mund. Er ließ mich gewähren und verlieh mir eine Macht, von der ich nie zu träumen gewagt hätte, während ich ihn mit jeder leidenschaftlichen Liebkosung dominierte.

Ich spürte seinen angespannten, muskulösen Körper unter mir, der mich an ein Raubtier erinnerte, das nur darauf wartete, sich auf seine Beute zu stürzen. Dennoch waren seine Berührungen zärtlich. Mein langes Kleid schlang sich um unsere Schenkel und ich zog es bis zu den Hüften nach oben, um mich erneut an ihn zu schmiegen.

Und oh, es war ein so wunderbares Gefühl.

Denn ich trug kein Höschen.

Und spürte nur den Stoff seiner Hose an meiner nackten, feuchten Muschi. Ich wand mich auf ihm, als eine dunkle

Sehnsucht mich überkam, die mich anflehte, entfesselt zu werden. Ich brauchte mehr als nur einen Kuss und ein paar Liebkosungen.

Er hatte mich die ganze Woche lang gereizt und ein Feuer in mir entfacht, das nur er löschen konnte. Doch dazu brauchte ich den echten, selbstbewussten Killian, der mich wie eine Kämpferin und eine Frau behandelte statt wie eine zerbrechliche Puppe.

Ich umfasste sein Gesicht mit beiden Händen und zog meinen Kopf zurück. »Gib mir mehr. Ich habe genug von den Spielchen. Du musst deinen Worten endlich Taten folgen lassen.«

»Es war nie ein Spiel, Schätzchen«, murmelte er und festigte seinen Griff um meinen Nacken. »Verführung ist eine Kunst.« Er drehte mich auf den Rücken, legte sich auf mich und rieb seinen steifen Schwanz an meiner Muschi.

Ich stöhnte auf und wölbte mich ihm entgegen, doch er packte meine Hüfte und drückte mich wieder auf die Matratze. Die andere Hand schlang er um meine Kehle und drückte gerade fest genug zu, um die Kontrolle zu übernehmen.

»Willst du das wirklich, Amara?«, fragte er mit einem düsteren Unterton in der Stimme.

»Ja«, keuchte ich ohne einen Anflug von Zweifel.

Er drückte fester zu und schnitt mir die Luftzufuhr ab. »Bist du sicher?«

Ich spannte die Schenkel an, als die gewalttätige Geste mein Verlangen steigerte. Ich vertraute ihm und wusste, dass er mich nicht wirklich verletzen würde. Er hätte es schon so oft tun können, doch er hatte immer nur das Feuer in mir geschürt und meine Begierde geweckt.

Also nickte ich nur, denn ich brachte keinen Ton heraus.

Ich schnappte nach Luft, als er mich losließ. Er presste

seine Lippen auf die meinen und sog meinen Atem ein, als wäre er sein Eigentum.

Dann küsste er mich.

Innig.

Leidenschaftlich.

Wunderbar.

Mit der Zunge eroberte er seinen Thron zurück und nahm mir meine Macht, indem er mich gekonnt lehrte, ihm aufs Neue zu gehorchen. Ich ergab mich ihm und bebte am ganzen Körper, als ich von unbändiger Sinnlichkeit durchströmt wurde.

Er ließ seine Hand von meiner Hüfte unter mein Kleid gleiten und entlockte mir tief im Inneren ein Zischen. Ich vergrub meine Finger in seinem Haar und hielt ihn fest, während ich mit einer Liebkosung meiner Lippen um mehr bettelte.

Und wie durch ein Wunder gab er mir nach.

Mit der anderen Hand umschloss er eine meiner Brüste und zwickte durch den Stoff hindurch meine Brustwarze. »Ich will dich nackt sehen, Kätzchen. Und zwar sofort.« Er kniete sich zwischen meine Beine und zwang mich, sie zu spreizen.

Ich blickte mit halb geschlossenen Lidern zu ihm auf. »Ich will dich auch nackt sehen.«

Er schüttelte missbilligend den Kopf und im nächsten Moment hielt er wie durch Zauberhand ein Messer.

Wo bewahrt er die nur auf?

Oder besser: Was hat er damit vor?

KAPITEL 15

KILLIAN

Amaras Blick verdunkelte sich vor Neugier, während der Duft ihrer Erregung mich berauschte. Ich wollte ihn schmecken, doch zuerst musste sie sich gehen lassen und sich meinen Liebkosungen hingeben. Sie musste sich daran erinnern, dass ich derjenige war, der zwischen ihren Schenkeln kniete.

Sie musste mir vertrauen.

Sie stützte sich auf die Ellbogen und musterte mich mit einem fordernden Blick, der mir ein Lächeln auf die Lippen zauberte.

»Ich habe jetzt das Sagen, Schätzchen. Nicht du.« Ich presste die Klinge an ihren Oberschenkel und ließ die Schneide höher wandern. Sie zitterte und eine Gänsehaut breitete sich unter meinem Messer aus. »Magst du die Gefahr, Kätzchen? Erregt es dich, dass ich dir versehentlich – oder absichtlich – deine geschmeidige Haut zerschneiden könnte?«

Ihre Brust hob und senkte sich, während sie ansonsten still liegen blieb. »Das wirst du nicht tun«, keuchte sie.

»Wirklich nicht?«, fragte ich und presste die Messerspitze an ihre Hüfte. »Bist du dir da sicher?«

Sie leckte sich über die Lippen und ihre Pupillen weiteten sich. »Tu es.« Sie forderte mich heraus und versuchte, die Oberhand zu gewinnen.

Ich schüttelte wieder den Kopf und ließ meinen Dolch unter dem Kleid über ihr Becken gleiten. »Bist du feucht für mich, Schätzchen?«

»Ja«, zischte sie.

»Mm ...« Ich ließ das Metall durch ihre feuchte Spalte gleiten, doch ich konnte es kaum sehen, denn ihr Kleid war um ihre Hüfte gerafft und verwehrte mir den Blick.

Es war so verdammt sexy.

Die riskante Geste steigerte den erregenden Moment und durchzuckte sie mit einem verführerischen Schaudern.

Genau dieses Vertrauen hatte ich gewollt.

Obwohl ich sie reizte, indem ich eine Waffe an ihre hübsche Muschi presste, war sie erregt und begehrte mich. Meine perfekte Partnerin. Meine schöne Amara.

Ich beugte mich vor und drückte einen Kuss auf ihren Oberschenkel, um ihr für ihr Vertrauen zu danken, während ich die Klinge immer noch auf ihren Venushügel gepresst hatte. Sie stöhnte auf.

»Beweg dich nicht«, flüsterte ich und bahnte mir mit der Zunge einen Weg nach oben unter ihr Kleid.

»Killian ...«, sagte sie und ließ den Kopf in den Nacken fallen. Ihre Arme zitterten, während sie darum kämpfte, sich aufrecht auf den Ellbogen zu halten.

So viel Selbstbeherrschung.

Ich bewunderte sie dafür.

Und sie brauchte diese Disziplin.

Ihre Vorgeschichte verriet viel über ihren Charakter. Ihre Vergangenheit drohte ihre Seele zu zerrütten, doch Amara verfügte über eine unglaubliche Stärke und Entschlossenheit. Als ich die Panik in ihren Augen gesehen hatte, war ich bis ins Mark erschrocken und hatte das unbändige Bedürfnis verspürt, sie zu heilen. Aus diesem Grund verwickelte ich sie nun in ein Spiel, um ihre Grenzen auszutesten. Ich wollte ihr damit helfen, alles hinter sich zu lassen und den Schmerz zu verarbeiten.

Ich verstand sie auf eine Weise, zu der nur wenige imstande wären. Vielleicht lag es daran, dass ich mich in meiner Welt ständig mit dem Tod umgab und sie ein Leben lang die Gefahr gespürt hatte. Vielleicht waren wir auch einfach dazu bestimmt gewesen, einander zu begegnen. Vielleicht boten wir einander eine Flucht vor der Realität.

Was auch immer es war, ihr Vertrauen in mich wirkte in diesem Moment wie ein Aphrodisiakum, das in mir eine ungeahnte Sehnsucht weckte.

Und ich wollte ihr dafür auf jede erdenkliche Weise danken.

Ich presste meine Lippen auf ihren Venushügel und zog mein Messer zur Seite, um ihrem Blick zu begegnen. »Ich will dich immer noch nackt sehen, Amara. Setz dich auf.« Sie balancierte immer noch auf ihren Ellbogen und versuchte, sich nicht zu rühren.

Doch sie tat, wie geheißen, während sie mich mit einem sinnlichen Blick bedachte. Ohne zu zögern, zog sie sich das Kleid über den Kopf, dann öffnete sie ihren BH und warf ihn beiseite.

Nun trug sie nur noch ihre Schuhe. Ich packte ihren rechten Knöchel, streifte den Schuh ab und beugte dann ihr Knie, um ihren Fuß auf die Matratze zu stellen. Sie biss sich auf die Unterlippe, als ich den Vorgang mit ihrem anderen Bein wiederholte. Nun hatte ich einen ungehinderten Blick auf ihr Geschlecht.

»Hinreißend«, murmelte ich und bewunderte jeden Zentimeter.

Ich hatte beim Betreten des Flugzeugs mein Jackett aufgehängt und war nur noch mit meinem Hemd und meiner

Hose bekleidet. Amara forderte mich mit einem feurigen Blick auf, sie auszuziehen, doch ich verwehrte ihr den Wunsch.

Ich wollte mit ihr spielen, sie reizen und sie anbeten. Ich wollte jeden qualvollen Moment ihrer Vergangenheit auslöschen und durch eine denkwürdige Erinnerung ersetzen.

»Wenn du nicht gleich ...«

Ich beugte mich vor, um das Messer an ihren Mund zu pressen, und zog eine Augenbraue in die Höhe. »Geduld, Amara.«

Sie leckte über die Schneide und bedachte mich mit einem sinnlichen Blick. Bei dem Anblick pulsierte mein Schwanz und ich wäre fast über den Abgrund der Ekstase gefallen. Ich wurde von dem unbändigen Verlangen übermannt, das Messer beiseitezuwerfen und sie zu ficken.

»Verdammt«, flüsterte ich.

»Geduld ist langweilig«, erwiderte sie und leckte erneut über den Stahl. »Ich würde deinen Schwanz vorziehen, Killian.«

»Oh, Kätzchen.« Ich tippte ihr mit dem Messer auf die Nase und presste dann meine Lippen auf ihren Mund, um ihr mit meiner Zunge eine Lektion zu erteilen. Sie stöhnte auf und schlang ihre Arme um meinen Hals, aber ich zog mich zurück und presste einen Kuss auf ihr Kinn. »Ich werde dich meinen Schwanz spüren lassen, und wenn ich mit dir fertig bin, wirst du mich um eine Pause anflehen.«

»Leere Versprechen«, seufzte sie mit geröteten Wangen. »Fick mich einfach, Killian.«

»Nein.« Ich ging wieder auf die Knie und ließ die Klinge an ihrem Hals hinuntergleiten, während ich weiter nach unten rutschte. Ich hielt an ihrer Brustwarze inne und umkreiste sie mit dem Messer. »Geduld ist nicht langweilig, Schätzchen.« Ich drückte den Stahl nach unten und entlockte ihr damit ein Zischen, dann beugte ich mich vor, um über den winzigen Schnitt zu lecken. »Vielmehr ist sie aufregend«, flüsterte ich und saugte ihre Brustwarze in meinen Mund.

Sie wölbte sich mir entgegen und die Mauern ihrer Selbstbeherrschung zerbröckelten.

Ich liebkoste auch ihre andere Brust, steckte mein Messer zurück in die Hosentasche und ließ sie nur mit meinen Zähne zwischen Lust und Schmerz schwanken.

Sie warf den Kopf hin und her und stieß meinen Namen aus, der aus ihrem Mund wie ein Fluch klang. Ich genoss es, dass sie mir völlig ausgeliefert war und gleichzeitig ihre eigenen Wünsche äußern konnte. Wir vollführten einen Tanz zwischen Unterwerfung und Dominanz, der ein tiefes Vertrauen voraussetzte. Ich würde es gegen nichts auf der Welt eintauschen wollen.

Ich wollte Amara eine Erfahrung bieten, die von Ekstase gekrönt war.

Ich küsste einen Weg ihren Oberkörper hinunter und hielt inne, um meine Zunge in ihren Bauchnabel zu tauchen. Sie sah mich mit einem verwunderten Blick an, als ich meine Spur fortsetzte, wobei die gewünschte Stelle klar war, und ihre Reaktion verriet mir, dass sie das nicht gewohnt war – angebetet zu werden.

Aber das war genau das, was ich wollte.

Sie verdiente es, angebetet und verehrt zu werden, und das zeigte ich ihr, indem ich mit dem Mund ihre Klitoris umschloss.

»Oh Gott.« Sie bäumte sich auf, als erlebte sie gerade zum ersten Mal, was wahre Verzückung bedeutete. Sie war ganz sicher noch nie auf diese Weise liebkost worden. Oder es war schon viel zu lange her.

Sie krallte sich in mein Haar, zog daran und drückte mich zugleich an sich, als könnte sie sich nicht entscheiden, ob ich aufhören oder sie auf ewig verwöhnen sollte. Ich knabberte sanft an ihrer empfindsamen Lustperle und übte gerade genügend Druck aus, um sie in einen sinnlichen Taumel zu versetzen.

Amara entfuhr ein Stöhnen und sie stieß meinen Namen aus. Noch nie hatte er aus dem Mund einer Frau so perfekt geklungen. Ich drang mit einem Finger in sie ein und fügte einen zweiten hinzu, als ich spürte, wie sie heftig zu pulsieren begann.

Sie stand am Abgrund der Ekstase.

Ihr Körper war angespannt und bettelte förmlich darum, von einem Meister bespielt zu werden.

Und ich gab ihr, was sie brauchte. Ich liebkoste sie mit meiner Zunge im Rhythmus zu den Stößen meiner Finger, woraufhin sie zu meiner Melodie explodierte.

Sie schrie auf und ihr Unterkörper bebte. Sie packte mein Haar, als wollte sie sich an etwas festhalten, während sie in den Himmel der Ekstase und zurück schwebte. Ich verzog die Lippen zu einem Lächeln, denn ich war noch lange nicht fertig.

Ich wollte diesen Laut noch einmal hören.

Und zwar sofort.

Sie wand sich, als ich erneut ihre Klitoris liebkoste, doch ich ließ nicht von ihr ab. Ich wusste, dass sie es ertragen würde und es *brauchte*. Es war eine wunderbar sinnliche Folter, die jeder Frau zuteilwerden sollte.

Und Amara ließ sich von mir quälen.

»Killian«, flehte sie weinend und stieß ein Keuchen aus, das im Dröhnen der Motoren unterging. Aber ich spürte das Pulsieren ihres Körpers und schmeckte den Saft der Euphorie auf meiner Zunge. Sie explodierte ein zweites Mal und krallte sich dabei in meine Kopfhaut.

Ich grinste und dachte gerade darüber nach, sie auch noch ein drittes Mal zu verwöhnen, als sie heftig an meinen Haaren zog, während ihre Schenkel unkontrolliert zitterten.

»Zu viel?«, fragte ich und streifte mit den Lippen über ihre geschwollene Lustperle.

»Ich ... ich will ...« Sie erschauderte und ließ den Kopf zurückfallen, als ihr ein weiteres Stöhnen entfuhr. »*Verdammt.*«

»Was willst du, Schätzchen?«, fragte ich sie lachend und leckte noch einmal bedächtig über ihre feuchte Spalte, bevor ich vom Bett rutschte.

Sie wimmerte und tastete blindlings nach mir. Ich ergriff eine ihrer Hände, führte sie an meine Lippen und knabberte an ihrer Fingerkuppe. »Du schuldest mir noch einen Blowjob, Kätzchen.« *Wobei ich es bevorzugen würde, wenn sie diesmal keine Spritze ins Spiel brächte.*

Sie bedachte mich mit einem sinnlichen Blick, wobei ihre Pupillen sich vor Erregung weiteten. Sie beobachtete mich, als ich mein Hemd aufknöpfte und mich langsam vor ihr entblößte. Ein beifälliger Ausdruck huschte über ihr Gesicht, während in ihren Augen ein befriedigtes Leuchten lag, und bot den erotischsten Anblick, den ich je gesehen hatte.

Lange Wimpern, volle Lippen, gerötete Wangen und ein erwartungsvoller Schimmer, der meinen Schwanz in meiner Hose pulsieren ließ.

»Zieh mir die Hose aus«, befahl ich ihr, denn ich wollte ihre Hände an meinem Körper spüren.

Sie zögerte nicht, sondern kroch an den Rand des Bettes und ging vor mir auf die Knie. Sie presste ihre Lippen auf meine, wobei sie ihre Hände an meinen Gürtel gleiten ließ. Ihre Bereitschaft, meiner Forderung unbeirrt Folge zu leisten, war verdammt sexy.

Ich erwiderte ihren Kuss, während ich mein Hemd auszog, und packte dann ihr dichtes Haar. Mit flinken und geübten Fingern knöpfte sie mir die Hose auf und schob sie nach unten. Ich streifte sie zusammen mit meinen Schuhen ab und ließ meine Hand an ihren Nacken gleiten.

Sie streichelte meinen Schwanz durch meine Boxershorts

hindurch. Ihre Berührung brannte auf meiner Haut und war nicht annähernd genug. »Auch die Shorts«, forderte ich an ihrem Mund.

»Ja, Sir.« Sie saugte an meiner Unterlippe, ließ ihre Fingernägel über meinen Bauch gleiten und verhalf dann meiner Männlichkeit zur Freiheit.

Sie schmiegte ihren heißen, begierigen Körper an mich, wobei ihr ein Schnurren entfuhr. Mein Spitzname für sie hätte nicht passender sein können. Ich hatte noch nie jemanden so genannt, doch sie war wahrlich ein temperamentvolles Kätzchen.

»Willst du, dass ich vor dir auf dem Boden knie?«, fragte sie an meinen Lippen. »Oder würdest du eine andere Position vorziehen?«

Ich festigte meinen Griff um ihren Nacken, als ihre Worte etwas in meinem Inneren entfesselten. Ich war dankbar für ihre Fügsamkeit, doch ich wollte ihren Mund nicht mehr ficken. Ich wollte, dass sie mit mir gemeinsam über den Abgrund der Ekstase fiel. Ich wollte, dass sie sich noch jahrelang an diese Nacht erinnerte, wenn sie sich selbst befriedigte.

Ich wollte, dass sie von mir träumte.

Und zwar unendlich lange.

»Leg dich aufs Bett.« Ich ließ sie los und bückte mich, um meine Socken auszuziehen und den Streifen Kondompäckchen aus meiner Brieftasche zu ziehen. Ihr kastanienbraunes Haar war fächerartig um ihren Kopf ausgebreitet und ihr aufreizender Blick zauberte mir ein Lächeln auf die Lippen. »Luder.«

»Auftragskiller«, entgegnete sie.

Ich legte mich auf sie und liebkoste ihre Nase. »Ich ziehe es vor, wenn du mich *Sir* nennst.«

Sie biss mir in die Unterlippe. »Ich bin feucht für Sie, Sir.«

»Begieriges kleines Luder.«

Sie zog eine Augenbraue in die Höhe. »Und du gibst nur heiße Luft von dir.«

»Beschimpfe mich nur weiter«, murmelte ich, rollte das Kondom langsam über und genoss unser Geplänkel. »Du wirst schon sehen, was du davon hast.«

»Offenbar nichts.« Sie schlang ihre Wade um die Rückseite meines Oberschenkels. »Bisher sind es nur leere Worte.«

»Ach wirklich?«, fragte ich und packte ihre Hüfte. »Wolltest du etwas von mir?«

»Du weißt genau, was ich will.«

Ich hob ihr Becken an und presste meinen Schaft an ihr Geschlecht. »Sag es.«

Sie zitterte. Ihre Brustwarzen ragten sich mir entgegen, doch ich war ganz auf ihre Lippen fixiert, denn ich musste es aus ihrem Mund hören. In ihrem Fall war ihr Einverständnis wichtiger denn je.

In ihren blaugrünen Iriden lag ein feuriger Ausdruck, als sie sich in meinen Rücken krallte und mich mit einer katzenhaften Anmut anlächelte. Ich sah ihren Augen an, was sie sagen würde, noch bevor die Worte ihre Lippen verlassen hatten. »Fick mich, Killian.«

Ich drang in sie ein und stieß ein Knurren aus, als ich spürte, wie eng sie war.

Ich fand das Paradies.

Und wollte für immer dort verweilen.

Ich rührte mich nicht, doch sie hob das Becken an und begann, sich rhythmisch zu bewegen. Ich kam ihr entgegen und gab das Tempo vor, um meinen Namen in ihr Fleisch zu brennen.

Ich küsste sie leidenschaftlich, während wir uns einem euphorischen Tanz hingaben, der von lustvollem Stöhnen und erregten Schreien durchdrungen war. Sie kratzte ihre

Initialen in meine Haut, während ich sie zwischen ihren Schenkeln für immer brandmarkte.

Amara war im wahrsten Sinne des Wortes meine Königin.

Und ich ihr König.

Wir waren gleichberechtigte Partner, die sich jedoch voneinander unterschieden. Sie beherrschte mich auf eine unerwartete Art, während ich sie unterwarf und ihren Körper führte, als wäre es mein eigener.

Ich sehnte mich nach mehr.

Ich wollte die ganze Nacht auf diese Weise mit ihr tanzen. Die ganze Woche. Den ganzen Monat. Für immer und ewig.

Verdammt, sie war wie eine Droge.

Und ich wollte für immer nach ihr süchtig sein.

»Mehr«, flüsterte sie und schlang die Beine um meine Taille. »Ich brauche mehr, Killian.«

»Ich weiß.« Ich brachte sie mit einem weiteren Kuss zum Schweigen und stieß mit einer Wucht in sie hinein, die die meisten Frauen nicht verkraftet hätten. Doch Amara wölbte sich mir entgegen und genoss die lustvollen Qualen. Dann setzte ich mich auf und zog sie mit mir. Sie saß rittlings auf mir und drückte den Rücken durch, während sie mir mit einer bewundernswerten Geschwindigkeit und Ausdauer entgegenkam. Mit jedem Stoß entlockte ich ihr lustvolle Laute, die mich immer weiter ansporten. Ich konnte fühlen, wie sie zu beben begann und kurz davor stand zu explodieren, während ich wusste, dass sie mich mit sich reißen würde.

»Lass es geschehen, Amara.« Ich presste meine Lippen auf ihre Kehle und genoss das Gefühl ihres donnernden Pulsschlags. »Komm für mich, Kätzchen. Lass mich deine Schreie hören.«

Sie wimmerte, denn ihr Körper verweigerte ihr die Erlösung, die sie verdient hatte.

Ich presste erneut meine Lippen auf ihre und streichelte sie am ganzen Körper, um sie daran zu erinnern, wessen

Schwanz sie ritt und wer sie festhielt. Mit jedem Stoß brachte ich sie zurück zu mir, bis das schwelende Feuer in ihrem Inneren immer heller loderte und mich in den Abgrund zu stürzen drohte. Doch ich weigerte mich, mich ohne sie fallen zu lassen.

Ich legte sie zurück auf die Matratze und verlangsamte meine Stöße, um uns in einem Meer aus glückseligen Empfindungen zu vereinen. Sie stöhnte auf, als sie sich um mich herum anspannte und an meinen Lippen keuchte.

Im nächsten Moment stieß sie einen verzückenden Schrei aus und wurde von der Welle der Ekstase mitgerissen.

»*Verdammt*«, flüsterte ich, denn sie war so verflucht eng. Ich stieß noch zweimal in sie hinein und ließ mich mit ihr über den Abgrund fallen. Ich stieß ein Knurren aus, während ich am ganzen Körper zitterte und dadurch noch tiefer in sie eindrang. Ich kam so heftig, dass es mir körperliche Schmerzen bereitete, bis ich nur noch zitternd auf ihr lag.

Und doch wollte ich mehr.

Ich wollte sie noch einmal nehmen.

In einer anderen Stellung.

Und die ganze Nacht lang ihren Körper erforschen.

Amara hatte eine Bestie in mir geweckt, und diese Bestie verlangte ihre Unterwerfung. Wieder und wieder und wieder, bis ich genug von ihr hatte.

Doch ich wusste, dass es dazu nie kommen würde. Sie hatte mich wirklich und wahrhaftig erobert. Und ich war ihr mit Leib und Seele erlegen.

Besessen.

Vernichtet.

Wiedergeboren.

Amara Rose war nicht mehr nur ein Auftrag. Sie war nicht einmal eine Kundin.

Sie war gerade zu meiner Geliebten geworden. Und ich konnte und wollte nichts dagegen tun.

Diese Frau war für mich geschaffen worden. So wie ich für sie geschaffen war.

Sie ist mein.

Und jeder, der versuchen sollte, sie mir zu entreißen, würde sterben.

KAPITEL 16

AMARA

»Hast du schon genug, Kätzchen?«, flüsterte Killian mir ins Ohr, als er von hinten in mich eindrang.

»Mein Gott, du bist unersättlich«, stöhnte ich und schob ihm mein Becken entgegen, damit er noch tiefer zustoßen konnte.

Wir waren seit fünf Tagen in Charlotte und bisher hatte er mich jeden Morgen auf ähnliche Weise geweckt – entweder mit seiner Zunge oder mit seinem Schwanz zwischen meinen Schenkeln. Und ich war nicht imstande, mich ihm zu verweigern. Ich brauchte es genauso wie er und genoss jede Sekunde.

Er küsste meinen Hals und jagte mir einen erregenden Schauer über den Rücken.

Wir waren in eine tägliche Routine verfallen. Danach frühstückten wir und trainierten dann, denn er wollte, dass ich mich im Umgang mit Waffen, vor allem Pistolen, sicher fühlte. Er hatte mich auch einige Kniffe mit dem Messer gelehrt, wobei er mir hauptsächlich gezeigt hatte, wie man jemanden entwaffnete und die Klinge loswurde.

Jedes Mal wenn ich es versuchte, scheiterte ich.

Er war einfach zu schnell, stark und groß für mich.

Genau wie sein Schwanz.

Der Mann war die personifizierte Perfektion. Er hatte sogar Muskeln an ungeahnten Stellen und nutzte jeden kräftigen und sehnigen Zentimeter seines Körpers zu seinem Vorteil. Sowohl beim Sparring als auch im Schlafzimmer.

Er vermochte es dabei immer, Schmerz mit Lust zu vereinen, und ließ diese in einer Ekstase gipfeln, die ich nur in seinen Armen finden konnte.

Hart.

Schnell.

Innig.

»Killian«, hauchte ich, als ich kurz vor dem Höhepunkt stand. Er biss mir in die Halsschlagader, sodass ich mich aufbäumte, um mich im nächsten Moment mit einem Stoß seiner Hüfte vorwärtszuschieben. Mit diesem Zwiespalt der Empfindungen löschte er all meine Gedanken aus und zwang mich, mich ganz auf ihn zu konzentrieren, bis ich nur noch für diesen Moment lebte.

Ich bebte am ganzen Körper und ergab mich seiner Führung, wobei meine Brustwarzen pochten und meine Klitoris begierig pulsierte. Als hätte er mein Flehen erhört, löste er eine Hand von meiner Hüfte und ließ sie auf meine empfindsame Lustperle gleiten, um sie gekonnt zu massieren.

Ich wurde von der Welle der Ekstase mitgerissen und auf eine andere Ebene der Existenz gehoben, bis ich Sterne vor Augen sah.

Jedes. Verdammte. Mal.

Ich erwartete, dass die Empfindungen irgendwann nachlassen würden und ich mich an diesen Wahnsinn gewöhnte, doch jedes Erlebnis mit ihm fühlte sich neu an, während ein vertrautes Gefühl darin mitschwang. Als hätten wir es schon immer getan. Als wären wir füreinander geschaffen und unsere Seelen für alle Ewigkeit miteinander verflochten.

Bisher hatte ich nie an Seelenverwandtschaft geglaubt.

Doch Killian weckte in mir den Wunsch, meine Meinung noch einmal zu überdenken.

Es erschreckte und begeisterte mich zugleich.

Er hatte etwas in meinem Inneren geweckt, von dessen Existenz ich nichts geahnt hatte, und dafür liebte ich ihn.

Killian gab mir Hoffnung.

Er hielt mich fest, als er zitternd zum Höhepunkt kam und mit seinen Lippen meine Schulter brandmarkte. Ich seufzte zufrieden und streckte meine Arme und Beine von mir, was ihm ein leises Lachen entlockte. Er zog langsam seinen Schaft aus mir und rollte sich vom Bett, um das Kondom zu entsorgen. Wir hatten die unangenehme Unterhaltung über Krankheiten bereits hinter uns und festgestellt, dass wir beide gesund waren. Ich verhütete mit der Spirale, doch wir wollten beide auf Nummer sicher gehen. Zumindest Killian. Ich konnte in seiner Gegenwart nicht klar denken.

Er brachte mich zum Lachen, als er mich hochhob und in die übergroße Dusche der Gästesuite trug. Das Haus seines Freundes war mit den modernsten Annehmlichkeiten ausgestattet. Ich hatte ihn bisher noch nicht kennengelernt, doch offenbar besaß *Powell*, wie Killian ihn nannte, Immobilien in der ganzen Welt.

Das Wasser fühlte sich himmlisch an, als es über meine Schultern rann und Killian mich auf dem gefliesten Boden absetzte. Er streichelte mein Haar, meine Brüste und prägte sich jeden Zentimeter in sein Gedächtnis ein. Ich lachte und fühlte mich unbeschwerter denn je, während wir uns gegenseitig neckten.

Ich könnte mich an dieses Leben gewöhnen, selbst wenn es nur von kurzer Dauer sein würde. Doch wir hatten noch einiges vor uns, um all die Namen auf unserer Liste abzuhaken.

Zwei von ihnen würden heute Abend gestrichen werden.

Und zwar während des Maskenballs bei den Hamptons.

Mir drehte sich der Magen um.

Jefferson Hampton war das personifizierte Böse, das er unter einem teuren Anzug und hinter einem charmanten Lächeln verbarg. Allein der Gedanke an ihn bescherte mir eine Gänsehaut und drehte mir den Magen um.

»Wohin sind deine Gedanken gewandert?«, fragte Killian, der mich gerade in ein Handtuch wickelte. Er schob einen Finger unter mein Kinn und neigte meinen Kopf, wobei er mich mit einem wissenden Blick bedachte.

Es erstaunte mich immer wieder, wie gut er mich verstand. Natürlich musste er in seinem Beruf eine gewisse Menschenkenntnis an den Tag legen, doch durch unsere Bindung gewährte ich ihm einen Blick hinter meine Mauern. Ich hatte noch nie jemandem mein Innerstes gezeigt, doch unser gegenseitiges Vertrauen machte dieses Geschenk möglich.

Ich strich ihm über die Wange und presste meine Lippen auf seine, um ihn zu schmecken und mich daran zu erinnern, den Moment zu genießen. Ich wollte nur im Hier und Jetzt leben und nicht zu viel darüber nachdenken, was das alles zu bedeuten hatte.

Auch wenn mir das Schicksal nur dieses eine Glück im Leben bescherte, so würde ich es mit Freuden annehmen.

Denn es war der kleine Hoffnungsschimmer, den ich zum Überleben brauchte.

Killian ließ seine Zunge in meinen Mund gleiten, um wie so häufig während der letzten Woche mit der meinen träge zu tanzen. Ich spreizte die Beine und mein Körper stand schon wieder in Flammen, als er sich zwischen meine Schenkel schob.

Vielleicht waren wir beide unersättlich.

Er hob mich hoch und presste seinen Schwanz an meine feuchte Spalte. Ich schlang meine Schenkel um seine Taille und war mehr als bereit ...

Das Klingeln von Killians Handy ertönte aus dem Schlafzimmer. Ich erstarrte und wusste instinktiv, dass es sich um etwas Wichtiges handelte.

»Malcolm ist unterwegs«, murmelte er und setzte mich auf dem Waschtisch ab. Er schlenderte nackt ins Schlafzimmer und kehrte einen Moment später mit seinem Handy in der einen und seinem Tablet in der anderen Hand zurück.

Als ich das Grinsen auf seinem Gesicht sah, war ich beruhigt.

»Er hat den Köder geschluckt.« Er zeigte mir den Bildschirm, auf dem eine Flugroute zu sehen war. »Er sitzt gerade in einem Flugzeug nach Madrid.«

»Welchen Köder?«, wollte ich wissen.

»Oh, ich habe Raven gebeten, die Systeme des Zollamts und der Einwanderungsbehörde zu manipulieren, damit es so aussieht, als befänden wir uns in Spanien. Ich wollte Malcom von der Veranstaltung heute Abend fernhalten, damit wir unseren Plan ohne Zwischenfälle in die Tat umsetzen können.« Er legte die Geräte auf den Waschtisch und stützte die Hände rechts und links von meiner Hüfte ab. »Nur du, ich und ein paar Leichen. Ein perfektes Rendezvous.«

Ich zog fasziniert eine Augenbraue in die Höhe. »Klingt ein bisschen blutig für ein Rendezvous.«

»Kein Blut«, erwiderte er und verzog die Lippen zu einem teuflischen Lächeln. »Wir werden sie mit demselben Mittel vergiften, das Malcolm dir gegeben hat, um seine Widersacher auszuschalten.«

»Aber ich weiß nicht, was es war.«

»Deshalb habe ich Raven gebeten, die Berichte der Gerichtsmediziner auszugraben.«

Mein Magen verkrampfte sich diesmal aus einem völlig anderen Grund. »Ich fange langsam an, mich über diese Raven zu wundern«, gestand ich. Er schien regen Kontakt zu ihr zu halten.

Natürlich hätte es mir egal sein sollen.

Doch insgeheim wunderte ich mich über ihre gemeinsame Vergangenheit und die Kameradschaft, die zwischen ihnen herrschte.

Spielte er mit ihr genauso wie mit mir?

Hm, nein. Er hatte mir versichert, dass sie nur Freunde waren und er ihre Freundschaft nicht aufs Spiel setzen würde, indem er sie fickte.

Doch was wäre, wenn er sie insgeheim wollte? Und er gab dem Drang nur aufgrund ihrer geschäftlichen Beziehung nicht nach?

Sollte ich deshalb beunruhigt sein? Auf gewisse Weise war ich nämlich beunruhigt.

Nein, ich war sogar sehr beunruhigt.

Killian legte eine Hand an meine Wange und strich mit dem Daumen über meine Unterlippe. »Sie ist nur eine Freundin, Kätzchen. Kein Grund, deine Krallen auszufahren.« Er presste sanft seinen Mund auf meinen. »Gewöhnlich verbinde ich das Geschäftliche nicht mit dem Angenehmen. Du bist eine Ausnahme.«

»Warum?«, fragte ich und schlang eine Hand um seinen Nacken. »Warum brichst du in meinem Fall die Regeln?«

»Weil ich dich will«, flüsterte er und packte meine Hüfte. »Weil du mir gehörst.«

»Tatsächlich?«, fragte ich. »Für wie lange?«

»Bis du das Gegenteil behauptest.« Er küsste mich leidenschaftlich und packte mein Haar, um meinen Kopf nach hinten zu neigen. Immer hatte er das Sagen und übernahm die Führung. Immer war er perfekt.

Mit einer beifälligen Geste ließ ich meine Fingernägel über seinen Rücken gleiten und schmolz förmlich dahin.

Weil du mir gehörst. Bis du das Gegenteil behauptest.

Mm, das gefiel mir. »Und wenn ich will, dass du mich für immer behältst?«, fragte ich mit kokettem Tonfall.

Er leckte mir über die Lippen und durchbohrte mich mit einem sündigen Blick. »Ich hätte keine Einwände, denn ich werde ohnehin ein Leben lang brauchen, um dich zu zähmen.«

»Das ist eine ziemliche Verpflichtung. Ich dachte, du bist mit deinem Job verheiratet?«

»Vielleicht bin ich auf der Suche nach einer Geliebten.« Er knabberte an meiner Unterlippe. »Und du eignest dich hervorragend für diesen Posten.«

»Zwei Wochen, und schon reden wir über eine Affäre.«

»Ich lasse nichts anbrennen«, murmelte er mit einem Lächeln. »Und wenn ich eine Aufgabe übernehme, dann ohne Kompromisse.«

»Also bin ich jetzt eine Aufgabe?«

»Du bist auf jeden Fall eine Herausforderung.« Er zog mich an den Rand des Waschtisches und schlang meine Beine um seine Taille. »Genug des Vorspiels. Ich will dich noch einmal ficken, bevor wir den Plan für heute Abend durchgehen.«

Ich schüttelte missbilligend den Kopf. »So fordernd.«

»Vorsicht, oder ich ficke dich in den Mund, Schätzchen.« Die Drohung jagte mir einen erregenden Schauer über den Rücken. Ich liebte es, wenn er mir mit derart derben Worten Befehle erteilte.

»Das klingt verlockend«, gestand ich und leckte mir über die Lippen.

»Dann geh auf die Knie, Amara.«

Ich lächelte und schob ihn von mir, damit ich Platz hatte, um vom Waschtisch zu springen. »Ja, Sir.«

Killians Hand brannte förmlich an meinem Rücken und machte mir Mut, als wir den Ballsaal der Hamptons betraten.

Der Plan war einfach: Erwecke Interesse, töte, verschwinde.

Ich musste nur die Zielpersonen identifizieren, dann würde Killian den Rest erledigen. Ich hatte ihm ein paar Tipps hinsichtlich scheinbar unbedeutender Verhaltensmuster gegeben, von denen Malcolm bei derartigen Veranstaltungen Gebrauch gemacht hatte, wenn er mich an Interessenten verkauft hatte. Killian hatte vor, dieses Verhalten nachzuahmen und sich dem Zahlungssystem anzupassen, welches seine Freundin Raven ausspioniert hatte.

Es würde ein anstrengender Abend werden, doch er würde mit den tödlichen Gegenständen in meiner Handtasche enden.

Ich wollte diese Scheißkerle umbringen. Diese Erkenntnis hatte ich am heutigen Nachmittag gewonnen, als wir unsere Möglichkeiten noch einmal durchgesprochen hatten.

Jefferson Hampton war an dem Abend dabei gewesen, an dem Malcom mich brutal entjungfert hatte. In den darauffolgenden Monaten hatte er mehrmals um meine Dienste gebeten und mir mit seinen düsteren Neigungen ausnahmslos Schmerzen zugefügt.

Der Mann war der Teufel in Person.

Genauso wie sein Kumpel Edward Franklin.

Malcom hatte mich mehrere Male gezwungen, sie alle drei zu unterhalten. Und zwar gleichzeitig.

Bei der Erinnerung lief mir ein Schauer über den Rücken und die Galle stieg mir in die Kehle. Sie würden mich für immer in meinen Albträumen verfolgen. Ihr anzügliches Grinsen, ihre verschwitzten Körper, ihre dicken ...

Eine sanfte Berührung an meiner Wirbelsäule ließ mich aufblicken und ich begegnete Killians Blick. Sein Gesicht war von einer schwarz-weißen Maske verborgen, die seine braunen Augen noch hervorhob. Ein Lächeln umspielte seine Lippen, als er sich vorbeugte, um mir einen zärtlichen Kuss zu geben. Er strich mit dem Mund an meiner schwarzen Maske entlang über meinen Wangenknochen und hielt an meinem Ohr inne. »Ist alles in Ordnung, Kätzchen?«

Ich nickte. »Ich habe mich nur gerade daran erinnert, warum ich hier bin.« *Um meine Vergangenheit auszulöschen und mir eine Zukunft zu schaffen.*

Als Jugendliche hatten Clarissa und Geoff meine moralischen Werte erschüttert. Sie raubten mir meine Unschuld und erschufen mit mir eine Verführerin in eleganten Kleidern.

Dank Malcolm lernte ich, zu hassen, zu kämpfen und zu töten.

Heute Abend würde ich dieses Wissen und meine Erfahrung gegen sie alle einsetzen.

Ich würde mein Schicksal selbst in die Hand nehmen und den ersten Schritt in eine bessere Zukunft unternehmen.

Killian hatte all das verstanden und zugestimmt, mir die Ausführung zu überlassen. Sein Auftraggeber, Clemens Devereaux, hatte die Morde gebilligt und das Kopfgeld für annehmbar befunden. Er war jedoch in dem Glauben, dass Killian als Henker fungierte. Es war mir egal. Ich wollte das Geld nicht. Ich sehnte mich nur nach Rache.

»Du bist bereit«, murmelte Killian mit beifälligem Unterton. »Lass uns ein wenig herumschlendern, damit die anderen dein Kleid bewundern können.«

Er legte seine Hand erneut an meinen Rücken und führte mich entlang der Tanzfläche durch die Menge. Die Leute standen beisammen und unterhielten sich bei einem Drink, wobei die meisten von ihnen keine Ahnung davon hatten, welche schrecklichen Dinge sich in diesem Haus abspielten.

Die Hamptons veranstalteten zum Schein Wohltätigkeitsveranstaltungen, um Geld für die Politiker zu sammeln, denen sie zugeneigt waren. Jefferson war einer von Malcoms ältesten Freunden, da sie als Kinder zusammen zur Schule gegangen waren. Aufgrund ihrer Vorlieben im Schlafzimmer hatte sich zwischen ihnen eine enge Freundschaft entwickelt. Edward war der dritte im Bunde ihres kranken Trios.

Sie hatten Spaß daran, sich Frauen zu teilen. Und zwar mit Gewalt.

Ich hatte Jeffersons Frau nie getroffen, aber Malcom hatte angedeutet, dass ich ihr eines Tages in einem intimen Rahmen begegnen würde. Ich hatte das unbestimmte Gefühl, dass sie ihren Mann nicht vermissen würde, nachdem ich ihn erledigt hatte.

Edward war ledig.

Das machte es leichter, ihn zu ermorden.

Natürlich waren beide angesehene Mitglieder der Gesellschaft. Wir durften uns keine Fehler erlauben, um keinen Verdacht zu erregen, vor allem da Killian heute Abend die Identität seines Freundes angenommen hatte.

Clayton Powell gehörte das Haus, in dem wir diese Woche Zuflucht gefunden hatten, und er hatte eine Einladung zum Maskenball der Hamptons erhalten. Wie Killian mir erklärt hatte, verkehrte Clayton in ähnlichen Kreisen, mied aber in der Regel Veranstaltungen wie diese und bevorzugte Partys mit jüngeren Leuten, bei denen viel Alkohol floss.

Killian beschrieb seinen Freund als einen Playboy mit einem Treuhandfonds, der gern Spaß hatte. Auf meine Frage, woher sie sich kannten, hatte Killian nur gelächelt und gesagt: »Von der Arbeit.« Ich bezweifelte, dass Clayton ein Schattenreiter war, aber es war mir nicht wichtig. Falls es von Bedeutung gewesen wäre, hätte Killian es mir sicher erzählt.

Wir wurden neugierig beäugt, als wir durch den Raum schlenderten, wobei die meisten Männer den tiefen Ausschnitt meines Kleides bewunderten, der mir bis zum Bauchnabel reichte. In der Aufmachung wirkte ich eher wie eine gekaufte Begleitdame statt wie seine Freundin.

Und genau das war der Punkt.

Ich musste Jeffersons und Edwards Aufmerksamkeit erregen und sie dazu bringen, bei Killian um mich zu bieten, um sie aus dem Ballsaal zu locken.

Dann würde ich sie umbringen.

Ich bedauerte nur, dass ihr Tod durch das Gift kaum schmerzhaft sein würde. Sie hätten Schlimmeres verdient, wie zum Beispiel eine aufgeschlitzte Kehle. Aber Killian hatte mir versichert, dass wir Malcom damit eine Nachricht schicken würden, die er laut und deutlich empfangen würde. Und ich stimmte ihm zu.

»Da drüben«, sagte ich, als ich die beiden entdeckte. Ich zeigte nicht auf sie, sondern nickte nur subtil in ihre Richtung, wobei ich mich Killian zuwandte. Er schlang eine Hand um meinen Nacken und zog mich an sich, um seinen Anspruch geltend zu machen.

»Erkennst du sie trotz ihrer Masken?«, fragte er leise.

»Ich erkenne sie an ihrer Körperhaltung.« Arrogant. Kräftige Schultern. Grübchen im Kinn. Wie die meisten Männer in Malcolms Freundeskreis sahen sie gut aus, doch ich kannte die Monster, die unter der Fassade steckten. Ich brauchte nur einen Blick, um einen Mann zu durchschauen.

Aus diesem Grund vertraute ich Killian. In seinem Inneren lauerte zwar ein Raubtier, doch es glich eher einem Panther, der auf der Lauer lag. Die beiden Scheißkerle an der Wand des Ballsaals erinnerten mich an Hyänen, die es genossen, ihre Beute in Stücke zu reißen.

Mir lief ein Schauer über den Rücken, als ich mich an ihre Hände auf mir erinnerte. Ihre Zungen. Ihre Schwänze.

Killian festigte seinen Griff um meinen Nacken und durchbohrte mich mit einem Blick. »Mach dir den Schmerz und die Wut zu eigen«, sagte er und strich mit dem Daumen über meine Halsschlagader. »Es ist deine stärkste Waffe. Schärfe und nutze sie.«

»Tust du das auch?«, fragte ich und musterte sein Gesicht, oder zumindest das, was ich hinter der Maske erkennen konnte. »Du machst auf mich nicht den Eindruck, als hättest du eine harte Kindheit gehabt.«

»Habe ich auch nicht.« Er ließ seine Lippen über meine Wange gleiten und presste sie an mein Ohr. »Aber ich füge anderen gern Schmerzen zu. Es versetzt mich in einen Rausch, wenn ich Gerechtigkeit walten lassen und jemandem eine Lektion erteilen kann.« Er knabberte an meinem Ohrläppchen. »Weißt du noch, was ich dir gesagt habe? Ich bin kein Held. Ich bin ein Bösewicht, und das hier ist mein Spielplatz.«

Meine Kehle war wie ausgetrocknet und mein Herz setzte einen Schlag aus. »Du bist nicht böse«, flüsterte ich und strich mit den Fingerspitzen über sein Kinn. »Nicht in meinen Augen.« Ich hatte schon viele böse Männer kennengelernt. Killian war sicher keiner von ihnen.

Er ließ seine Hand an meinen Hintern gleiten und zog mich an sich. »Wir erregen Aufmerksamkeit.«

»Ich dachte, das wäre der Sinn der Sache.« Ich verzog die Lippen zu dem anzüglichsten Grinsen, zu dem ich fähig war, doch Killian entlockte es mir mit Leichtigkeit. »Soll ich das Spiel beginnen?«

»Ja. Geh und misch dich unter die Leute.« Er drückte meinen Hintern. »Bringe sie dazu, dich zu begehren.«

»Das sollte nicht allzu schwer sein«, murmelte ich und schob einen Finger in seinen Mund. »Du hast das perfekte Outfit für mich gewählt.« Das schwarze, freizügige Kleid war eher fürs Schlafzimmer als für den Ballsaal geeignet.

Er biss in meinen Finger und bedachte mich mit einem glühenden Blick. Dann ließ er ihn mit einem Plopp aus dem Mund gleiten, welches ich trotz der dezenten Hintergrundmusik deutlich hörte. »Es steht dir hervorragend, Schätzchen.«

»Ich weiß.« Ich war geschaffen worden, um tief ausgeschnittene und rückenfreie Kleider wie diese zu tragen, die den Betrachter verlocken und zur Sünde animieren sollten. »Ich werde mir einen Drink holen. Hast du ein Auge auf mich?«

Die letzten Worte kamen mir unwillkürlich über die Lippen und klangen aus meinem Mund wie ein Flehen. *Verlass mich nicht.* Wann hatte ich mich jemals auf einen Mann wie Killian verlassen? Oder auf irgendjemanden? Niemals. Ich wusste nicht wie, doch er war zu meinem Retter geworden. Er war kein weißer Ritter, doch seine Rüstung glänzte in den verschiedensten Grautönen.

Mein Auftragskiller.

»Als könnte ich den Blick von dir abwenden«, erwiderte er mit einem Augenzwinkern, als er einen Schritt zurücktrat. »Biete mir eine unterhaltsame Show, Kätzchen. Eine Art visuelles Vorspiel.«

»Ich dachte, du redest lieber«, neckte ich ihn, wobei mein Blut in Wallung geriet.

»Ich bin heute Abend in einer gewalttätigen Stimmung.« Seine Miene verfinsterte sich bei den Worten. Bisher hatte er mich geschont und mich langsam an seine Vorlieben herangeführt, doch heute Abend sehnte sich der Panther in ihm danach, entfesselt zu werden.

Und ich war seine Beute.

Mir lief ein erregender Schauer über den Rücken. »Dann sollte ich mich wohl besser an die Arbeit machen, Sir.«

»Und zwar sofort«, entgegnete er gebieterisch, woraufhin

ich die Lippen zu einem Lächeln verzog. Es wäre so einfach, mich ihm zu widersetzen, doch das wollte ich gar nicht.

Nein, ganz im Gegenteil.

Ich wollte ihn und damit auch mich selbst beeindrucken.

Denn wir waren ein Team.

Und heute Abend würden wir unsere Partnerschaft mit Blut besiegeln.

KAPITEL 17

KILLIAN

Alle Augen waren auf Amara in ihrem skandalösen Kleid gerichtet. Die Frauen bedachten sie mit neidvollen Blicken und die Männer mit Begierde.

Ich beobachtete sie mit dem Wissen, dass sie mich heute Abend nach Hause begleiten würde. Ich würde derjenige sein, der sie entkleidete, sie fickte und sie für sich beanspruchte. Dieses Wissen weckte einen besitzergreifenden Instinkt in meinem Inneren, der mich von Kopf bis Fuß durchströmte.

Derartige Empfindungen waren neu für mich, aber ich nahm sie bereitwillig an.

Als Devereaux mir grünes Licht für diese Mission gegeben hatte, hatte ich ihm nicht sagen können, warum ich die Männer tot sehen wollte. Er hätte zwar ohnehin nicht danach gefragt, aber ich hatte dennoch das Gefühl, ihm etwas vorzuenthalten. Vor allem da Amara in diesem Fall das Urteil vollstrecken würde.

Les Cavaliers de l'ombre waren stolz darauf, sich in Geheimhaltung zu üben und nichts über den wahren Grund ihrer Existenz nach außen dringen zu lassen. Und doch hatte ich Amara fast alles über meine Vergangenheit anvertraut, sie an meinen Sünden teilhaben lassen und damit ihren Platz an meiner Seite gefestigt.

Es war falsch.

Es fühlte sich richtig an.

Wahrscheinlich war es ein Fehler.

Doch das war mir egal.

Sie war meine Gefährtin geworden und hatte damit ein Band zwischen uns geschaffen, von dem ich nie zu träumen gewagt hatte. Doch als ich ihr jetzt bei der Arbeit zusah, wusste ich, wie erstrebenswert es war.

Die Männer kamen aus allen Richtungen auf sie zu und wollten trotz der Frauen an ihren Armen einen zweiten Blick auf Amara erhaschen. Es belustigte mich und ekelte mich zugleich an. Ich konnte meine Augen nicht lange genug von Amara abwenden, um die anderen Anwesenden zu betrachten. Keiner von ihnen war von Bedeutung. Sie war die Einzige in diesem Raum, die ich begehrte.

Währenddessen beobachtete ich die Zielpersonen aus dem Augenwinkel. Obwohl sie Amara zweifellos bemerkt hatten, hatten sie sie nicht erkannt. Dafür war nicht nur ihre Maske, sondern auch ihr freizügiges Kleid verantwortlich, denn es lenkte die Aufmerksamkeit auf ihre körperlichen Vorzüge statt auf ihr Gesicht. Und obwohl ich davon ausging, dass sie mit ihrem Körper vertraut waren, hatten sie ihn offensichtlich nicht auf dieselbe Weise verehrt wie ich. Andernfalls hätten sie sie sofort erkannt.

Amara warf den Kopf zurück und stieß ein Lachen aus, das mir ein Lächeln aufs Gesicht zauberte. Sie wusste zweifellos, was sie tun musste, um Aufmerksamkeit zu erregen. War das ein Teil ihrer Ausbildung gewesen? Oder war ihr die Fähigkeit in die Wiege gelegt worden? Wie dem auch sei, ich bewunderte sie dafür.

Genauso wie unsere Opfer.

Ich warf beiläufig einen Blick auf die Uhr. Eine Stunde

war bereits vergangen und ich sehnte mich danach, Amaras Kurven unter meinen Händen zu spüren. Je eher wir diese Veranstaltung hinter uns brachten, desto eher würde sie nackt unter mir liegen. Es war an der Zeit, den nächsten Schritt einzuleiten.

Ich begegnete Amaras Blick und nickte ihr zu. Sie erwiderte die Geste, während Franklin und Hampton sie beobachteten. Ich hob meine Hand und gab ihr mit zwei Fingern ein Zeichen. Sie hatte mich angehalten, es zu benutzen, denn offenbar hatte es in der Welt, der sie in der Vergangenheit einmal angehört hatte, eine bestimmte Bedeutung. Sie reagierte mit einem weiteren Nicken, bevor sie mir mit ihrem Drink zuprostete und sich mit einem Lächeln dem Mann neben ihr zuwandte.

Ich zwang mich zu einem Lächeln, bevor ich mein Handy überprüfte. Auch das war Teil unseres Plans.

Aus dem Augenwinkel sah ich, wie Franklin und Hampton sich in Bewegung setzten. Wir hatten definitiv ihr Interesse geweckt. Ich gab vor, sie nicht zu bemerken, und scrollte durch ein paar Nachrichten von Nikolai.

Danke für die Idee mit dem Rendezvous, Dagger. Der Abend war eine Wucht.

Ich musste unwillkürlich grinsen. Nikolai war Russe und wenn er sagte, der Abend war eine Wucht, dann hatte er es ordentlich krachen lassen. *Es geht nichts über eine scharfe Klinge, um den Abend zu versüßen*, tippte ich.

Tanzende Punkte erschienen auf meinem Bildschirm und verrieten mir, dass Nikolai eine Antwort verfasste. Offenbar hatte er darauf gewartet, dass ich seine Nachricht las. *Da hast du recht. Leider hat sich das andere Pärchen schon früh verabschiedet. Offenbar konnten sie nicht damit umgehen, dass mein Schätzchen eine Vorliebe für glänzendes Spielzeug hat.*

Schade, erwiderte ich. *Offensichtlich wussten sie ihre Fähigkeiten nicht zu schätzen.* Ich hatte Nikolais Freundin noch nicht in Aktion gesehen, aber nach allem, was ich über sie gehört hatte, konnte sie mit einem Messer umgehen. Amara würde sie lieben. Vielleicht könnten wir eines Tages zu viert ausgehen, statt nur gleichzeitig und unabhängig voneinander zu morden.

Ganz sicher nicht. Aber ich bin immer offen für neue Rendezvous-Ideen.

Ich lachte leise. *Alles klar. Vielen Dank noch mal.*

Gern geschehen.

Ich blätterte weiter und überprüfte die letzte Nachricht von Raven bezüglich Malcoms Aufenthaltsort. Er befand sich immer noch in Europa. Ausgezeichnet.

Als ich eine Bewegung aus dem Augenwinkel wahrnahm, öffnete ich eine weitere SMS, in der es um Kaufverträge ging. Es handelte sich um eine fingierte Nachricht, die Raven von einer gefälschten Nummer geschickt hatte.

Jemand räusperte sich und ich hob den Kopf, ohne mein Handy zu verbergen. Franklin nutzte die Gelegenheit, um die Worte auf dem Bildschirm zu lesen, während Hampton sich auf mich konzentrierte.

»Ich glaube nicht, dass wir uns kennen«, sagte er mit einem überheblichen Unterton, der in mir den Wunsch weckte, ihm meine Faust ins Gesicht zu rammen. Doch stattdessen lächelte ich ihn nur an.

»Clayton Powell.« Ich streckte ihm die Hand entgegen, wohl wissend, dass mein Freund Powell diesem Arschloch noch nie begegnet war, obwohl er zahlreiche Einladungen zu seinen Wohltätigkeitsgalas erhalten hatte. Clayton hatte nichts für derartige Veranstaltungen übrig. Er bevorzugte Partys mit Alkohol und willigen Frauen, da er vor allem seine Fassade als reicher Playboy aufrechterhalten wollte. Ich hatte die Wahrheit schon vor Jahren herausgefunden, doch nur wenige wussten davon.

»Clayton Powell?«, wiederholte Hampton und zog seine

hellen Augenbrauen in die Höhe, sodass sie oberhalb seiner Maske hervorlugten. »Ich hätte nie gedacht, dass ich einmal den Tag erlebe, an dem Sie eine meiner Einladungen annehmen.«

Ich zuckte mit einer Schulter. »Ich war gerade in der Stadt und habe mich gelangweilt.« Ich gab vor, mich an das Telefon in meiner Hand zu erinnern. »Oh, tut mir leid, einen Moment bitte.« Ich tippte eine fingierte Nachricht ein, während beide Männer zusahen, und steckte das Gerät in meine Jackentasche. »Eine unbedeutende Geschäftsangelegenheit.«

»Wie viel ist sie wert?«, fragte Franklin und überraschte mich mit seiner Direktheit.

Ich täuschte Verwirrung vor. »Wie bitte?« Powell würde niemals eine Frau für Sex kaufen und würde mich wahrscheinlich hassen, wenn er herausfände, was für ein Spielchen ich unter seinem Namen trieb. Doch ich hatte keine andere Wahl. Außerdem würden diese beiden Idioten morgen früh tot sein.

Wahrscheinlich schuldete ich meinem Freund einen Bourbon. Und zwar den besten, und gleich eine ganze Kiste davon.

Ich merkte es mir für später und konzentrierte mich wieder auf die beiden Männer vor mir, die behaupteten, aufrechte Bürger der Gesellschaft zu sein. Einer von ihnen war sogar verheiratet. Aber wer konnte schon ahnen, wo er seine Frau heute Abend gelassen hatte. Da ich nicht wusste, wie sie aussah, konnte ich sie in dem Meer von Masken nicht ausmachen.

»Ich weiß wirklich nicht, was Sie meinen«, fügte ich hinzu, als die beiden mich weiterhin anstarrten.

»Tun Sie doch nicht so«, sagte Franklin und verzog die Lippen zu einem anzüglichen Grinsen. »Wie viel ist das Mädchen für eine Nacht wert?«

»Und wer sind Sie?«, fragte ich, wobei ich einen schroffen

Unterton in meiner Stimme mitschwingen ließ, den auch Powell an den Tag gelegt hätte. Er war diesen Männern noch nie begegnet und würde sie nicht als denkwürdig erachten. Er würde ihnen mit demselben Desinteresse begegnen, welches auch ich ihnen jetzt entgegenbrachte.

Franklin streckte mir seine Hand entgegen. »Edward Franklin.«

Ich ignorierte ihn und konzentrierte mich wieder auf den größeren Idioten neben ihm. »Und Sie?«

Ich konnte sehen, wie er seine haselnussbraunen Augen hinter der Maske zu dünnen Schlitzen verengte. Offensichtlich missfiel es ihm, dass ich vermeintlich nichts über ihn wusste. *Pech für dich, Arschloch.*

»Jefferson Hampton«, erwiderte er schroff.

Er klang so arrogant, dass ich nicht anders konnte, als ihn ein wenig zu sticheln. »Ah, Ihnen habe ich also diesen ausgesprochen langweiligen Abend zu verdanken.« Ich hielt nach Amara Ausschau, oder gab zumindest vor, nach ihr zu suchen. Ich wusste genau, wo sie war, denn ich hatte sie immer im Blick. »Nun ja, vielleicht nicht ganz so langweilig«, fügte ich hinzu und grinste in Erwartung des bevorstehenden Abends.

»Sie ist umwerfend«, murmelte Franklin, als er meinem Blick folgte. »Womit ich wieder bei meiner ursprünglichen Frage wäre. Wie viel für eine Nacht?«

Oh, nicht viel. Dein Tod wird genügen, dachte ich und würdigte ihn absichtlich keines Blickes.

Amara hatte mir erzählt, dass in diese Art von Geschäften in ihrer Welt anhand von Gesten und Nachrichten mit Kontonummern eingeleitet wurde.

Ich war mir immer der Tatsache bewusst gewesen, dass derart grausamer Handel existierte, doch mir war nicht klar gewesen, dass er direkt vor der Nase aller vollzogen wurde. Keiner der Anwesenden nahm unsere Unterhaltung auch nur zur Kenntnis. Niemand ahnte, dass die beiden Männer eine Nacht mit meiner Begleitung kaufen wollten, als wäre sie nur ein Objekt.

Es war äußerst dreist, mich im Ballsaal anzusprechen, doch ich wusste natürlich, dass sie so etwas nicht zum ersten Mal taten. Diese beiden Männer hatten mehr als einmal Hand an Amara gelegt und soweit ich ihre Reaktion beurteilen konnte, als sie die beiden vorhin erblickt hatte, waren sie alles andere als nett zu ihr gewesen.

Der Tod durch Vergiften schien viel zu human für die beiden. Es wäre weitaus gerechter gewesen, sie eine Nacht lang mit meiner Klinge zu foltern.

»Vielleicht ist er doch nicht so sehr daran interessiert, sie mit anderen zu teilen«, sagte Hampton, als ich nicht antwortete. »Neulinge verstehen schließlich nicht immer die Signale.«

»Neulinge?«, wiederholte ich lachend und zwang mich, ihm in die Augen zu blicken. »Wenn hier jemand ein Neuling ist, dann sind Sie es. Sie sind an einer Nacht mit ihr interessiert? Sie tun gerade so, als könnten Sie den Preis zahlen, den ich verlange.« Ich schüttelte missbilligend den Kopf. »Sie haben keine Ahnung, mit wem Sie es zu tun haben, meine Herren. Diese Frau ist eine Nummer zu groß für Sie.« Ich meinte jedes Wort ernst, doch ich milderte meine Aussage mit einem Lächeln ab. »Wie dem auch sei, Sie können mir gern ein Angebot unterbreiten. Allerdings habe ich bereits zwei weitere für diese Nacht erhalten, die beide beträchtlich sind.« Franklin wusste das bereits, denn er hatte die Nachricht auf meinem Handy ganz unverhohlen gelesen.

»Dann geben Sie also zu, dass sie käuflich ist«, sagte Franklin mit einem eifrigen Unterton, bei dem sich mir der Magen umdrehte.

»Alles hat seinen Preis«, erwiderte ich. In diesem Fall würde es ihn nur sein Leben kosten. Keine große Sache.

»Wir werden Ihr höchstes Angebot verdreifachen, solange wir sie uns teilen können. Und zwar bedingungslos.« Franklin sprach die Worte mit der Zuversicht eines Mannes aus, der es gewohnt war, alles, was er wollte, käuflich zu erwerben.

Ich zog eine Augenbraue in die Höhe. »Sie kennen nicht einmal das höchste Gebot.« Das war eine glatte Lüge, denn er hatte den Preis auf meinem Handy gelesen. Allerdings wollte ich ihn nicht wissen lassen, dass ich ihn dabei beobachtet hatte, denn das wäre zu offensichtlich gewesen.

Hampton überraschte mich, indem er antwortete: »Wir können es uns leisten.«

»Tatsächlich?« Ich blickte zwischen den beiden mit geheucheltem Interesse hin und her. Dann nannte ich eine Zahl, die höher war als der Wert, den Franklin gesehen hatte, nur um ihm zu zeigen, dass ich mit harten Bandagen kämpfte.

»Kein Problem«, versicherte Hampton mir.

Ich betrachtete die beiden und gab vor, über ihr Angebot nachzudenken. »Unter zwei Bedingungen«, sagte ich und erntete einen finsteren Blick von Franklin. »Erstens, ich schaue immer zu. Zweitens, wenn es mir gefällt, darf ich auch mitspielen. Schließlich gehört sie mir.«

Franklins finsterer Blick wich einem Lächeln, das mir das Blut in den Adern gefrieren ließ. »Wir akzeptieren diese Bedingungen.«

Das wunderte mich nicht. Amara war zwar nicht ins Detail gegangen, aber nach allem, was sie mir erzählt hatte, hatte Malcom ein Faible für Gruppensex. Und er betrachtete diese beiden Scheißkerle als seine besten Freunde.

Ich weigerte mich, daran zu denken, was sie ihr angetan hatten. Ich würde es erst in Betracht ziehen, sobald ich mit ihnen allein war.

»Wann?«, fragte ich, denn ich musste die Sache vorantreiben, bevor ich aus Versehen einen von ihnen erstach.

»Lieber früher als später, denn wir zahlen immerhin für die ganze Nacht«, antwortete Hampton in einem beiläufigen Tonfall, als hätte er nicht gerade eine Frau für den Abend gekauft. Glaubte er, dass sie bereitwillig mitspielte? Oder war es ihm egal?

»Wird man Sie nicht vermissen?«, fragte ich und sah mich um. »Schließlich ist das Ihre Veranstaltung, nicht wahr?«

»Meine Frau hat alles geplant«, antwortete er mit einem Achselzucken. »Sie wird sich in meiner Abwesenheit darum kümmern.«

Ich nickte, weil es mir die Sprache verschlagen hatte. Zumindest fielen mir keine freundlichen Worte ein, die ich hätte erwidern können. Wie oft ließ er seine *Frau* als Gastgeberin zurück, während er eine andere Frau vögelte? Vielleicht war es ihr egal und sie zog es vor, die Nacht ohne ihn zu verbringen.

Was für ein krankes und verdrehtes Leben er doch führte. Genau wie Franklin.

Ich würde der Menschheit einen Dienst erweisen, indem ich ihnen ein Ende bereitete.

Ich räusperte mich. »Also gut, dann bringen wir die Transaktion über die Bühne. Aber ich erwarte zuerst die Bezahlung.«

Franklin zückte sein Telefon. »Nennen Sie mir die Daten.«

Ich gab ihm die Nummer eines Kontos, das Raven für diesen Zweck eingerichtet hatte. »Wo wollen Sie Ihre Abendunterhaltung abhalten?«, fragte ich, nachdem ich mich versichert hatte, dass der Betrag vollständig überwiesen war. Ich leitete die Bestätigung an Raven weiter. Sie konnte nach ihrem Gutdünken über das Geld verfügen. Ich wollte mich damit für ihre Hilfe bedanken, doch ich wusste, dass sie sich dagegen sträuben würde, dennoch hatte sie die Zahlung verdient.

»Wir haben im anderen Flügel einen Raum, der dafür vorgesehen ist«, sagte er und erklärte mir den Weg.

»Wir werden in fünfzehn Minuten dort sein.« Ich wollte gerade gehen, doch Franklin hielt mich am Arm fest.

»Nur um das klarzustellen, wir ziehen es vor, die Ware selbst auszupacken«, sagte er mit gedämpfter Stimme.

Dazu wird es nicht kommen. »Natürlich.« Ich zwang mich zu einem Lächeln und nickte ihnen zu, denn ich brachte keinen weiteren Ton heraus. Ich musste mich auf Amara konzentrieren und sie auf die letzte Aufgabe an diesem Abend vorbereiten.

Gift war nicht mehr gut genug.

Ich wollte Malcolm eine unmissverständliche Botschaft zukommen lassen.

Nun, wir würden ihm auf jeden Fall eine schicken.

Ich gesellte mich zu Amara an die Bar, ergriff ihren Ellbogen und unterbrach ihr Gespräch mit dem Mann neben ihr. »Hast du genug gespielt, Kätzchen?«, flüsterte ich ihr ins Ohr.

Sie lächelte. »Verzeihen Sie, Herr Abgeordneter. Mein Begleiter ist endlich zurückgekehrt.«

»Zu meiner Zeit hat ein Mann seine Verabredung nie zu lange allein gelassen. Man wusste nie, was für ein Schurke die Gelegenheit zu seinem Vorteil nutzen würde«, sagte der ältere Mann mit einem unerwartet freundlichen Tonfall. »Es war schön, Sie kennenzulernen, Miss Dagger.«

»Das Vergnügen war ganz meinerseits.« Sie schenkte ihm ein verführerisches Lächeln, während ihre Augen hinter ihrer Maske funkelten.

»Kümmern Sie sich gut um sie, mein Sohn. Sie ist etwas Besonderes.« Er klopfte mir auf die Schulter, als wären wir alte Freunde, was mich ein wenig verwirrte.

Aber da ich ihm beipflichtete, erwiderte ich: »Natürlich, Sir.«

»Gut.« Er nickte zufrieden und ging davon.

»Interessante Gesellschaft«, sagte ich und sah, wie der Glatzkopf sich entfernte.

»Er ist wahrscheinlich einer der wenigen anständigen Männer in diesem Raum.« Sie rutschte von ihrem Hocker und griff nach ihrer Handtasche. »Ich habe ihn immer gemocht.«

»Du bist ihm schon einmal begegnet?«

Sie zuckte mit den Schultern und ging neben mir her, als ich sie zur Tür führte. »Nur flüchtig.«

Scheiße. »Hat er dich wiedererkannt?«

»Wenn ja, dann hat er es sich nicht anmerken lassen.«

Ich würde das später überprüfen müssen. Amara durfte auf keinen Fall mit dieser Veranstaltung in Verbindung gebracht werden, vor allem da wir noch einiges vorhatten. Wenn das bedeutete, dass ich den alten Abgeordneten zum Schweigen bringen musste, würde ich es tun. In erster Linie musste ich dafür sorgen, dass ihr nichts angelastet werden konnte.

Mein Handy summte, als wir den Ballsaal verließen. Ich sah Ravens Namen auf dem Display und nahm das Gespräch an. »Ja?«

»Hör auf, mir Geld zu schicken.«

Ich grinste. »Gern geschehen, meine Liebe.«

»Arsch.« Ich hörte, dass sie im Hintergrund tippte. »Ich spende es einer Organisation in Atlanta, die Opfern von Menschenhandel hilft.«

»Gut.« Ich zeigte mit dem Kinn auf einen Gang zu unserer Linken, während ich in einer Hand das Telefon hielt und die andere an Amaras Rücken gelegt hatte. Sie drehte sich mit grimmiger Miene herum. »Rufst du an, weil du meine Zustimmung einholen willst? Denn du weißt, dass du mich nicht darum bitten musst.«

»Natürlich weiß ich das«, erwiderte sie und brachte mich damit zum Grinsen.

»Warum rufst du dann an?«, wollte ich wissen. Sie wusste, was Amara und ich heute Abend vorhatten, was bedeutete, dass sie mich nicht einfach nur anrief, um sich wegen des Geldes zu beschweren.

»Ich sollte doch etwas für dich in Boston recherchieren.«

»Ja, ich erinnere mich.« Sie meinte die Auktionsbörse, die Clarissa und Geoff Rose betrieben.

»Ich habe gerade einen Hinweis bekommen, dass nächste Woche eine Auktion stattfinden soll.«

»Schick mir die Einzelheiten.«

»In Ordnung. Aber K, du musst vorsichtig sein. Diese Leute sind gefährlich.«

Ein Lächeln umspielte meine Lippen. Ihre Besorgnis war rührend. »Mach dir keine Gedanken, Vögelchen. Ich kann auf mich aufpassen.«

Sie schnaubte. »Ja, ja. Ich schicke dir jetzt die Informationen rüber. Aber sag nicht, ich hätte dich nicht gewarnt.«

Dann war die Leitung tot. Ich lachte leise und steckte das Handy zurück in meine Tasche.

»Vögelchen?«, wiederholte Amara mit einem Stirnrunzeln.

»Eine Anspielung auf ihren Codenamen.« Raven hasste die Verniedlichung. Ich warf einen Blick auf den leeren Korridor, den Hampton beschrieben hatte, und suchte ihn vergebens nach Kameras ab. In einem so großen Haus war das kein gutes Zeichen. Es bedeutete, dass der Besitzer bewusst auf Überwachungsvideos verzichtete. »Warst du schon einmal hier?«

Amara nickte und biss sich auf die Unterlippe. Sie bog am Ende des Flurs ab und folgte dem Weg, den Hampton mir beschrieben hatte, den ich ihr jedoch nicht erklärt hatte.

Sie wusste, wohin wir gingen.

Sie nickte noch einmal, als ich spürte, wie ihr Arm sich verkrampfte.

Ich wusste nicht warum, doch die Tatsache, dass sie schon einmal durch diesen Korridor gegangen war, machte mich wütend. Ich verspürte plötzlich das unbändige Verlangen, jemanden zu bestrafen, zu verstümmeln und zu töten. Irgendwann in den letzten zwei Wochen war Amara die Meine geworden. Und diese Scheißkerle hatten ihr wehgetan. Und zwar mehr als einmal.

Natürlich war ihr Rachedurst dadurch weitaus größer als meiner, doch zum ersten Mal in meinem Leben wollte ich jemanden ermorden, weil ich das *Bedürfnis* danach verspürte.

Die anderen Jobs waren nur Namen auf einer Liste von Menschen gewesen, die irgendein Verbrechen begangen hatten. Ich hatte sie getötet, weil Devereaux es mir aufgetragen hatte.

Franklin und Hampton würden sterben, weil ich es *wollte*.

Amara würde den eigentlichen Mord begehen, doch ich würde sie anleiten. Und gemeinsam würden wir in ihrem Blut baden.

Der Gedanke weckte eine dunkle Sehnsucht in mir und ließ mich an die Möglichkeiten denken, die mir mit der Frau an meiner Seite offenstanden.

Das hier könnte meine Zukunft sein.

Ich könnte mit dieser Frau als Partnerin arbeiten.

Oh, Devereaux würde es niemals erlauben.

Aber vielleicht war es an der Zeit, ein paar Regeln zu brechen. Ich hatte stets alles getan, was er von mir verlangt hatte, und nur sehr selten etwas für mich selbst in Anspruch genommen. Die *Cavaliers de l'ombre* waren meine erste Liebe und standen an erster Stelle. Doch das Leben entwickelte sich ständig weiter, und vielleicht wollte ich ausnahmsweise mehr.

Vielleicht wollte ich Amara. Für immer.

Nach so kurzer Zeit war das ein verrückter Gedanke, doch die Chemie stimmte einfach zwischen uns. Und wie mein Vater mir immer sagte: Manchmal weiß man es einfach.

Nein. Das geht zu weit.

Ich verdrängte die Gedanken, denn ich durfte mich im Moment nicht ablenken lassen. Ich hatte nicht die Absicht, die Sache heute Abend zu vermasseln, daher waren Emotionen fehl am Platz.

Amara ging starr neben mir her und ihr Arm fühlte sich plötzlich kalt an.

»Nutze den Schmerz zu deinem Vorteil«, flüsterte ich, als ich die Qualen spürte, die von ihr ausgingen.

Sie erwiderte nichts und bewegte sich wie ferngesteuert. Als wir die letzte Tür erreichten, wollte ich ihr einen Moment Zeit geben, um sich zu sammeln, doch sie drehte bereits die Klinke und betrat ein Wohnzimmer.

Ich ließ den Blick durch den Raum schweifen, um mich gegen Gefahren zu wappnen und nach Sicherheitsvorkehrungen Ausschau zu halten, doch ich konnte nichts Ungewöhnliches entdecken. Amara ging jedoch weiter und steuerte direkt auf einen Schrank zu.

Nein, es war kein Schrank.

Sondern eine Tür, die in einen weiteren Raum führte.

Mir drehte sich der Magen um.

Wir betraten ein Spielzimmer, das anmutete wie ein Folterkeller. Unter anderen Umständen hätte mein Killerherz bei dem Anblick höhergeschlagen, doch in diesem Moment gewährte es mir nur einen Einblick in die Dinge, die diese Männer Amara angetan hatten.

Sie ging in der Mitte des Raumes auf die Knie und senkte den Kopf.

»Amara?«, flüsterte ich, sah mich erneut um und war froh, dass wir allein waren. »Was tust du da?«

Es hatte den Anschein, als hörte sie mich gar nicht und war wieder in alte Verhaltensmuster verfallen.

Ich legte eine Hand auf ihre Schulter, die eiskalt und steif war. Sie würdigte mich keines Blickes, sondern atmete nur einmal tief durch, während sie die Hände um die Handtasche in ihrem Schoß klammerte und wartete.

Das hatten wir nicht besprochen.

Sie sollte die stumme Verführerin spielen und die beiden Männer mit einer Spritze betäuben, wenn sie von dem Anblick ihres Körpers abgelenkt waren. Dann sollte sie ihnen das Gift einflößen.

Doch die Amara, die jetzt vor mir kniete, war eine gebrochene Frau, die sich in die Tiefen ihres Verstandes zurückgezogen hatte und sich weigerte, der Realität ins Auge zu sehen.

Wahrscheinlich verfiel sie in diesen Zustand, wenn sie Angst hatte. Oder wenn sie ihren Verstand ausschalten musste, damit sie den Schmerz ertragen konnte, der ihr gleich zugefügt werden würde.

Scheiße.

KAPITEL 18

KILLIAN

I ch ging vor Amara auf die Knie, denn sie musste so schnell wie möglich aus diesem tranceartigen Zustand erwachen. Hampton hatte mir nur das Wohnzimmer beschrieben. Sicher hatte er vor, in dieser Folterkammer zu spielen, doch wir sollten eigentlich noch nichts von ihrer Existenz wissen.

Er hatte die Tür nicht abgeschlossen, was mich vermuten ließ, dass dieser Teil des Hauses nicht gerade viel besucht war. Es war verdammt dreist, sie sogar während einer Party offen zu lassen.

»Amara«, flüsterte ich erneut und versuchte, ihrem Blick zu begegnen.

Sie antwortete nicht, sondern starrte weiterhin mit gesenktem Kopf zu Boden.

Ich legte eine Hand an ihre Wange, um ihr Gesicht nach oben zu neigen, doch sie starrte nur mit leerem Blick geradeaus. Ihre Pupillen waren so sehr geweitet, dass ich die Farbe ihrer Iriden nicht erkennen konnte.

»Kätzchen.« Ich strich mit dem Daumen über ihren Mund, der sich wie ferngesteuert öffnete. Vor wenigen

Augenblicken war sie noch bei der Sache gewesen, doch irgendetwas auf dem Flur hatte diese Reaktion in ihr ausgelöst. Vielleicht lag es an ihrer Konditionierung, die sie wieder zu einer Frau werden ließ, die darauf trainiert war, benutzt zu werden.

»Wollen Sie etwa ohne uns anfangen?«, fragte Franklin gedehnt, als er mit einem Glas Bourbon in der Hand in der Tür erschien.

Amara schloss die Augen, doch ich konnte noch die Träne darin sehen.

Also schön.

Dann eben Plan B.

Ich presste einen Kuss auf ihre Stirn und flüsterte ihr dann ins Ohr: »Bleib bei mir, Süße. Ich werde es wieder in Ordnung bringen.«

»Wie ich sehe, fühlen Sie sich schon ganz wie zu Hause«, sagte Hampton, als er sich zu Franklin gesellte.

»Das ist wahr«, gab ich zu und stand auf. »Ihre Räumlichkeiten sind beeindruckend. Allerdings war ich überrascht, dass die Tür zu Ihrem Spielbereich unverschlossen war. Hatten Sie heute Abend etwa noch jemanden erwartet?«

»Wir waren einkaufen«, gestand Franklin.

Ich zog langsam mein Jackett aus, um es nicht zu beschmutzen, und legte es Amara über die Schultern, um sie vor ihren hungrigen Blicken zu schützen. »Sind denn noch andere Gäste anwesend, die mit Frauen handeln?«, fragte ich und krempelte die Ärmel meines Hemdes nach oben, während sie mich beobachteten.

»Wie war das?« Hampton warf einen Blick zur Seite, als wollte er sich an meine genauen Worte erinnern. »Alles hat seinen Preis, nicht wahr?« Er lächelte, als sein Blick auf Amaras Hinterkopf fiel. »Sie haben sie gut ausgebildet.«

Ich zuckte nur mit den Achseln, da diese Unterhaltung

mich bereits langweilte. Ich musste nur noch dafür sorgen, dass meine Kleidung nicht beschmutzt wurde, dann würden wir beginnen können.

»Warum ist sie bedeckt? Will sie uns damit etwa reizen?«, fragte Franklin mit einem begierigen Tonfall, der in mir den Wunsch hervorrief, ihn zuerst zu töten.

»Ich dachte, Sie wollten die Ware auspacken?«, erwiderte ich, als ich die Ärmel hochgerollt hatte. Ich steckte die Hände in die Hosentaschen und umfasste ein Paar Wurfmesser.

Er schlenderte mit seinem Bourbon in der Hand auf Amara zu. »Ich möchte mir unsere Beute genauer ansehen. Lassen Sie uns das Jackett ausziehen.«

»Sicher. Sie können es gern versuchen.« Ich wich weder zur Seite, noch erfüllte ich ihm seinen Wunsch.

»Versuchen?«, wiederholte er mit einem Grinsen. »Oh, ich werde mehr tun, als es nur zu versuchen.«

Hampton schien sich seiner Sache nicht ganz so sicher zu sein und blieb unsicher in der Tür stehen. Er betrachtete Amaras Haar und ein wissender Ausdruck huschte über sein Gesicht. »Wo haben Sie sie gekauft?«, wollte er wissen und ließ seine Hand in seine Tasche gleiten.

»Wo haben wir uns kennengelernt, Kätzchen?«, fragte ich, da ich wusste, dass sie nicht antworten würde. »Oh, richtig, in Amsterdam.« Mit einer flinken Bewegung warf ich eines meiner Messer und traf Hampton damit in den Oberkörper, bevor er etwas aus seiner Tasche ziehen konnte. Da Franklin ganz in meiner Nähe stand, rammte ich ihm die Faust ins Gesicht, woraufhin er nach hinten taumelte.

Ich trat um Amara herum und wechselte das zweite Messer von einer Hand in meine Wurfhand.

Hampton wankte rückwärts in den Nebenraum. Der Dolch in seinem Bauch hatte ihn nicht bewegungsunfähig gemacht. Ohne medizinische Hilfe würde er zwar an der

Wunde sterben, doch bisher war er noch in der Lage zu gehen.

»Was zum Teufel ist hier los?«, brüllte Franklin.

»Sie haben keinerlei Nutzen für mich«, sagte ich und beschloss, ihn zuerst auszuschalten. »Sie gehen mir sogar gehörig auf die Nerven.« Er versuchte, sich aufzusetzen und nach hinten zu rutschen, doch ich stürzte mich mit einer flinken Bewegung auf ihn und durchschnitt ihm die Kehle. Aus der Wunde sprudelte Blut, während er darum kämpfte, Luft zu holen.

»Es ist ein viel zu schneller Tod, in seinem Blut zu ertrinken, doch leider stehen wir unter Zeitdruck.« Er schlang die Hände um seinen Hals und seine Augen traten ihm aus dem Kopf, während seiner Kehle ein leises Gurgeln entfuhr.

Ich ignorierte ihn zugunsten des Mistkerls, der gerade versuchte, über den Wohnzimmerboden zu robben. Er hatte sein Handy gezückt und rief jemanden an. Danach hatte er in seine Tasche gegriffen. Zu schade. Ich hatte mich eigentlich auf einen Kampf gefreut, doch er hatte den Eindruck erweckt, als wollte er ihn mir nicht gönnen.

»Malcolm«, stieß er hervor, als ich auf ihn zuging. Glücklicherweise war die Tür zum Korridor geschlossen und schien verriegelt zu sein. »Amara ist mit einem Psychopathen hier aufgetaucht.«

Er lehnte sich mit dem Rücken gegen die Couch und umfasste mit der freien Hand die Klinge, die noch immer in seinem Bauch steckte. Wenn er sie herauszog, würde er noch schlimmere Schmerzen erleiden. Offenbar war er sich dessen bewusst, denn er ließ sie stecken.

»Richten Sie Jenkins beste Grüße von Killian aus«, sagte ich mit einem Lächeln. »Ich hoffe, dass er seine Tour durch Europa genießt.« Eigentlich hatte ich ihn erst von meiner Anwesenheit hier informieren wollen, wenn er von dem Tod seiner Freunde erfuhr. Doch es gab Situationen, in denen man einfach improvisieren musste.

»Was zum Teufel ist hier los?«, wollte Hampton wissen und zuckte angesichts der Klinge in seinem Unterleib zusammen.

»Sie sind ein Monster. Sie vergewaltigen und missbrauchen Frauen. Und ich bin hier, um dafür zu sorgen, dass Sie sich niemals fortpflanzen werden«, erklärte ich zusammenfassend. »Oh, und das haben Sie alles Ihrem Kumpel Jenkins zu verdanken.«

Er hielt abwehrend eine blutige Hand in die Höhe, als ich auf ihn zuging. »Warten Sie. Wir können das klären. Ich habe Geld und Freunde in mächtigen Positionen. Was immer Sie wollen.« Er streckte mir das Handy entgegen. »Ich habe keine Ahnung, warum Sie so sauer auf Malcolm sind, aber ich will nichts damit zu tun haben. Sie können ihn haben.«

»Ich versichere Ihnen, dass Sie mir absolut nichts bieten können. Und es lässt Sie nur schwach aussehen, wenn sie betteln. Aber ich nehme gern das Handy, danke.« Ich entriss ihm das Telefon. »Haben Sie das gehört, Malcolm? Das ist der Klang Ihres Imperiums, das um Sie herum zusammenbricht.«

»Mr. Bedivere«, antwortete Malcom, ruhig und gelassen wie immer. »Wir können uns doch sicher einig werden. Dieses Spielchen ist doch viel zu anstrengend, nicht wahr?«

»Anstrengend?«, wiederholte ich mit einem humorlosen Lachen. »Nein, Senator. Es ist aufregend.« Um meine Worte unter Beweis zu stellen, kniete ich mich vor Hampton und durchschnitt wie zuvor bei Franklin mit dem Messer seine Kehle. Sein Schrei erstarb in einem Gurgeln, das Malcolm am anderen Ende der Leitung sicher hören konnte. »Tut mir leid. Ich nehme an, dass Sie die Polizei gerufen haben, als Sie versuchten, mich hinzuhalten, daher konnte ich keine Zeit verschwenden.«

Sein Schweigen bestätigte meinen Verdacht.

»Es war schön, wieder einmal mit Ihnen zu plaudern, aber ich muss jetzt wirklich Schluss machen. Aber machen Sie sich keine Sorgen. Wir sehen uns bald wieder. Und Assad auch.« Ich beendete das Gespräch und steckte das Handy in meine Tasche.

Hampton starrte mich mit glasigen Augen an. Er würde jeden Moment sterben.

»Du hattest einen schlimmeren Tod verdient«, sagte ich frustriert.

Ich drehte mich um und entdeckte Amara, die mich von der Tür aus beobachtete. Sie hatte immer noch mein Jackett um ihre Schultern gelegt und umschloss mit der Hand den Türgriff, wobei ihre Fingerknöchel weiß hervortraten. »Ich … ich …« Sie zitterte am ganzen Körper und ihre Lippen bebten.

Ich ging auf sie zu und zog sie in meine Arme, wobei ich darauf achtete, sie nicht mit dem blutigen Dolch zu berühren. »Es ist alles in Ordnung, Schätzchen.«

Wir hatten wirklich keine Zeit zu verlieren, denn die Polizei war auf dem Weg hierher, doch in ihrem jetzigen Zustand konnte ich sie nicht einfach von hier wegzerren.

Sie brach zusammen und zitterte wie Espenlaub, während sie etwas von Selbstverlust, Angst und Versagen faselte.

»Du hast nicht versagt«, versicherte ich ihr. »Es erfordert eine unglaubliche Stärke, überhaupt in diesem Raum zu stehen, Amara. Das hat sicher nichts mit Versagen zu tun.« Ich warf einen Blick auf meine Armbanduhr und zuckte zusammen. »Kätzchen, du musst jetzt die Kämpferin in dir wachrufen, die dir heute Abend erlaubt hat, voller Selbstvertrauen in diesen Ballsaal zu schreiten. Wir müssen von hier verschwinden.«

Wir hatten keine Zeit, den Tatort zu säubern oder unsere Anwesenheit zu vertuschen. Uns blieb keine andere Möglichkeit, als die Flucht zu ergreifen.

Glücklicherweise hatten wir die ganze Zeit über Masken getragen.

Leider würden Amaras Fingerabdrücke überall in diesem Raum zu finden sein, und wahrscheinlich auch die Abdrücke unzähliger anderer Frauen. Vielleicht sogar auch von Männern. Ich hatte jedoch nur sie, meine Klingen und Hamptons Handy berührt und würde die Gegenstände mitnehmen.

»W-wie bitte?«, murmelte sie und zog den Kopf zurück, um mich anzusehen. Ihre Augen waren gerötet, weil sie geweint hatte.

»Die Polizei ist auf dem Weg hierher«, flüsterte ich. Obwohl ich schon früher mit solchen Problemen zu kämpfen hatte, würde ihre Anwesenheit die Sache erschweren. »Denkst du, du schaffst es zu gehen?«

»Ich ... ich ... ja.« Sie schluckte und schüttelte den Kopf, wobei ihr Blick sich zu klären schien. »Ja, natürlich.«

Ich sah mich um und hielt Ausschau nach weiteren Beweisen für unsere Anwesenheit. Amara hatte ihre Kleidung, Schuhe, Handtasche und mein Jackett. Ich kehrte zu Hampton zurück und wischte meinen Dolch an seinem Jackett ab, so gut ich konnte, bevor ich auch das andere Wurfmesser säuberte. Dann steckte ich die Klingen mit seinem Handy in die Tasche und ergriff Amaras Hand. Sie klammerte sich an mich, als hinge ihr Leben davon ab. Als ich sah, wie blass sie war, befürchtete ich, sie könnte erneut in diesen katatonischen Zustand verfallen.

Ich zog sie zur Tür und packte dann den Ärmel meines Jacketts über ihrem Arm. Ich schloss damit die Tür auf und drehte den Knauf, um keine Fingerabdrücke zu hinterlassen, und spähte in den Flur hinaus.

Stille.

Höchstwahrscheinlich war die Polizei schon fast am

Eingangstor, welches durch all die geparkten Wagen der Gäste blockiert sein würde.

Ich war dankbar, dass der Maskenball derart gut besucht war.

»Lass uns gehen«, sagte ich, führte Amara in den Korridor und benutzte meinen provisorischen Handschuh, um die Tür zu schließen. Dann ergriff ich wieder ihre Hand, um mit ihr zurück in Richtung Party zu gehen.

Wir sagten beide kein Wort.

Bis wir das Haupthaus erreichten, in dem reges Treiben herrschte.

Die Polizei war eingetroffen.

Ich überlegte nicht lange und zog Amara in eine Nische und ergriff ihre Hände. »Vertraust du mir?«, fragte ich und durchbohrte sie mit einem Blick.

Ich konnte ihre Antwort in ihren Augen lesen, bevor sie sagte: »Ja.«

»Gut. Ich werde dich jetzt küssen. Falls uns jemand anspricht, dann tu so, als wärst du betrunken und benommen.« Ich schlang eine Hand um ihren Nacken und hielt sie fest. »In Ordnung?«

Sie nickte hastig, und ich spürte ihren Atem auf meinen Lippen.

Nachdem sie in der Folterkammer gerade in einen Schockzustand verfallen war, sollte ich sie nicht küssen, doch es war die beste Möglichkeit, um uns ein Alibi zu verschaffen.

Ich presste meine Lippen auf ihren Mund, wobei ich darauf achtete, nicht meine ganze aufgestaute Frustration und Aggression in den Kuss einfließen zu lassen. Es würde ausreichen, sie sanft und zärtlich zu liebkosen, um einen eventuellen Zuschauer zu täuschen. Vor allem da Amara dieses atemberaubende Kleid trug.

Sie erwiderte meine Umarmung und küsste mich zaghaft, während sie sich in meine Taille krallte. Für gewöhnlich war ich nicht derart beherrscht, doch sie brauchte im Moment meine Zurückhaltung. Nach allem, was sie durchgemacht hatte, verdiente Amara einen Mann, der gut zu ihr war, sie wertschätzte und ihr ein normales Leben ermöglichte.

Doch ich war sicher nicht dieser Mann.

Ich hatte ein Faible für Gewalt, Blut, Rache. Ich liebte das Chaos und genoss es, Männern wie Hampton und Franklin Schmerzen zuzufügen.

Ich verdiente meinen Lebensunterhalt damit, Menschen ihrer gerechten Strafe zuzuführen.

Amara brauchte eine Zukunft fernab von dieser Welt. Weit weg von mir.

Sie biss mir so fest auf die Unterlippe, dass ich aufsah und in die Augen der Kriegerin blickte, die ich so sehr verehrte. »Küss. Mich.«

»Das tue ich.«

Sie schüttelte den Kopf und vergrub ihre Fingernägel noch tiefer in meiner Taille, während ihre Pupillen sich verengten. »Es ist anders als sonst.«

Ja, denn ich wollte sie nicht verletzen. »Amara ...«

»Ich *will*, dass du mich berührst«, sagte sie mit einem flehenden Unterton in der Stimme, der mich überraschte. »Bitte, Killian. Ich bin nicht gebrochen. Ich will dein Mitleid nicht. Du musst mir beweisen, dass ich nicht ... *Bitte*. Ich bin nicht ...« Sie verstummte und hob den Kopf, um mich erneut zu küssen. Zögernd. Sanft. Flehend.

Ich öffnete verwirrt den Mund und erlaubte ihr, das Kommando zu übernehmen. Sie glaubte, ich hätte Mitleid mit ihr und dächte, sie wäre gebrochen?

Nein.

Sie war eine der stärksten Frauen, denen ich je begegnet war. Ihr Überlebenswille berauschte mich und weckte in mir das Verlangen, ihr nahe zu sein. Amara überraschte mit ihren unerwarteten Reaktionen immer wieder aufs Neue und brachte mich jedes Mal aus dem Konzept.

Genau wie jetzt. Als ich ihrer Aufforderung nicht sofort nachkam, biss sie mich strafend in die Unterlippe. Sie wölbte sich mir entgegen und schlang die Arme um meinen Nacken, um mich an sich zu ziehen, wobei mein Jackett zu Boden fiel. Sie machte ihren Anspruch geltend und nahm mich in Besitz.

Ich hatte uns nur ein Alibi verschaffen wollen, doch plötzlich war mehr daraus geworden.

Amara war verletzt.

Und sie brauchte mich.

Scheiß auf die Zärtlichkeit.

Sie wollte Leidenschaft.

Die Vereinigung von Schmerz und Lust.

Sie wollte daran erinnert werden, wie *gut* sie sich fühlen konnte.

Ich verwob meine Finger in ihrem Haar und neigte ihren Kopf zurück, um ihr zu geben, was sie von mir verlangte. Sie stieß ein Wimmern aus.

Ja.

Sie war verletzt und in die Vergangenheit zurückversetzt worden. Jetzt lag es an mir, sie in die Gegenwart zurückzuholen und ihr die Zukunft zu zeigen.

All meine Vermutungen darüber, was sie brauchte, waren falsch gewesen.

Denn sie brauchte mich.

Genau jetzt.

Genau hier.

Ich küsste sie noch leidenschaftlicher, wobei ihr Stöhnen mich immer weiter antrieb. Ich presste sie gegen die Wand und gab ihr alles, was sie wollte. Sie ließ ihre Fingernägel an meiner Taille auf und ab gleiten und wanderte dann mit den Händen an meine Hüfte, um mit flinken Fingern meinen Gürtel zu öffnen.

Ich sollte sie aufhalten, flüsterte mir eine innere Stimme zu, die das Gute in mir repräsentierte.

Doch der dunklere Teil meiner selbst, der mit meinem pochenden Schwanz verbunden war, setzte sich über meinen gesunden Menschenverstand hinweg und ermutigte sie.

»Killian«, keuchte sie und wölbte sich mir wieder entgegen. Mit einer Hand packte ich noch immer ihr Haar, während ich die andere an ihre Hüfte gleiten ließ. Ihr Kleid war an beiden Seiten bis zur Mitte ihrer Oberschenkel geschlitzt, sodass es ein Leichtes war, meine Hand an ihr Geschlecht zu pressen.

»Sag mir, was du willst«, flüsterte ich. Ich warf sämtliche Bedenken über Bord und ignorierte das Chaos, das auf dem Flur hinter uns ausgebrochen war. Ich konnte nur noch an Amara denken.

»Ich will dich«, sagte sie und zog den Reißverschluss meiner Hose auf. »In mir.«

Verdammt. Es war so falsch.

Ausgerechnet hier.

Nach allem, was geschehen war.

Doch ich war machtlos gegen sie und nicht imstande, sie aufzuhalten, als sie eine Hand auf die Wölbung unter meinen Boxershorts presste.

Amara brauchte mich.

Sie verhalf meinem Schaft zur Freiheit, umschloss ihn mit einer Hand und streichelte ihn verführerisch. »Bitte, Killian«, sagte sie stöhnend. »Fick mich. Bring mich zu dir zurück. Erinnere mich daran, wo ich stehe und *wer* ich bin.«

Diese Frau würde mich noch umbringen.

Aber ich würde als glücklicher Mann sterben.

Sie sank auf die Knie, umschloss meinen Schwanz mit ihrem Mund und saugte daran. Ich stieß einen Fluch aus und stützte mich mit einem Arm an der Wand ab, um nicht vornüberzukippen. »Amara ...« Mit der anderen Hand packte ich noch immer ihr Haar und drängte sie, mich weiter zu verwöhnen.

Ich war ein schrecklicher Mensch.

Ein Ritter mit einem dunklen Herzen.

Aber es war mir völlig egal, solange sie mit ihren hübschen Lippen meinen Schaft umschloss und daran saugte.

Verdammt, sie war unglaublich.

Aber ich wollte in ihr sein. Ich wollte ihre enge Muschi um mich herum spüren, während ich sie hart, lange und tief fickte.

Ich zog sie nach oben und entlockte ihr damit ein protestierendes Stöhnen, doch ich brachte sie zum Schweigen, indem ich meinen Mund auf ihre Lippen presste. Ich raffte das Kleid um ihre Hüften, bevor ich überhaupt darüber nachdenken konnte, was ich tat.

Sie trug kein Höschen.

Ich könnte diese Frau lieben.

»Schling die Schenkel um meine Taille, Kätzchen«, forderte ich und hob sie hoch.

Sie wölbte mir ihr feuchtes Geschlecht entgegen, als ich mit einem heftigen Stoß in sie eindrang. Sie fühlte sich so gut an, dass ich beinahe auf der Stelle gekommen wäre. Ich presste meine Stirn an ihre. Ich wollte, dass sie mit mir zusammen über den Rand der Ekstase fiel. Ich wollte ihre pulsierende Muschi um meinen Schwanz spüren.

»Es wird nicht gerade sanft werden«, warnte ich sie.

»Gut.« Sie schob mir ihr Becken entgegen, woraufhin ich noch tiefer in sie eindrang. Sie krallte sich in mein Haar und verschlang meinen Mund mit einer animalischen Leidenschaft. Ich gab meinem Impuls nach und nahm sie so, wie ich es begehrte, während sie jeden Stoß meiner Hüfte willkommen hieß.

Sie zitterte, zerkratzte mir die Kopfhaut und biss mir in die Lippe, während sie wie berauscht war. Ich versuchte, sie zu zügeln, doch dann ließ ich mich mit Haut und Haaren fallen und erwiderte ihre Leidenschaft.

Jedes Mal wenn ich ein Leben nahm, durchströmte mich das Adrenalin. Amara nährte sich daran und saugte es in sich auf, während ich sie gegen die Wand fickte. Wenn die Polizei uns jetzt unterbrechen würde, würde ich die Beamten allein aus Prinzip töten. Meine Frau sehnte sich nach Erlösung und ich würde sie ihr ungeachtet unseres Publikums geben.

Sie keuchte und ihr Herz pochte im Takt mit meinem, während wir die explosive Energie zwischen uns schürten.

»Mehr«, wimmerte sie, während mir das Blut aus der Unterlippe und übers Kinn rann. »Mehr, Killian.«

Ich wusste, dass ich meine Messer nicht ziehen sollte, also benutzte ich meine Hände. Ich balancierte sie nur mit meiner Hüfte gegen die Wand, umfasste durch den dünnen Stoff ihres Kleides ihre Brüste und kniff unsanft in ihre steifen Brustwarzen. Sie stöhnte beifällig auf und erschauderte.

Ihr Verlangen nach Schmerz steigerte meine Begierde und trieb mich immer weiter dem Höhepunkt entgegen.

Ich stieß noch schneller in sie hinein, als sie mir noch einmal in die Unterlippe biss und dann mit den Zähnen zu meinem Ohrläppchen wanderte. Ich kniff ihr in die Brustwarzen, bevor sie mich wieder beißen konnte, und entlockte ihrer Kehle ein wunderbares Stöhnen. Im nächsten Moment wurde sie von der Welle der Ekstase mitgerissen und stieß meinen Namen mit einem Knurren aus, während ihr Geschlecht um meinen Schwanz herum pulsierte.

»Verdammt«, stieß ich hervor. Ich packte ihr Haar und presste meine Lippen auf die ihren, als auch ich zum Höhepunkt kam. Ich wurde von Schmerz und Verzückung durchströmt und meine Beine zitterten, als ich mich ganz und gar in ihr ergoss. Sie nahm mich in sich auf, während sie mich leidenschaftlich küsste. Jedes Erlebnis mit ihr war intensiver als zuvor.

Ich bebte und keuchte, während sie mich noch immer begierig verschlang. Sie schien regelrecht hungrig nach *mir* zu sein.

Doch ich wusste, dass wir dem ein Ende bereiten und von hier verschwinden mussten. Wir könnten jeden Moment entdeckt werden, doch zumindest wäre unser Alibi jetzt nicht mehr nur ein Vorwand.

»Amara, Schätzchen«, flüsterte ich und brachte sie in die Realität zurück.

Sie schüttelte den Kopf und vergrub ihre Fingernägel noch tiefer in meinem Nacken, denn sie weigerte sich, wieder zurück auf die Erde zu schweben. Ich zog meinen Schaft langsam aus ihr heraus und war einen Moment lang verwirrt, bis mir klar wurde, dass ich in meiner Eile vergessen hatte, ein Kondom überzustreifen.

Verdammt.

Das war neu.

Doch im Grunde war dieser ganze Abend neu.

Ich hatte mich von einer Frau zu einem Attentat begleiten lassen.

Ich hatte die Morde vermasselt, weil ich mich von ihrem emotionalen Zustand hatte ablenken lassen.

Und jetzt hatte ich sie gegen eine Wand gefickt, statt mich auf den Tumult im Korridor zu konzentrieren.

Wir mussten von hier verschwinden, bevor ich noch einen weiteren Fehler beging und womöglich ein Geständnis ablegte und mich in einer Gefängniszelle wiederfand.

Ich setzte sie auf dem Boden ab, während ich mir den Reißverschluss zuzog. Unsere zerzausten Haare und zerknitterte Kleidung würden uns bei unserer Flucht zugutekommen.

Es war offensichtlich, was wir in der Nische getan hatte. Und wenn ich es richtig anstellte, würden die Leute hier annehmen, dass wir uns im betrunkenen Zustand dazu hatten hinreißen lassen. Ich zerzauste mein Haar noch etwas mehr, lockerte meine Krawatte und zog meinen Gürtel nachlässig an. Dann betrachtete ich Amara, deren Kleid noch immer zu ihrer Hüfte hochgezogen war, während ihre kastanienbraunen Strähnen ihr lose über die Schultern hingen. Durch ihre Maske warf sie mir einen verträumten Blick zu und ich konnte das Lächeln in ihren blaugrünen Augen erkennen.

»Das hat dir wohl gefallen?«, murmelte ich.

»Ich will mehr«, erwiderte sie.

»Tatsächlich?« Ich legte eine Hand auf ihre Muschi und benetzte meinen Finger mit einer Mischung aus meinem Sperma und ihrem Körpersaft. Dann hob ich ihn an ihre Lippen. »Leck ihn sauber.«

Sie öffnete den Mund und tat, wie geheißen. Sie ließ ihre Zunge über meinen Finger gleiten und sah mir dabei die ganze Zeit über in die Augen.

Meine Amara war zu mir zurückgekehrt. Vor mir stand wieder die wollüstige Kriegerin mit einem unvergleichlichen Selbstbewusstsein.

Ich war verdammt froh, sie zu sehen.

Mit einem Plopp zog sie meinen Finger aus ihrem Mund. »Danke, Sir.« Bei den Worten regte sich etwas in meinem Unterleib und ich hätte sie am liebsten gleich noch einmal gefickt. Doch am Ende siegte die Vernunft und ich zog ihr das Kleid hinunter, damit sie nicht ganz so unanständig wirkte.

Ihr lusttrunkener Blick und ihre geschwollenen Lippen ließen keinen Zweifel daran, was wir gerade getan hatten.

Niemand würde uns entdecken.

Die Polizisten müssten nur einen Blick auf uns werfen und würden uns sofort entschuldigen.

Ich bückte mich, um meine Jacke aufzuheben, legte sie wieder über ihre Schultern und steckte ihre Clutch in die

Innentasche, damit niemand auf die Idee kommen würde, sie zu durchsuchen.

»Dann wollen wir dich mal nach Hause bringen.« Aber wir würden nicht zu Powells Anwesen zurückkehren, sondern uns an einem meiner Zufluchtsorte verstecken. Malcolm und Assad würden jetzt auf dem Weg in die Staaten sein, und ich hatte nicht vor, ihnen die Suche nach uns leicht zu machen.

»In Ordnung«, stimmte sie zu. In ihrer Stimme schwang ein Lächeln mit, das mich auf unerklärliche Weise beruhigte.

Ich bin dafür verantwortlich.

Ich habe sie aus diesem Zustand geholt.

Amara brauchte keine Normalität.

Sie brauchte mich.

Und diese Erkenntnis erfreute mich.

Ich verzog die Lippen zu einem Lächeln und hatte ein Funkeln in den Augen, als ich sie auf den Korridor hinausführte. Wie berauscht taumelten wir über den Marmorboden, während sie ihren Arm mit dem meinen verhakte. Die Messer befanden sich immer noch in meinen Taschen und das Gift und das Ketamin waren in ihrer Clutch, die ich in meinem Jackett versteckt hatte.

Doch niemand kam auf die Idee, uns zu befragen, denn die Polizisten warfen nur einen Blick auf uns und sahen mit einem Ausdruck des Missfallens durch uns hindurch. *Wenn sie nur wüssten.*

Wir schlängelten uns durch die Schaulustigen, von denen die meisten ihre Masken verwirrt abgenommen hatten, und gaben vor, die Männer in Uniform gar nicht zu bemerken. Ein oder zwei von ihnen versuchten, uns Fragen zu stellen, aber meine unzusammenhängenden Antworten veranlassten sie dazu, uns durchzuwinken.

Wir hatten noch einmal Glück und alles in allem war es ein gelungener Abend.

Und zudem aufschlussreich.

Amara war noch nicht bereit, sich ihren Feinden zu stellen. Ich könnte sie alle ohne ihre Hilfe ausschalten, doch dann würde sie nicht mit ihrer Vergangenheit abschließen können.

Aber ich hatte einen Plan. Devereaux würde er sicher nicht gefallen, aber in diesem Fall hatte er kein Mitspracherecht. Nicht mehr.

Das hier war eine Sache zwischen Amara und mir.

Und den Menschen, die ihr Unrecht getan hatten.

Wir würden sie alle gemeinsam töten, sobald meine Partnerin bereit dazu war.

KAPITEL 19

AMARA

Fünf Wochen später ...

»Sieh es doch mal so, Devereaux. Auf diese Weise verschaffe ich dir Zeit, um ein höheres Gebot einzuholen.« Ich folgte Killians Stimme ins Wohnzimmer, in dem er auf der Couch saß und die Wellen betrachtete, die an den Strand brandeten.

Wir hatten etwas mehr als einen Monat hier an der Küste von Virginia verbracht und er hatte mir geschworen, dass uns niemand hier je finden würde. Da der Frühling nahte, trudelten nach und nach ein paar Touristen ein, doch ansonsten blieb es ruhig.

Während der ersten Woche hatte ich immer wieder einen Blick über die Schulter geworfen und erwartet, Malcolm hinter mir zu erblicken, doch offenbar wussten nicht einmal Killians engste Freunde von diesem Haus. Er hatte den Ort vor allen geheim gehalten und zog sich hierher zurück, wenn er dem Rest der Welt aus dem Weg gehen wollte.

Er hatte mich zwar nur der Umstände wegen in sein Versteck eingeladen, doch er schien sich nicht an meiner

Anwesenheit zu stören. Wenn überhaupt, schien er sie zu genießen.

»Ich weiß«, sagte er ins Handy. Er streckte einen Arm nach mir aus, damit ich mich zu ihm auf die Couch setzte. Die Geste ließ mein Herz höherschlagen. Killian wusste immer, wenn ich in seiner Nähe war, selbst wenn ich mich von hinten an ihn heranschlich.

Ich ließ mich neben ihm auf dem Sofa nieder und schmiegte den Kopf an seine Schulter, als er ein Schnauben ausstieß. »Ich würde sagen, dass ich nach zehn Jahren astreiner Arbeit einen Kurzurlaub verdient habe, Clement. Außerdem wird es dir ein Vermögen einbringen, wenn ich mit der Liste fertig bin.«

Ich konnte die tiefe Stimme seines Chefs am anderen Ende der Leitung hören, doch ich konnte nicht verstehen, was er sagte.

»Ja, ich bin mir der Gerüchte bewusst«, erwiderte Killian. »Falls ich mich entschließe, etwas dahingehend zu unternehmen, wirst du der Erste sein, der es erfährt.«

Sein Chef sagte wieder etwas.

»Ich weiß, wie ich meinen verdammten Job zu machen habe. Ich werde ihn beenden, wenn ich bereit dazu bin.« Killian verstummte, als der andere Mann etwas einwarf. »Das weiß ich zu schätzen. Ja.« Er stieß ein raues Lachen aus. »Du hast recht, es ist mir egal.«

Es folgte unverständliches Gemurmel, dann legte Killian das Handy beiseite. Offenbar hatte Devereaux aufgelegt, ohne sich zu verabschieden. »Ist er wütend?«, fragte ich. Ich wollte den Mann, den Killian als seinen Chef betrachtete, nicht verärgern.

»Clement Devereaux wird nie wütend, denn dafür müsste er Gefühle haben.« Er lehnte den Kopf zurück und stieß einen Seufzer aus. »Aber er will, dass ich diesen Job zu Ende bringe. Das Positive daran ist, dass ich offiziell grünes Licht habe, Clarissa und Geoff Rose auf unsere Liste zu setzen. Wir hätten sie zwar auch ohne seine Erlaubnis umgebracht, aber jetzt wird er zumindest davon profitieren.«

»Wann?«, fragte ich.

Nach dem Vorfall in Charlotte hatte er alle unsere Pläne auf Eis gelegt. Zu Anfang hatte ich mich darüber geärgert und ihm versichert, dass es nur ein kleiner Rückschlag gewesen war. Ich hatte ihm vorgeworfen, mich wie ein kleines Kind zu behandeln. Doch nach längerem Überlegen war mir klar geworden, dass er recht damit hatte, noch zu warten.

Ich war auf dem Anwesen der Hamptons wie erstarrt gewesen. Meine Erinnerungen waren von allen Seiten auf mich eingestürmt und hatten mich in einen Zustand versetzt, in dem ich mich »sicher« fühlte. Killian hatte mich davon befreit, als er Franklin getötet hatte. Dennoch hatte ich danach noch einige Minuten gebraucht, um das Geschehene zu verarbeiten. Für mich war es ganz natürlich gewesen, mich in die Tiefen meines Verstandes zurückzuziehen und jegliche Schmerzen zu verdrängen, dich ich mit diesem schrecklichen Ort in Verbindung brachte.

Ich bedauerte den Rückfall nicht, sondern hatte ihn als eine Lektion akzeptiert, aus der ich lernen konnte.

Killian war ein geduldiger Lehrer, doch er konnte auch streng sein, wenn er spürte, dass ich es brauchte. Unter seiner Anleitung fühlte ich mich fast bereit, mich allem zu stellen.

Fast.

»Bald«, antwortete er und drückte mein Knie. Er konnte es genauso wenig erwarten wie ich, die Schuldigen zur Strecke zu bringen, doch er wusste auch, dass ich in der richtigen Verfassung sein musste, um ihm zu helfen. Statt alles allein zu bewältigen, wartete er auf mich. Ich hatte das unbestimmte Gefühl, dass die Situation zwischen uns völlig neu für ihn war.

Allerdings hatte ich ihn in den letzten beiden Monaten

recht gut kennengelernt, und so bemerkte ich nun auch das Zucken seiner Kiefermuskeln. Es verriet mir, dass Devereaux etwas gesagt hatte, was ihn beunruhigte.

»Was sind das für Gerüchte, die Devereaux erwähnt hat?«, fragte ich ihn.

Killian stieß leise den Atem aus, während er mit dem Daumen ein Muster auf meinem Oberschenkel nachzeichnete. »Eine weitere Auktion«, gestand er schließlich. »Devereaux hat es über seine Informationskanäle erfahren, genauso wie Raven.«

Ich dachte darüber nach, wie viel Zeit seit dem Maskenball vergangen war.

Killian hatte erwähnt, dass kurz danach eine Auktion stattgefunden hatte. Ich war wütend gewesen, als er sich geweigert hatte, etwas zu unternehmen. Mittlerweile hatte ich erkannt, dass es das Beste gewesen war.

In meinem Inneren lauerten Dämonen und riefen eine Dunkelheit in mir wach, die ich auf eine gesunde Art und Weise austreiben musste – wie zum Beispiel im Bett mit Killian. Ich hegte außerdem ein tief sitzendes Bedürfnis nach Rache, das endlich entfesselt werden wollte. Dennoch musste es unter kontrollierten Umständen geschehen, andernfalls würde ich erneut in einen katatonischen Zustand verfallen.

Mittlerweile konnte ich jedoch die Vorzeichen einschätzen und wusste, wann ein Anfall bevorstand. Und mit Killians Hilfe lernte ich, diese Reaktionen zu überwinden. Ich vertraute darauf, dass ich die Vergangenheit hinter mir lassen und mich auf die Zukunft konzentrieren konnte.

Die Schrecken würden mich nie ganz loslassen. Aber sie gaben mir einen Grund, mich dagegen zu wehren, und belebten meinen Kampfgeist. Es machte mich stärker, wenn ich mich mit meinen Albträumen auseinandersetzte und meine Erfahrungen zu Waffen umformte und sie schärfte.

»Sie veranstalten in der Regel eine Auktion pro Monat«,

sagte ich schließlich. »Ausgehend von dem, was ich darüber weiß, würde es zeitlich passen.«

Er nickte. Ein ferner Ausdruck trat in seine Augen und er strahlte eine Wut aus, die ich bis in die Tiefen meiner Seele spürte.

»Du willst sie gleich zur Strecke bringen«, sagte ich, denn ich kannte dieses abgebrühte Schimmern in seinen Augen. »Wann soll die Auktion stattfinden?«

»Nächstes Wochenende«, antwortete er und legte einen Arm um meine Schultern. »Aber wie du schon sagtest, wird es noch weitere geben. Wir können uns also Zeit lassen und alles in Ruhe planen.«

»Während noch mehr unschuldige Mädchen verkauft werden«, erwiderte ich und schüttelte den Kopf. »Du weißt, dass ich das nicht zulassen kann.« Im Gegensatz zum letzten Mal, als wir diese Unterhaltung geführt hatten, war mein Verstand mittlerweile klarer und mein Herz befreiter. »Ich bin fast bereit, Killian.«

»*Fast* ist nicht gut genug.«

»Aber wir haben noch eine Woche Zeit. Vielleicht können wir bis dahin ...« Ich zuckte mit den Schultern. »Du bist doch derjenige, der immer alles planen will, also lass uns zwei mögliche Strategien entwickeln. Die erste für den Fall, dass ich tatsächlich bereit sein werde, und die zweite, falls ich es nicht bin. Es kann schließlich nicht schaden zu üben, nicht wahr?« Ich stieß ihm mit dem Ellbogen in die Seite und wusste, dass er meine Wortwahl sicher zu schätzen wusste.

Er warf mir einen Blick aus dem Augenwinkel zu. »Es hat den Anschein, als würdest du mir tatsächlich zuhören, Kätzchen.«

Ich verzog die Lippen zu einem Lächeln. »Nun, du hast mir einmal gesagt, dass du eine Unterhaltung als Vorspiel erachtest, also höre ich dir immer aufmerksam zu, wenn du etwas zu sagen hast.«

Er lachte und zog mich auf seinen Schoß, um mit seiner Nase die meine zu liebkosen. Die Geste war Ausdruck einer Vertrautheit, die neu für uns beide war. Killian hatte mir verraten, dass er sich von Beziehungen fernhielt, was er seinem Job zu verdanken hatte. Doch in unserem Fall lagen die Dinge anders.

Ich wusste alles über ihn, auch wenn ich es eigentlich nicht sollte. Und er verstand mich wie kein anderer.

Momentan verharrten wir in diesem Zustand, ohne über unsere Absichten oder die Zukunft zu sprechen. Wir lebten für den Moment und gingen jeden Tag nach dem anderen an. Es gefiel mir. Ich war glücklich. Am liebsten hätte ich die Zeit angehalten.

Dennoch hatte ich meine Worte ernst gemeint. Ich konnte nicht zulassen, dass Geoff und Clarissa das Leben weiterer Mädchen zerstörten. Vor allem nicht, da ich endlich die Möglichkeit hatte, sie auszuschalten.

Ich war es den anderen Opfern schuldig, dem Grauen ein Ende zu bereiten.

Ich war es mir selbst schuldig, Rache zu üben.

Sobald die Zeit reif war, würde ich zur Tat schreiten. Und mein Instinkt sagte mir, dass diese Zeit jetzt gekommen war.

Ich konnte nicht für immer in dieser Utopie mit Killian verharren. Irgendwann würden wir sie verlassen und uns den Monstern aus meiner Vergangenheit stellen müssen, um sie ein für alle Mal zu vernichten.

Killian durchbohrte mich mit einem Blick, als wir schweigend eine Übereinkunft trafen. Dann seufzte er und nickte. »Also gut. Aber wir werden den nächsten Schritt erst einleiten, wenn wir beide der Meinung sind, dass du bereit bist.«

Ich musterte ihn und wusste, dass er mich nie zu seinem persönlichen Vorteil zurückhalten würde. Er würde mich fliegen lassen, wenn er glaubte, dass die Zeit reif war. Er glaubte nicht daran, andere Menschen einzuschränken, sondern half ihnen, zu wachsen und aus eigener Kraft zu überleben.

Killian Bedivere sah sich selbst nicht als einen Helden. Doch ich kannte die Wahrheit. Ich kannte *ihn*, meinen tödlichen Ritter, der mich ermutigte und bestärkte und mir beibrachte, meinen Geist in eine Waffe zu verwandeln. Er vertraute mir seine Geheimnisse an, um mir einen Einblick in seine Welt der Gefahren zu gewähren und mich gleichzeitig vor ihr zu schützen.

Dieser Mann behauptete vielleicht, kein guter Mensch zu sein, und nach herkömmlichen Maßstäben war er das wahrscheinlich auch nicht. Doch in meinen Augen war er ein guter Mensch. Und dafür bewunderte ich ihn umso mehr.

»Wir werden den nächsten Schritt erst einleiten, wenn wir beide der Meinung sind, dass ich bereit dazu bin«, wiederholte ich seine Worte. Killian hatte in den letzten zwei Monaten alles in seiner Macht Stehende getan, um mich zu stärken, und würde auch jetzt nicht damit aufhören. Ich vertraute seiner Meinung ebenso, wie er der meinen vertraute.

Er packte meine Hüften. »Dann schlage ich vor, wir gehen an den Strand, um eine Runde zu trainieren.«

»Du willst mir doch nur wieder die Kleider vom Leib reißen.« Denn das geschah jedes Mal, wenn wir miteinander kämpften. Seine Fähigkeiten übertrafen meine bei Weitem, obwohl er behauptete, ich verfügte über eine schnelle Reaktionsfähigkeit, die ihn forderte. Nichtsdestotrotz landete er jedes verdammte Mal auf mir und entledigte mich meiner Kleider.

»Natürlich.« Er liebkoste mein Kinn. »Es motiviert mich, dir das Kämpfen beizubringen, Amara. Du weißt doch, wie gern ich meine Hände über deinen Körper gleiten lasse.«

»Sicher.« Ich legte meine Hände auf seine Brust. »Aber für gewöhnlich berührst du mich mit deinen Messern.«

»Nur um die Kleidung zu entfernen, die meinen Händen im Weg ist«, erklärte er mit einem Grinsen.

Ich zog eine Augenbraue in die Höhe. »Dann erkläre mir doch die Wunden auf meinen Brüsten.«

»Ich war erregt.«

»Und auf den Innenseiten meiner Oberschenkel?« Mich durchfuhr ein wohliger Schauer, als ich an die winzigen Schnittwunden dachte, die er mir gestern Abend zugefügt hatte, bevor er mich über eine Stunde lang mit dem Mund verwöhnt hatte.

»Ich wollte dich nur reizen«, murmelte er, wobei er keinerlei Reue zeigte. Doch das musste er auch nicht, denn wir wussten beide, wie sehr ich es genoss.

»Eines Tages werde ich dich mit einer Klinge reizen. Dann werden wir ja sehen, wie es dir gefällt.«

»Oh, Amara.« Er fuhr mit den Fingern durch mein Haar, festigte seinen Griff und presste seine Lippen auf meine. »Dafür müsstest du mich schon überwältigen.«

»Das werde ich«, gelobte ich.

»Möglicherweise«, flüsterte er und küsste mich sanft. »Und jetzt solltest du mich nicht weiter ablenken. Wir haben Arbeit vor uns.«

»Ja, Sir«, neckte ich ihn, denn ich wusste, dass es ihm gefiel, wenn ich ihn so nannte. Der Titel schien zu ihm zu passen.

Sir Bedivere.

Mein dunkler Ritter.

Meine Version eines Helden.

Mein ... *Geliebter.*

KAPITEL 20

AMARA

Ich berührte die schwarze Federmaske, die sogar meine Wangenknochen und meine Stirn bedeckte, und erkannte mich in dem deckenhohen Spiegel kaum wieder. Die Frau, die mir entgegenstarrte, wirkte mit dem frisch gefärbten schwarzen Haar und den braunen Kontaktlinsen wie eine Fremde auf mich. Doch der Körper in dem figurbetonten Kleid war mir vertraut, genauso wie der Mann neben mir.

Killian trug einen schwarzen Anzug ohne Krawatte und eine passende Maske. Sie verhüllte mehr von seinem Gesicht als die, die er bei dem Maskenball getragen hatte, denn beim heutigen Abend ging es eher um die Verschleierung der eigenen Identität als darum, sich im Namen der Wohltätigkeit zu amüsieren.

Ich hatte das Gefühl, dass Jefferson das Motto seiner Gala als Reminiszenz an seinen engsten Kreis perverser Freunde gewählt hatte – die uns jetzt umgaben.

Killians Hand an meinem Rücken brannte förmlich auf meiner nackten Haut, da mein Kleid meine gesamte Wirbelsäule entblößt ließ. Eine solche Veranstaltung verlangte nach einer derart freizügigen Aufmachung, denn wir mussten uns anpassen — je verführerischer und eleganter, desto besser.

Er führte uns durch den mit Spiegeln ausgekleideten Eingangsbereich in einen der vielen Wohnbereiche in Clarissas und Geoffs Anwesen. In dieser Residenz in Massachusetts war ich aufgewachsen. In den oberen Stockwerken befanden sich die opulenten Räumlichkeiten, während sich darunter ein Verlies verbarg.

Ich hatte Killian einen detaillierten Grundriss des Anwesens gegeben und ihn darüber aufgeklärt, was uns heute Abend erwarten würde. Dann hatte seine Hacker-Freundin ein wenig gezaubert und uns auf die Liste der geladenen Gäste gesetzt.

Heute Abend waren wir Mr. und Mrs. Daggerington, ein frisch verheiratetes Paar, wobei Killian im Bereich Unternehmensfusionen und -übernahmen tätig war. Raven hatte ein paar Informationen über unsere düsteren Vorlieben im Schlafzimmer in unsere fabrizierte Vorgeschichte mit einfließen lassen, die gerade ausreichten, um Clarissa etwas in die Hand zu geben, womit sie uns erpressen könnte. Andernfalls hätte sie uns den Einlass nicht gewährt. Für sie zählte vor allem die Kontrolle über ihre angebotene Ware sowie die Klienten, die sie käuflich erwarben. Es war eine Sicherheitsmaßnahme, um ihr lukratives Geschäft zu schützen.

Das bedeutete, dass jeder in diesem Raum ein Perverser war.

Selbst wenn ich über ihre Vorlieben zuvor nichts gewusst hätte, hätte ich es daran erkannt, wie sie mit den Auktionsobjekten des heutigen Abends umgingen.

Die meisten Mädchen hatten Leibwächter, die dafür sorgten, dass die Gäste die strikten Regeln einhielten, laut derer sie die Objekte zwar betrachten, aber nicht anfassen durften.

Die übrigen Frauen hatten nicht so viel Glück. Sie ähnelten gebrauchten, retournierten Waren, die erneut zum Verkauf standen. Das bedeutete, dass sie von den Kunden im Saal als eine Art kranker Probelauf ausgeliehen und ausprobiert werden konnten, bevor die heutige Auktion begann.

Und einige nutzten diese Testphase in diesem Moment.

Die Mädchen wurden von Männern umzingelt und wurden zu unaussprechlichen sexuellen Handlungen gezwungen, bei denen sich mir der Magen umdrehte.

Ich war einmal so ein Mädchen.

Wobei es mir dabei nicht ganz so erbärmlich ergangen war. Ich wurde zwar auf ein paar solcher Partys herumgereicht, aber Clarissa hatte immer darauf bestanden, dass ich bekleidet blieb. Ich hatte zwar kaum etwas am Leib, doch es hielt die Männer immerhin davon ab, etwas in mich hineinzustecken. Wie zum Beispiel ihre Schwänze.

Ich zitterte. Dieser Ort barg zu viele Erinnerungen an mein früheres Leben. Ich wollte dieses Haus am liebsten niederbrennen und alles zerstören.

Um nie wieder diese Schreie zu hören, oder die Würgelaute ...
Scheiße.

Ich wurde von einer unheilvollen Vorahnung gepackt, die mich daran erinnerte, dass dies meine Zukunft unter Malcolms Herrschaft hätte werden können. Seine Privatpartys fanden für gewöhnlich nur mit einer Handvoll seiner Freunde in kleinerem Rahmen statt, doch wenn er meiner je überdrüssig geworden wäre, hätte ich ein ebensolches Schicksal erlitten.

Killian strich mit den Lippen über meine Halsschlagader. Er wusste stets, was ich dachte und wie er meine Reaktionen deuten musste. »Geht es dir gut, Kätzchen?«, flüsterte er mir ins Ohr.

Ich nickte. Mir war zwar elend zumute, doch ich hatte mich unter Kontrolle.

Die letzten beiden Monate mit ihm hatten mich so viel über mich selbst gelehrt. Ich war schon immer eine Kämpferin mit einem starken Überlebenswillen gewesen. Doch Killian hatte mir geholfen, diesen Willen zu einer tödlichen Waffe zu schärfen, die ich heute Abend zum Einsatz bringen würde.

Ich drehte mich um und sah zu ihm auf. Ich strich mit den Fingerspitzen über seine Wange und seinen Hals, um ihm zu verstehen zu geben, dass ich die Situation bewältigen würde und mich im Griff hatte. Er legte den Kopf schief und küsste die Kuppe meines Zeigefingers, wobei er die Lippen zu einem Lächeln verzog.

Trotz all der furchtbaren Laute, die den Raum erfüllten, ließ dieses Lächeln mein Herz vor Vorfreude höherschlagen. Heute Abend würde ich mich rächen.

Ich stellte mich in meinen zehn Zentimeter hohen Stilettos auf die Zehenspitzen und presste meinen Mund auf seinen. Für einen Außenstehenden würde es so aussehen, als wäre ich aufgrund der Geschehnisse im Raum erregt, doch Killian würde verstehen, was ich ihm mit dem Kuss sagen wollte.

Danke, dass du bei mir bist.

Ich schaffe das.

Vertrau mir.

Du bist meine Rettung.

Er ließ seine Zunge über meine Lippen und dann in meinen Mund gleiten und erdete mich mit jeder Liebkosung. Die Albträume meiner Vergangenheit waren hier allgegenwärtig, doch ich durchlebte sie nicht mehr.

Ich war aus eigener Kraft geflohen, hatte diesem

Auftragskiller die Stirn geboten und unseren ersten Tanz gewonnen. Nach dem zweiten hatte ich mich ihm hingegeben und bereute es keine Sekunde. Er vervollständigte mich auf ungeahnte Art und Weise und lockte die Kriegerin in mir hervor, damit ich meine Fähigkeiten verbesserte und gegen meine Dämonen ankämpfte.

Jetzt war es an der Zeit, meine Kriegerseele zu entfesseln und im Blut meiner Feinde zu baden.

Ich knabberte an seiner Unterlippe und lächelte. »Ich bin bereit.«

»Ich weiß«, murmelte er. »Wo ist dein Opfer?«

Er meinte Clarissa.

Um Geoff würden wir uns danach kümmern.

»Oben«, sagte ich, ohne mir die Mühe zu machen, nach ihr Ausschau zu halten.

Killian hatte wissen wollen, mit wie vielen Leuten wir es zu tun hatten, deshalb waren wir zuerst in den Wohnbereich gegangen. Es befanden sich etwa vierzig Gäste und etwa sechs oder sieben Auktionsobjekte in den Räumen, was dem Standard entsprach. Sie trugen Masken, um ihre Identität zu schützen, doch das war ohnehin nicht von Bedeutung. Sie alle waren zu sehr in ihren eigenen Perversionen vertieft, um den anderen Beachtung zu schenken, weshalb sie auch von uns keine Notiz nahmen. Darüber hinaus verließen sie sich auf die Sicherheitskräfte, die entschieden, wer eintreten durfte und wer nicht.

Im Obergeschoss verhielten sich die Dinge allerdings anders.

Dort würden wir sofort auffallen.

»Es erscheint mir unhöflich, dass die Gastgeberin bei ihrer eigenen Party nicht anwesend ist.« Er sprach mit gedämpfter Stimme, denn die Worte waren nur für meine Ohren bestimmt, doch niemand beachtete uns.

»Für ihre besten Kunden bietet sie spezielle Vorführungen

an.« Ich war mehr als einmal bei einer solchen Demonstration dabei gewesen und kannte das Verfahren gut. Der einzige Unterschied zwischen mir und den anderen war, dass es den Männern zwar erlaubt gewesen war, mich zu berühren, aber nicht zu ficken.

Killian strich mit seinen Lippen über meinen Mund und riss mich aus meinen Gedanken. »Schade, dass wir nicht eingeladen wurden.«

»Wir könnten uns bemerkbar machen, indem wir einfach mit der Tür ins Haus fallen.«

»Gute Idee, Kätzchen«, antwortete er. »Und es macht dir sicher nichts aus, falls ein paar von Clarissas wertvollen Kunden ins Visier geraten?«

»Oh, ich rechne sogar damit.« Killian hatte nicht nur Messer zu der Party mitgebracht, und ich konnte es kaum erwarten, ihn in Aktion zu sehen. »Aber da oben werden auch ein paar unschuldige Menschen sein.«

»Ich kann gut zielen«, versicherte er mir und küsste mich erneut. »Geh voraus.«

Ich ergriff seine Hand und zog ihn in den hinteren Teil des Wohnbereichs und weiter in einen Korridor, der zu einem der Esszimmer führte. Dahinter befand sich eine Küche, die nur für das Personal des Herrenhauses bestimmt war. Da die meisten der Bediensteten damit beschäftigt waren, Getränke und Horsd'oeuvres zu servieren, hielten sich nur einige wenige von ihnen hier auf.

Allerdings waren sie keine bezahlten Angestellten, sondern allesamt auf die eine oder andere Weise Sklaven. Sie waren Opfer, die es geschafft hatten, die verschiedensten Schrecken zu überleben, nur um dann in einer Küche zu schuften und die beiden Dämonen zu bedienen, die sie ruiniert hatten.

Es war ein furchtbarer Kreislauf, der ein Ende haben musste.

Die Bediensteten scherten sich nicht um uns. Sie waren viel zu gebrochen und hoben nicht einmal den Kopf, als wir an ihnen vorbeigingen. Daher stellte auch niemand Fragen, als ich die Tür zur Hintertreppe öffnete, die nur vom Personal des Anwesens benutzt wurde.

Killian folgte mir, denn es war nicht genügend Platz, um nebeneinander die Treppe hochzugehen. Wir erreichten eine Tür, die in einen weiteren Flur führte, als er mich am Handgelenk packte.

Ich warf einen Blick zurück und sah, wie er stirnrunzelnd auf sein Handy starrte.

»Was ist los?«, fragte ich im Flüsterton.

»Ich habe gerade eine wirklich merkwürdige Nachricht erhalten.« Er zeigte mir den Bildschirm.

K. Ehrlich. Ich muss dir von meiner Verabredung erzählen. Nicht zu glauben. Ein totaler Reinfall. Falls du mal eine Minute Zeit hast, ruf mich an. Aber keine Hektik. Lass dir Zeit. Läuft nicht weg. Einstweilen viele Grüße. – R Vögelchen

»R Vögelchen?«, wiederholte ich und runzelte die Stirn. Im nächsten Moment zog ich die Augenbrauen in die Höhe. »Raven.«

»Ja, aber ich weiß nicht, was zum Teufel sie mir damit sagen will.« Er wollte ihr gerade antworten, als er die Kiefermuskeln anspannte. »Oh. Oh, Scheiße.« Ich beobachtete, wie er den ersten Buchstaben eines jeden Satzes in eine neue Nachricht kopierte.

K – E.I.N.E.F.A.L.L.E. – R

Ich hatte keine Ahnung, wie er das so schnell hatte herausfinden können, doch verschlüsselte Nachrichten gehörten sicher zu seinem Job. Er ergriff meine Hand und zog mich mit gemessenen Bewegungen die Treppe hinunter.

Doch unten wartete ein vertrautes Gesicht auf uns.

Und mir gefror das Blut in den Adern.

Killian baute sich vor mir auf, als wollte er mich vor dem

Anblick meines ehemaligen »Verlobten« schützen. Doch als ich das klackernde Geräusch von Absätzen auf der Treppe hinter uns hörte, drehte ich mich um und sah mich mit einem weiteren Albtraum konfrontiert.

Clarissa richtete eine Pistole auf meinen Kopf, wobei sie mich auf die kurze Distanz sicher treffen würde. Leider war sie klug genug, mir nicht zu nahe zu kommen. Killian hatte mir einige Möglichkeiten gezeigt, jemanden zu entwaffnen, doch keine davon würde mir in dieser Position helfen.

Scheiße!

Taviv tauchte neben Malcom auf, stieß ihn zur Seite und richtete eine Waffe auf Killian. »Waffen her. Und zwar sofort«, befahl er mit einem autoritären Tonfall, der mir einen Schauer über den Rücken jagte.

»Oder sie stirbt«, fügte Clarissa hinzu.

»Also gut. Sie befinden sich alle in meinem Jackett«, sagte Killian, nahm langsam die Hände aus den Taschen und zeigte ihnen seine leeren Handflächen. Er streifte das Jackett ab und warf es auf den Boden, wo es mit einem dumpfen Aufprall vor Tavivs Füßen landete.

Damit wären wir unsere Waffen los.

»Die Schuhe auch«, verlangte Taviv.

Killian zog seine Schuhe aus und schob sie mit dem Fuß die Treppe hinunter. Dann zeigte er ihnen seine Socken. »Da ist nichts.«

»Komm hier runter. Und zwar langsam. Amara bleibt oben.«

Killian zuckte ganz entspannt mit den Schultern. Wie schaffte er es nur, so lässig zu bleiben? Hatte er noch ein Ass im Ärmel, von dem er mir nichts erzählt hatte? Denn in keinem unserer Pläne hatten wir einkalkuliert, von Malcom und Taviv überrascht zu werden.

Das bedeutete, dass auch Amir ganz in der Nähe war.

Mir drehte sich der Magen um, mein Mund war plötzlich wie ausgetrocknet und meine Hände begannen zu zittern.

Killian ging mit langsamen und gleichmäßigen Schritten auf Taviv zu und ließ mich auf der Treppe zurück.

Was, wenn er Killian erschießt? Er ist meine einzige Hoffnung zu entkommen!

Schweiß rann mir über die Stirn, während mir das Blut in den Adern gefror. Das hätte nicht passieren dürfen. Wir hatten erwartet, Clarissa und Geoff mit einem Haufen sexbesessener Monster in ihrer gewalttätigen Welt vorzufinden, in der wir ein Blutbad hatten anrichten wollen.

Doch das hier war nicht Teil unseres Plans gewesen.

Es war nicht vorgesehen gewesen, dass Killian mit erhobenen Händen auf Taviv zuging.

Er hatte sicher eine Idee, wie er uns aus dieser Lage befreien konnte.

Als er die letzte Stufe erreichte, traf Malcom ihn mit der Faust ins Gesicht und schleuderte ihn rückwärts gegen die Wand. Statt sich zu wehren, starrte er ihn nur an. »Ich verstehe, warum Sie in die Politik gegangen sind, Senator. Mit einem solchen Haken würden Sie in meiner Welt keinen Tag überleben.«

Taviv rammte ihm daraufhin den Kolben seiner Pistole gegen den Schädel und sandte Killian mit einem Stöhnen zu Boden.

Er bewegte sich nicht.

Er war bewusstlos.

Oh Gott ... Ich kann das nicht glauben.

Denn Killian täuschte es unmöglich vor. Er würde niemals so am Boden liegen bleiben, nicht wahr? Oder vielleicht doch? Verdammt, es könnte ...

Taviv versetzte ihm einen Tritt gegen die Taille. Sein Körper bewegte sich zwar, doch ansonsten reagierte er nicht.

Er war eindeutig bewusstlos.

Verflucht!

Und was jetzt? Ich konnte sie nicht alle allein bekämpfen. Ich war zwar stark, doch im Gegensatz zu ihnen hatte ich keine Waffe.

»Töte ihn«, befahl Clarissa.

»Nein.« Die Stimme kam vom oberen Ende der Treppe und jagte mir einen Schauer über den Rücken. Ich erkannte Amirs raue Stimme sofort. Außerdem wurde er von einer bedrohlichen Aura umgeben, die ich immer wahrnahm, sobald er in der Nähe war. Er jagte mir eine Heidenangst ein. »Du hast keine Befehlsgewalt über meine Männer.«

Clarissa schürzte die Lippen. »Also gut. Dann tragen Sie ihm eben auf, dass er ihn erschießen soll«, sagte sie, während sie immer noch die Waffe auf meinen Kopf gerichtet hatte. Einen Moment dachte ich daran, mich auf sie zu stürzen, denn ich zog es vor zu sterben, statt dabei zusehen zu müssen, wie sie Killian umbrachten.

»Nein. Ich will ihn lebend. Zumindest für den Moment.« Amir kam endlich die Treppe hinunter und ich konnte seine schlanke Gestalt sehen. Er trug einen Anzug, der wahrscheinlich zehntausend Dollar wert war, denn Amir gab sich immer extravagant und gebieterisch. Aus diesem Grund gaben er und Malcom ein so gutes Team ab. »Das Mädchen auch.«

Clarissa presste ihre geschminkten Lippen zu einer dünnen Linie zusammen und seufzte, wobei sie den Arm senkte. »Natürlich.«

Ich hätte vor Überraschung fast die Augenbrauen in die Höhe gezogen.

Hat die berüchtigte Madame sich gerade Amir Assads Befehl unterworfen?

Soweit ich wusste beugte sie sich niemandem und bestand immer darauf, das Sagen zu haben. Doch möglicherweise strahlte er eine solche Dominanz aus, dass sie sich ihm selbst als Königin des Hauses unterwerfen musste.

»Zieh dein Kleid aus, Amara«, befahl Amir. Sein Tonfall duldete keinen Widerspruch. »Wir müssen uns vergewissern, dass du unbewaffnet bist.«

Natürlich. Das war sicher der Grund, warum sie mich nackt sehen wollten.

»Sofort«, fügte er hinzu, als ich nicht umgehend reagierte.

»Nein«, erwiderte ich unwillkürlich, während ich die Schultern straffte und keinen Finger rührte. »Nein.« Wenn er wollte, dass ich mich ausziehe, musste er mich schon dazu zwingen. Doch wahrscheinlich wollte er genau das tun und würde nicht gerade sanft vorgehen.

Clarissa schüttelte missbilligend den Kopf und betrachtete mich mit angewiderter Miene. »Du bist gerade zwei Monate weg von zu Hause und schon hast du vergessen, wer du bist.« Sie schlug mir mit der offenen Hand ins Gesicht. Es ging alles so schnell, dass ich überhaupt nicht gesehen hatte, wie sie sich auf der Treppe auf mich zubewegte.

Doch dadurch war sie in meiner Reichweite.

Ich rammte ihr meine Faust ins Gesicht, woraufhin sie rückwärts auf die Zementstufen hinter ihr fiel. Ich hob meinen Fuß und wollte sie mit dem Absatz treten, als zwei kräftige Arme sich um mich schlangen und mich hochhoben.

Tavivs Moschusduft stieg mir in die Nase und ich spürte seine stahlharten Muskeln an meinem Rücken. *Genug davon.* Ich trat aus und traf sein Bein auf Anhieb.

Im nächsten Moment prallte mein Kopf gegen die Wand.

Um mich herum drehte sich alles und mir klingelten die Ohren, als Malcom plötzlich direkt vor mir stand und mich mit einem Gesichtsausdruck anstarrte, der mich in meinen Albträumen heimsuchte. Er war nicht wütend, denn er zeigte sich anderen gegenüber nie in einem aufgebrachten Zustand.

Stattdessen kanalisierte er seinen Zorn in seinen düsteren Vorlieben, mit denen er mich bestrafen würde. Ich konnte es an seinem Blick erkennen.

»Offenbar hast du alles vergessen, was du während deiner Ausbildung gelernt hast, Baby«, murmelte er und strich mir mit dem Handrücken über die Wange. »Vielleicht können wir es dir ja wieder eintrichtern, indem wir dich ficken.«

Ein Schauer durchströmte mich und mir gefror das Blut in den Adern. Während ich spürte, wie Taviv hinter mir hart wurde, sehnte ich mich nach dem Tod. Ich würde lieber sterben, als das zu ertragen, was sie mit mir vorhatten.

Killian ...

Warum hatte er zugelassen, dass sie ihn bewusstlos schlugen? Warum hatte er sich nicht gewehrt? Ich war Zeuge geworden, wie er mehrere bewaffnete Männer, ohne mit der Wimper zu zucken, zur Strecke gebracht hatte. Warum sollte er ihnen jetzt die Oberhand überlassen?

Er musste einen Plan haben.

Er hatte etwas in der Hinterhand und würde uns retten.

Oder vielleicht wusste er, dass es keinen Ausweg gab, und hatte sein Schicksal akzeptiert.

Nein. Killian würde nicht einfach aufgeben. Es lag nicht in seiner Natur, und in meiner auch nicht. Nicht mehr.

Ich würde mich nicht mehr verstecken.

Ich würde nicht mehr wimmern.

Ich würde mich nicht mehr in mich zurückziehen, während sie meinen Körper schändeten.

Heute Abend würde ich alles bewusst erleben und den richtigen Moment abwarten, um sie zu bekämpfen. Mit ihrer Folter würden sie nur meinen Überlebensdrang schüren und meine Wut zu einer tödlichen Waffe schärfen.

Ich vertraute Killian. Er fand immer einen Weg, um die Oberhand zu gewinnen, und ich wollte ihn jetzt nicht enttäuschen, indem ich einfach aufgab.

Malcom schlug mir mit der Hand ins Gesicht und durchbohrte mich mit einem Blick aus seinen glühenden blauen Augen. »Ich habe dich etwas gefragt, Schlampe. Antworte mir.«

Ich neigte den Kopf zur Seite. Ich hatte es satt, das gehorsame Püppchen zu spielen, das er nach Herzenslust missbrauchen konnte. »Viel Glück, *Malcom*.« Er hasste es, wenn ich ihn mit seinem Vornamen statt mit *Sir* ansprach. Ich würde mich nicht mehr einfach hinlegen und ihn gewähren lassen.

Er schlug mich erneut ins Gesicht und mein Kopf fiel zur Seite, während Taviv mich aufrecht hielt. »Du wagst es, mich als deinesgleichen anzusprechen?«

Mir entfuhr ein Lachen, während ich zwischen dem Bedürfnis zu gehorchen und dem Wunsch, ihn zu verfluchen, hin- und hergerissen war und drohte den Verstand zu verlieren.

Ich hatte ihm noch nie zuvor die Stirn geboten, doch es war ein seltsam befreiendes Gefühl.

All die Gewalt, die mich umgab, und die starken Arme, die mich festhielten, hätten mich in die Knie zwingen sollen, doch stattdessen schürten sie meine Wut. Ich war schon einmal geflohen und würde es wieder tun. Diese Arschlöcher konnten mir vielleicht meinen Körper nehmen, aber nicht meine Seele. Es sei denn, ich ließ es zu, doch ich weigerte mich.

Ich spuckte ihm ins Gesicht. »Fick. Dich.«

Er schlug mich noch einmal, was mich noch mehr zum Lachen brachte.

»Du bist so schwach«, sagte ich, als ich mein eigenes Blut im Mund schmeckte.

Er hob seine Hand und wollte mich erneut schlagen, doch Amir packte ihn am Handgelenk. »Genug«, sagte er ruhig. »Sie will offenbar spielen. Also nimm sie mit nach unten und spiel mit ihr, Malcom. In der Zwischenzeit muss ich noch ein paar Dinge mit Clarissa regeln.« Er betrachtete mich mit stoischem Blick und wandte sich dann an Taviv. »Stecke Bedivere in eine Zelle nebenan, damit er ihre Schreie hören kann.«

KAPITEL 21

KILLIAN

Herrje. *Was ist das für ein schriller Laut, und wie zum Teufel stelle ich ihn ab?* Ich stöhnte auf, als ich mich auf die Seite rollte. Ich hatte höllische Kopfschmerzen, während mir dieses verdammte Geschrei in den Ohren dröhnte. Dann spürte ich den kalten, nassen Betonboden unter mir.

War ich in einer Gasse hinter einer Kneipe eingeschlafen? Ich fühlte mich verkatert, als hätte ich gerade eine Nacht mit Nikolai durchgezecht und zu viel von seinem verdammten Wodka getrunken.

Starker Fusel.

Schmeckte wie Säure.

Aber der Russe liebte ihn.

Mein Körper allerdings weniger.

Ein Schrei hallte durch die Luft und jagte mir einen Schauer über den Rücken, denn ich erkannte die Stimme. *Amara?* Es folgte ein männliches Lachen, das mich innehalten ließ, als die Erinnerungen nach und nach zurückkehrten.

Mein Blut geriet in Wallung und belebte meine Sinne. Hier unten roch es nach Urin. Und Sex. Keine angenehme

Kombination. Genauso wenig behagte mir die Erkenntnis darüber, wo ich mich befand und wie ich hier gelandet war.

Wie spät ist es?

Ich hatte Nikolai eine Nachricht geschickt, sobald ich Ravens Warnung erhalten hatte. Wir hatten einen Pakt geschlossen und einen Code vereinbart, den nur wir beide verstanden. Ich benutzte ihn nur als letzten verzweifelten Ausweg für den Fall, dass mir etwas zustoßen sollte. Ich vertraute darauf, dass er Amara helfen würde. Er kannte mich besser als irgendjemand sonst, und obwohl wir nicht in allen Einzelheiten darüber gesprochen hatten, wusste er, was ich für sie empfand. Er würde auf mein Signal reagieren und alle vernichten, falls er mich tot auffinden sollte.

Und auch wenn sie mein Handy zerstört hatten, würde es nichts ändern.

Devereaux wusste, wo wir heute Abend waren.

Es wäre nicht allzu schwer für die Schattenreiter, uns aufzuspüren, selbst wenn wir an einen anderen Ort gebracht wurden. Doch ich hatte das Gefühl, dass wir uns immer noch auf dem Anwesen der Roses befanden. Wenn sie mich betäubt hätten, um mich woandershin zu bringen, würde mein Schädel jetzt noch heftiger pochen.

Ich würde mich später bei *Taviv* für die Kopfnuss mit der Pistole revanchieren müssen. Zumindest nahm ich an, dass das der Name des Trottels war, der mich niedergeschlagen hatte. Er passte auf Amaras Beschreibung und wusste zweifellos, wie man einen Mann bewusstlos schlug. Ganz im Gegensatz zu ihrem ehemaligen Verlobten, dessen Kampftechnik zu wünschen übrig ließ.

Ich rollte mich auf den Rücken und sah mich um.

Zementwände. Schmutziger Boden. Ein durchgelegenes Bett. Und Gitterstäbe.

Keine Wache, keine Kameras. Nur eine gewöhnliche, schmierige Zelle.

Ich geriet nicht oft in eine derart missliche Lage, weil ich mir für gewöhnlich einen Weg freikämpfte. Doch das war diesmal nicht möglich gewesen. Entweder ich steckte den Schlag ein oder ich riskierte, dass Amara im Kreuzfeuer verletzt wurde. Ich hatte keine Wahl und mich für sie geopfert, obwohl ich sie ursprünglich gewarnt hatte, dass ich so etwas niemals tun würde.

Doch nun war ich hier. In einer Zelle in einem Kerker. Und mein Fuß war an die Wand gekettet.

Scheiße.

Taviv oder eines der anderen Arschlöcher hatte mich bis auf die Boxershorts ausgezogen. Sie hatten sogar meine verdammten Socken mitgenommen. Kein Wunder, dass ich fror.

Wenn Nikolai mich so finden würde, würde er sich vor Lachen nicht mehr einkriegen.

Da er hoffentlich bald hier sein würde, sollte ich mich besser in Bewegung setzen.

Zuerst würde ich mich von der Fußfessel befreien müssen.

Ich betrachtete das Metall und stellte etwas enttäuscht fest, wie alt es war. Man sollte meinen, die Roses könnten in hochwertigere Kerkerinstrumente investieren, doch vermutlich war es für ihre weiblichen Gefangenen ausreichend.

Doch nicht in meinem Fall.

Der dicke Ring, mit dem die Kette im Betonboden verankert war, sah ziemlich stabil aus, und er war groß genug, damit ich das rostige Metall hindurchfädeln konnte.

Ja, das sollte funktionieren.

Ich zog die etwa eineinhalb Meter lange Kette durch die Schlaufe und hielt inne, als meine Fußfessel auf den Metallring im Boden traf. Dann stand ich auf.

Ich rollte die Schultern zurück, schüttelte die Arme aus, um sie zu lockern, und bückte mich, um die Kette aufzuheben. Wenn ich sie im richtigen Winkel und mit Wucht anzog, könnte ich mithilfe des Metallringes die Kette von der Fessel brechen.

Wie beim Kreuzheben.

Ganz einfach.

Also schön.

Ich stieß langsam den Atem aus und konzentrierte mich. Mit gebeugten Knien hielt ich die schwere Metallkette fest, während meine Oberschenkel zu protestieren begannen. Ich richtete mich mit einem Ruck auf, wobei die rostige Kette sich in meine Hand grub.

Und sich genau an der richtigen Stelle löste.

Gott sei Dank.

Meine Arme schmerzten, als ich die Kette vorsichtig wieder auf dem Boden ablegte. Ich stellte mit Verdruss fest, dass der Rost meine Haut orangerot gefärbt hatte.

Wie konnten sie ihren Kerker nur mit diesem archaischen Mist ausstatten? Devereaux wäre von den Räumlichkeiten geradezu entsetzt. Sein unterirdischer Schlupfwinkel stellte dieses Verlies um Längen in den Schatten.

Kopfschüttelnd untersuchte ich die Tür und war erneut erstaunt, wie antiquiert sie war. Sie hatten mich tatsächlich mit einem altmodischen Riegel und einem Vorhängeschloss eingesperrt. Es hatte fast den Anschein, als wollten sie, dass ich entkam.

Ich ließ den Blick noch einmal durch den Raum schweifen und fand an dem heruntergekommenen Bett, was ich brauchte. Es war ein Leichtes, an dem alten Rahmen eines der Beine abzudrehen. Ich wog das Bleirohr in meinen Händen und ...

Ein markerschütternder Schrei ließ mich innehalten und ich drehte ruckartig den Kopf in die Richtung, aus der er gekommen war. Das war eindeutig Amara gewesen. Ich würde denjenigen umbringen, der dafür verantwortlich war.

Dieses Rohr würde genügen müssen.

Ich schob es durch die Gitterstäbe. Wahrscheinlich hatten sie diese alte Tür hier unten angebracht, um den kranken Wichsern die Möglichkeit zu geben, die Frauen zu beobachten, die sie normalerweise in diesem Raum gefangen hielten. Widerlich.

Ein Fluch aus Amaras Mund drang an mein Ohr und trieb mich an, als ich das behelfsmäßige Brecheisen durch das Vorhängeschloss schob. Sobald ich es in dem richtigen Winkel verankert hatte, nutzte ich die Hebelwirkung aus, um den Stahl aufzusprengen, woraufhin das Schloss mit einem lauten Klappern auf den Betonboden fiel.

Ich musste mich in Bewegung setzen, denn wenn ich Amara hören konnte, dann konnten die Scheißkerle, die sie quälten, auch mich hören.

Ich legte die Stange beiseite, denn ich zog es vor, mit den Händen zu kämpfen. Dann trat ich in den düsteren Korridor hinaus und schloss die Tür hinter mir. Die gelbliche Beleuchtung und die dunklen Wände erinnerten mich an einen alten Weinkeller, aber die vielen Zellen zeichneten ein weitaus grausameres Bild.

Wie viele Mädchen sind hier unten eingesperrt?

Doch ich konnte mich jetzt nicht damit befassen, denn jemand war im Anmarsch.

Ich trat in eine Nische neben meiner Zelle und verbarg mich in den Schatten.

»Ich glaube, er ist wach«, rief jemand in höhnischem Tonfall, als Schritte auf dem glatten Betonboden zu hören waren. »Bring sie dazu, noch lauter zu schreien. Ich will sehen, wie der Idiot leidet.«

Ich verzog die Lippen zu einem Lächeln. *Oh, jemand wird auf jeden Fall leiden.*

Der Mann kam näher und war so sehr auf meine Zellentür konzentriert, dass er mich erst bemerkte, als es schon zu spät war. Ich hielt ihm mit einer Hand den Mund zu, packte ihn mit der anderen an den Haaren und zerrte seinen Kopf herum, um ihm das Genick zu brechen.

Ich hatte keine Ahnung, wer er war, und es war mir auch egal. Ich ließ ihn zu Boden fallen und folgte Amaras knurrenden Lauten bis zum offenen Folterraum am Ende des Korridors.

Der Anblick, der sich mir bot, ließ mich rotsehen.

Amara war mit dem Gesicht nach unten auf einen Tisch geschnallt und ihre cremefarbene Haut war blutig und mit roten Striemen übersät. Ich war so wütend, dass ich mich kaum konzentrieren konnte. Ein mir unbekannter Mann stand vor ihrem Kopf, während Malcolm sich zwischen ihre gespreizten Beine gestellt hatte.

Ich dachte nicht nach.

Sondern reagierte nur.

Ich riss Malcom die Peitsche aus der Hand und zog sie ihm über die nackte Brust, bevor ich ihm den Griff in den Mund rammte und ihm mit der Faust ins Gesicht schlug. Er taumelte benommen rückwärts.

Sein Kumpel war schneller. Er hatte seine Hose hochgezogen und zog eine Waffe, doch ich packte ihn, bevor er damit auf mich zielen konnte. Ich entriss ihm die Pistole und feuerte zwei Kugeln in seinen entblößten Oberkörper, bevor ich mich umdrehte und einen Schuss in Malcoms Unterleib jagte. Die Peitsche fiel ihm aus dem Mund, als ich eine zweite Kugel in seine Lendengegend schoss, die glücklicherweise noch bekleidet war.

Beide Männer gingen mit einem schockierten Ausdruck im Gesicht zu Boden.

Ich warf die Waffe auf den Tisch neben all ihren Instrumenten, von denen die meisten mit Amaras Blut beschmiert waren.

Scheiße ...

Wenn sie sie gebrochen hätten, würde ich diese Mistkerle foltern, bis sie mich anflehten, ihr Leben zu beenden. Ich würde Dinge in sie hineinstecken, die der Gerichtsmediziner nicht würde entfernen können. Dann würde ich sie in Stücke reißen.

Ich machte mich auf das Schlimmste gefasst und konzentrierte mich auf Amara.

Dann setzte mein Herz einen Schlag aus.

Sie hob den Kopf und starrte mich mit einem zornigen Ausdruck an, der mir den Atem raubte. Ihre Wut war spürbar.

Sie hatten sie nicht gebrochen.

Nein, sie hatten ihre Entschlossenheit *gestärkt*.

Ich befreite zuerst ihre Knöchel, dann ihre Taille und schließlich ihre Handgelenke. Ihr Rücken war blutig und verklebt, ihr Haar zerzaust, ihr Körper geschunden, doch ihre Augen gewährten mir einen Blick auf ihre Seele, als sie sich vom Tisch rollte und unsicher auf den Füßen landete.

Ich fing sie an der Hüfte auf und hielt sie fest, bis sie ihr Gleichgewicht wiedergefunden hatte und einen Fluch ausstieß. »Was brauchst du?«, fragte ich sie, denn ich wusste, dass nun der Moment gekommen war, an dem sie Rache üben würde. Sie würde ihren Schmerz an den beiden Arschlöchern auslassen, die ihn verursacht hatten, und sich an ihren Schreien ergötzen.

»Ein Messer«, antwortete sie heiser. Nach all den Schreien war ihre Kehle sicher wund.

Ich verabscheute mich dafür, dass ich nicht früher bei ihr gewesen war, wodurch diese Mistkerle so viel Zeit mit ihr allein gehabt hatten. Doch ich konnte die Vergangenheit nicht ändern und musste mich auf die Kriegerin konzentrieren, die mich um meine Waffe bat.

Auf dem Tisch lagen mehrere Skalpelle und drei meiner

Dolche. Offenbar hatten sie sie meinem Jackett entnommen, um sie zu benutzen.

Nun, sie würden gleich zum Einsatz kommen.

Ich reichte Amara einen Dolch und ließ die beiden anderen griffbereit auf dem Tisch liegen, falls sie einen weiteren brauchen sollte.

Sie lächelte mich weder an, noch dankte sie mir, sondern drehte sich nur zu den Monstern um, die stöhnend auf dem Boden lagen. Während sie darüber nachdachte, was sie ihnen antun würde, suchte ich den Raum vergebens nach Sicherheitskameras ab.

Dieser Kerker war wirklich erbärmlich.

Doch ich wollte mich nicht beschweren, denn auf diese Weise würden wir leichter entkommen können.

Dennoch war es eine Schande. Die Roses betrieben einen millionenschweren Sklavenhandel und hatten keinen blassen Schimmer von den Verhaltensregeln, die im Untergrund galten. Vielleicht waren ihre Sicherheitsmaßnahmen auch nur so lax, weil ihre Gefangenen für gewöhnlich verängstigte kleine Mädchen waren.

Ich konnte es kaum erwarten, Amara dabei zuzusehen, wie sie sie tötete. Sie hatten es verdient zu leiden. Und zwar sehr.

Sie begann mit dem Arschloch, das ihr seinen Schwanz in den Mund gesteckt hatte, indem sie sich über den Kerl beugte und ihm wortlos die Kehle durchschnitt. Dann beobachtete sie, wie er an seinem eigenen Blut erstickte.

Sie hatte weder einen triumphierenden Ausdruck im Gesicht, noch schien sie Genugtuung zu empfinden, sondern betrachtete nur mit Staunen, wie das Leben aus ihm wich. Malcolm lag währenddessen zusammengekrümmt auf dem Boden und jammerte über die Wunde an seinem Schwanz. Er schien seinen sterbenden Freund gar nicht zu bemerken.

»Wer war er?«, fragte ich Amara.

Sie schüttelte nur den Kopf und wandte sich dem Senator zu. Sie starrte ihn nur an und umklammerte den Griff der Klinge so fest, dass ihre Fingerknöchel weiß hervortraten.

Malcom war zu sehr mit seinen Wunden beschäftigt, dass er gar nicht bemerkte, wie sie auf ihn zuging.

Mit ihren leuchtenden Augen und vor Wut zitternden Gliedmaßen wirkte sie wie eine nackte Rachegöttin.

»Ich. Bin. Nicht. Dein. Eigentum.« Sie beugte sich vor und packte eine Handvoll seiner Haare, um seinen Kopf nach hinten zu reißen, damit er sie ansah. »Ich bin kein Spielzeug. Ich bin keine Sexpuppe. Ich bin keine Schlampe. *Du* bist ein Monster.«

Er schnaubte, dann zuckte er zusammen und stöhnte vor Schmerzen. Verdammtes Weichei. Am Ende bettelten sie alle um ihr Leben. Es war die reinste Ironie, denn er hatte es zweifellos immer genossen, andere in diese Lage zu bringen.

Wie oft hatte er Amara betteln lassen? Und was war mit den anderen Frauen, die er vergewaltigt hatte?

Ich verschränkte die Arme vor der Brust und beobachtete mit Freuden, wie er in die Fußstapfen seiner Opfer trat. Er hatte einen langwierigen, schmerzhaften Tod verdient, doch die Entscheidung lag bei meiner Kriegerin. Wenn sie ihm schnell den Garaus machen wollte, würde ich es respektieren. Wenn sie ihn zum Schreien bringen wollte, würde ich liebend gern dabei zuhören. Und wenn jemand versuchte, sie zu unterbrechen, würde ich ihn töten.

Sie zog noch einmal an seinen Haaren und beugte sich vor, um ihn direkt anzusehen, während ihr Gesicht nur noch wenige Zentimeter von dem seinen entfernt war. »Ich habe etwas für dich, *Malcolm*. Ich denke, es wird dir gefallen, denn du bist eine unanständige, schmutzige Drecksau.«

Ohne Zweifel hatte er ihr diese Worte in der Vergangenheit an den Kopf geworfen, denn in ihrer Stimme schwang ein gehässiger Unterton mit.

Amara presste die Klinge an seinen Mund. »Weit aufmachen, Schlampe.« Sie rammte ihm das Messer mit beträchtlicher Kraft in den Rachen und schob es bis zum Anschlag hinein. Seine Schreie gingen in einem schrecklichen Gurgeln unter, das Musik in meinen Ohren war, während Amara ihn emotionslos beobachtete.

Er hob die Hände und versuchte, nach dem Griff des Messers zu greifen, doch er bekam ihn nicht zu fassen. Sie hatte die Klinge zu tief in seinem Rachen vergraben, als dass er sie hätte herausziehen können.

»Schön lutschen«, ermutigte sie ihn. »Genieße es. Schluck es.«

Die widerwärtigen Worte beförderten schließlich ihre Emotionen zutage und Tränen stiegen ihr in die Augen. Ihre Lippen bebten, als sie lange den Atem ausstieß.

Ich zog sie in meine Arme und drückte sie an mich, bevor sie zu schluchzen begann. Sie brauchte jetzt meine Kraft, meine Anbetung, meine Liebe.

Wir waren noch nicht fertig und hatten noch einiges vor uns, doch sie musste kurz durchatmen und sich sammeln. Ich würde alles für sie tun und ihr alles geben, was sie verlangte, und sie nie wieder loslassen.

Aus dem Augenwinkel sah ich, wie Malcolm sich verkrampfte und starb. *Auf nimmer Wiedersehen, Arschloch.*

Ich hielt Amara fest. Es tat mir so leid für sie, dass sie all das hatte durchmachen müssen, doch zugleich war ich unglaublich stolz auf sie. Dieser Albtraum war nur einer von vielen, die sie vernichten musste, um ihre Vergangenheit zu bewältigen und in die Zukunft zu blicken.

Sie würde die Geschehnisse niemals vergessen können, doch darum ging es gar nicht. Denn unsere Erfahrungen formten uns und machten uns zu dem Menschen, der wir waren.

»Er ist tot«, flüsterte sie.

»Ja.«

Sie schluckte und krallte sich in mein Kreuz, als sie ihre Arme fest um mich schlang. »Ich habe ihn getötet.«

»Ja.« Ich kämmte mit den Fingern durch ihre zerzausten Strähnen und wünschte, ich könnte ihr mehr bieten. Sie brauchte etwas zum Anziehen. »Ich bin stolz auf dich, Kätzchen.«

»Weil ich ihn umgebracht habe?«

»Nein.« Ich zog den Kopf zurück und streichelte ihr über die Wange, während ich ihr tief in die Augen sah. Sie trug noch immer die braunen Kontaktlinsen, doch sie funkelten voller Stärke. »Ich bin stolz auf dich, weil du dich ihm widersetzt hast. Du bist wunderschön und stark und die mutigste Frau, die ich je getroffen habe. Du bist unglaublich, Amara.« *Und ich glaube, ich habe mich in dich verliebt.*

»Wunderschön?«, wiederholte sie und blickte an sich herunter. »Im Moment wohl eher nicht.«

»Schönheit bezieht sich nicht immer nur auf das Äußere eines Menschen, sondern auch auf sein Innenleben.« Ich presste meine Lippen auf ihren geschwollenen Mund und schmiegte dann meine Stirn an ihre. »Wir sind hier noch nicht fertig.«

»Ich weiß«, flüsterte sie. »Ich will sie tot sehen, Killian.«

»Gut.« Ich ließ meine Handfläche an ihren Nacken gleiten und hielt sie noch einen Moment fest. Hier unten musste es doch irgendwo etwas zum Anziehen geben. Wir mussten nur …

Eine Explosion erschütterte das Gebäude und kurz darauf folgten zwei weitere. Ich verzog die Lippen zu einem Lächeln, denn ich liebte dieses Geräusch. »Nikolai ist hier.« Er musste ganz in der Nähe gewesen sein, und das konnte nur eines bedeuten.

Devereaux hatte ihn als Verstärkung für den heutigen Abend angefordert. Wie ich Nikolai kannte, hatte er den

Auftrag sofort angenommen, damit er bei Bedarf einspringen konnte. Er hätte mich vorwarnen können, aber ich hatte das unbestimmte Gefühl, dass Devereaux mich im Unklaren lassen wollte und Nikolai als eine Art Babysitter eingesetzt hatte.

Wahrscheinlich hatte er mich dafür bestrafen wollen, dass ich nicht so schnell gehandelt hatte, wie er es gewollt hätte. *Arsch.*

Nun, zumindest hatte es zu meinen Gunsten funktioniert.

Oben ertönte eine weitere Explosion, die die Wände um uns herum zum Beben brachte. »Wir müssen hier raus, bevor uns etwas auf den Kopf fällt«, rief ich und griff nach meinen Messern, wobei ich mich nach möglichen Fluchtwegen umsah. Ich ergriff ihre Hand und zog sie zurück in Richtung Korridor.

Doch Amara drückte meine Hand und zog mich in einen schmalen Gang, der von den Zellen abging. Ich vertraute darauf, dass sie sich hier auskannte, also folgte ich ihr. Tatsächlich erreichten wir kurze Zeit später eine Hintertreppe, die zu einer Tür führte, neben der ein Bedienfeld angebracht war. Amara überraschte mich, als sie einen Code eingab und die Tür öffnete.

»Woher kennst du das Passwort?«, fragte ich, als wir eine Art Hinterzimmer betraten.

»Ich habe gesehen, wie Malcom es auf unserem Weg nach unten eingegeben hat.«

Ich verzog die Lippen zu einem Lächeln. »Wirklich clever.«

»Er hat meine Intelligenz immer unterschätzt«, sagte sie und führte mich durch den Raum in einen Flur. Hier hatten sich wohl einst die Unterkünfte für die Dienstboten befunden, denn wir gelangten zu einer weiteren Treppe.

Amara ging nach oben, während eine weitere Explosion zu hören war. Sie öffnete die letzte Tür, die in einen eleganten

Salon führte. Der Raum war leer, doch ihr Kleid lag in Fetzen auf dem Boden. Hier hatten sie erstmals Hand an sie gelegt.

»Wer waren die anderen Kerle?«, wollte ich wissen.

»Sie waren Freunde von Malcolm, die er von der Party kannte. Taviv hat einem von ihnen eine Pistole gegeben, nachdem er sich freiwillig gemeldet hatte, um mir eine Lektion zu erteilen. Ich hatte ihn zwar zuvor schon einmal gesehen, aber nie, äh, auf diese Weise.« Sie öffnete einen Schrank, in dem einige Kleidungsstücke hingen, und zog eine Caban-Jacke von einem Bügel. Sie reichte ihr bis zur Mitte des Oberschenkels, sodass sie fast wie ein Kleid wirkte.

Ich machte mir nicht die Mühe, etwas anzuprobieren. Ich würde diesen Arschlöchern einfach in meinen Boxershorts gegenübertreten müssen.

»Wohin jetzt?«, fragte ich sie. »Wo könnten sie sich verstecken?« Sie waren dank Nikolais Angriff sicher in Panik geraten.

»Im Büro.« Sie setzte sich bereits in Bewegung und ging mit durchgedrücktem Rücken und entschlossenen Schritten voraus. Ich folgte ihr und wirbelte meine Klingen zwischen den Fingern. Ich würde jeden aufschlitzen, der versuchen würde, sich uns in den Weg zu stellen.

Die Explosionen waren verstummt. Entweder war Nikolai mittlerweile ins Haus gelangt oder ihm war die Munition ausgegangen. Wahrscheinlich war Ersteres der Fall.

Amara blieb vor einer Doppeltür stehen und spannte die Schultern an.

Dahinter lag sicher das Büro.

Mit einem kurzen Nicken stieß sie die Tür auf und erstarrte auf der Schwelle. Sie schnappte nach Luft, während mir selbst der Mund offen stand.

Ich hatte erwartet, dass sich jemand auf uns stürzen würde.

Doch mit diesem makabren Anblick hatte ich nicht gerechnet.

Clarissa und Geoff Rose waren beide tot, jemand hatte ihnen die Kehle aufgeschlitzt. Zwischen ihnen lag ein Briefumschlag, auf den Amaras Name gekritzelt war.

Und darunter stand: *»Ich bin stolz auf dich, meine Tochter. Bis bald. Assad.«*

KAPITEL 22

AMARA

L iebste Amara,

wenn du diese Zeilen liest, dann hast du die letzte Phase deiner Ausbildung bestanden. Ich bin so stolz auf die Frau, die du geworden bist. Es ist ein triumphierendes Gefühl zu beobachten, wie meine Nachkommin an Größe gewonnen und alle besiegt hat, die sich ihr in den Weg gestellt haben, um sich an die Spitze eines Imperiums vorzuarbeiten.

Es ist eine meiner größten Errungenschaften, dich gezeugt zu haben. Du bist in jeder Hinsicht perfekt – verschlagen, stark und bereit, alles Nötige zu tun, um zu siegen. Du bist durch und durch meine Tochter. Ich wünschte nur, deine Mutter könnte dich jetzt sehen. Ich habe ihr davon erzählt, wie ich dich zu einer mächtigen, angesehenen Frau formen wollte. Und nun hast du meine Pläne verwirklicht.

Anbei findest du alles, was du brauchst, um in deiner neuen Position Erfolg zu haben. Ich übergebe dir sämtliche Dokumente, die sowohl deine Vergangenheit bekunden als auch deine Zukunft sichern, sowie alle Unterlagen, die du benötigen wirst, um das ehemalige Familienunternehmen der Roses zu führen. Ich habe mir erlaubt, das Chaos, das Clarissa hinterlassen hat, zu beseitigen. Während ich diese

Zeilen schreibe, gehen alle ihre früheren Mitarbeiter in den Ruhestand, sodass du einen Neuanfang wagen kannst. Dies ist mein Geschenk an dich.

Es war immer mein Ziel, dir die nötigen Mittel zu geben, damit du die Leitung übernehmen kannst, und nun stehst du an der Spitze einer der ältesten Organisationen der Welt. Und obendrein steht dir das gesamte Vermögen eines ehemaligen Senators zur Verfügung.

Ich bezweifle, dass es viele Eltern gibt, die ihr Kind derart reich beschenken, doch ich war immer der Meinung, dass du nur das Beste verdient hast.

Ich melde mich wieder, sobald du dich eingelebt hast. Solltest du mich in der Zwischenzeit brauchen, kannst du mich über Taviv erreichen – schließlich ist er dein älterer Bruder.

Dein Vater

Amir

PS: Willkommen in der Familie, Bedivere. Anfangs hatte ich meine Zweifel, aber du hast dich als bewundernswerter Gefährte für meine Amara erwiesen. Behandle sie gut.

Ich las den Brief dreimal, bevor ich ihn schließlich beiseitelegte und Killian anstarrte. »Was zur Hölle geht hier vor?«

Er hatte den restlichen Inhalt des Umschlags auf dem Schreibtisch ausgebreitet, wobei er die Leichen von Clarissa und Geoff hinter sich ignorierte. Sie saßen in ihren Sesseln und wirkten mit ihren blutigen Kleidern und toten Augen wie zwei groteske Herrscher.

Doch ich beachtete sie kaum, denn Amir hatte gerade eine Bombe platzen lassen. »Er ist mein Vater?«

»Es hat den Anschein, ja.« Killian schob mir eine Geburtsurkunde mit meinem Namen zu, auf der Amir Assad als mein Vater und Flora Assad als meine Mutter eingetragen waren. »Und dann ist da noch das hier.« Er reichte mir ein

Dokument, auf dem eine erste Überweisung von Amir an Clarissa festgehalten war. Den Einzelheiten konnte ich entnehmen, dass es sich um eine Zahlung für meine Betreuung handelte.

Es folgten monatliche Transaktionen, wobei mir fast die Augen aus dem Kopf sprangen, als ich die Summen sah.

»Und das hier«, sagte Killian, wobei ich bereits an seinem düsteren Tonfall hörte, dass mir nicht gefallen würde, was dort stand. Ich war mir nicht sicher, ob ich die Papiere lesen wollte, doch er gab sie mir trotzdem.

Dabei handelte es sich um schriftliche Anweisungen, in denen Amir aufgelistet hatte, was er hinsichtlich meiner Ausbildung erwartete. Er hatte Clarissa sogar einen Zeitplan gegeben und eine Liste seiner Wunschkandidaten, die sie zu meinem sechzehnten Geburtstag einladen sollte. An jenem Abend hatte sich alles verändert.

Mir drehte sich der Magen um.

Mir war schwindelig.

Ich fühlte mich überwältigt.

Erschüttert.

Missbraucht.

Ich setzte mich auf den Stuhl hinter dem Schreibtisch und umklammerte den Brief, als enthielte er sämtliche Antworten. Und doch sagte er mir überhaupt nichts. »Welches Imperium? Welche Organisation? Wovon zum Teufel redet er?«

Killian schwieg, während er noch weitere Dokumente überflog, die er eines nach dem anderen aus dem Umschlag zog.

»Offenbar hat er dir das gesamte Vermögen von Malcom überschrieben. Ebenso wie das Anwesen der Roses und ihre beträchtlichen Mittel.« Er presste die Lippen zu einer dünnen Linie zusammen, als er mich ansah. »Wenn ich all das richtig deute, hat er dich ausgewählt, damit du das Vermächtnis der

Roses weiterführst. Du sollst den Menschenhandel und die vielen anderen illegalen Geschäfte leiten, die die Familie während der letzten Jahrhunderte betrieben hat.«

»Auf keinen Fall.«

»Es hat den Anschein, als hätte Amir schon alles in die Wege geleitet. Es gehört bereits dir, Amara.« Mit verschlossener Miene legte er den Umschlag beiseite. »Das hier gehört alles dir.«

»Ich will es nicht.«

»Ich glaube nicht, dass Assad sich um deine Meinung schert.« Er deutete auf die Dokumente. »Er hat bereits alles geregelt.«

»Dann müssen wir es rückgängig machen.« Denn ich wollte das alles nicht. Ich sehnte mich nur nach meiner Freiheit und hatte nicht den Wunsch, als Königin über ein illegales Imperium zu herrschen. »Ich bin nicht Clarissa.«

»Ich weiß.«

»Ich werde das nicht annehmen.« Ich sprang auf und geriet sofort ins Wanken, als mir übel wurde. Mir tat alles weh und ich brauchte eine Dusche. Ich wollte mich nur noch schlafen legen und alles vergessen.

Ich wollte vergessen, wie Malcom mich berührt hatte.

Das Gefühl seiner Peitsche auf meinem Rücken.

Das Brennen, als sein beschissener Freund seinen Scotch über meine Wunden gekippt hatte.

Die Qualen, als Malcom mich danach abgetrocknet hatte, um das meiste wegzuwischen.

Sein widerlicher *Geschmack*, als er danach versuchte, mich zu küssen.

Ich schauderte und wollte all das hinter mir lassen. Ich wollte alles vergessen, was in diesen Dokumenten stand, und einfach nur verschwinden. »Ich will das nicht«, wiederholte ich. »Killian, ich werde das nicht annehmen.«

»Wir werden die Sache klären.«

»Da gibt es nichts zu klären!«, rief ich. »Ich nehme es nicht an!«

»Amara ...«

»Nein!« Ich schlug die Hände vor Augen und versuchte, mich auf meinen Atem zu konzentrieren. Ich hatte Malcom getötet. Aber Amir – *mein Vater* – war noch am Leben. Und offenbar erwartete er, dass ich das Erbe der Familie Rose antrat.

Ich schüttelte den Kopf und mein Magen krampfte sich zusammen.

Plötzlich erfüllte ein leiser Pfiff den Raum und ich erstarrte. »Will ich es überhaupt wissen?«, ertönte eine männliche Stimme.

Stirnrunzelnd senkte ich die Hände und erblickte einen großen, dunkelhaarigen Mann in einer schwarzen Lederjacke, der am Türrahmen lehnte. Seine gemeißelten Gesichtszüge erinnerten mich ein wenig an Killian, denn beide Männer wurden von einer schneidigen Aura umgeben, die man gemeinhin als schön bezeichnen konnte.

»Nik, du kommst zu spät zur Party«, antwortete Killian und drehte sich zu ihm um.

»Tatsächlich?«, fragte er und zeigte mit dem Daumen über die Schulter. »Der Wohnbereich da hinten ist mit Leichen übersät. Ich bin mir ziemlich sicher, dass ich die Party ruiniert habe, Mann.«

»Wie viele?«

Er zuckte mit den Schultern. »Dreißig. Vierzig. Granaten richten ein ganz schönes Durcheinander an. Ein paar von ihnen haben versucht, sich nach draußen zu flüchten, doch so hatte ich die Gelegenheit für ein paar Zielübungen.«

»Was ist mit den Mädchen?«, wollte ich wissen, wobei mir das Herz bis zum Hals schlug. Sie hatten ein solches Schicksal nicht verdient. Keines von ihnen.

»Ich habe mehrere von ihnen in einem angrenzenden

Raum gefunden. Sie waren aufgereiht wie Vieh. Ich habe ihre Bewacher getötet, doch die Mädchen habe ich am Leben gelassen.«

Ich musste schlucken. »Wie viele M-Mädchen?«

»Äh, neun oder zehn. Warum?«

Ich wurde von einem Gefühl der Erleichterung gepackt. Clarissa hatte sie offenbar in den Auktionsbereich gebracht, um sie vorzubereiten.

»Sie hat Angst, du könntest ein paar Unschuldige getötet haben«, antwortete Killian, als ich nichts erwiderte.

Der andere Mann schnaubte. »Wofür hältst du mich? Für einen Amateur? Ich habe den Raum überprüft, bevor ich die Granate hineingeworfen habe. Er war voller Arschlöcher mit Masken und Bieternummern.« Er wandte sich Killian zu. »Kumpel, wo zum Teufel sind deine Klamotten?«

»Ich dachte, das willst du nicht wissen?«, konterte Killian und zog die Augenbrauen in die Höhe.

»Die Neugierde bringt mich noch um«, sagte Nikolai, während ein Lächeln seine Lippen umspielte. »Und du siehst völlig fertig aus. Nettes Schmuckstück übrigens.« Er zeigte mit einem Nicken auf die Metallfessel um Killians Knöchel. »Was ist passiert? Wurdest du abgelenkt? Und buchstäblich mit heruntergelassener Hose erwischt?«

»Es war eher ein Hinterhalt auf einer Treppe«, antwortete er trocken.

Sein Freund nickte bedächtig, wobei seine Belustigung nicht zu übersehen war. »Nur gut, dass ich dir zu Hilfe geeilt bin.«

»Ja, ich hatte deine Hilfe eindeutig nötig. Oh, warte, mit den Explosionen hättest du fast das Haus zum Einsturz gebracht, während wir uns unten im Verlies befunden haben.«

»Verlies?« wiederholte er interessiert. »Zeig es mir.«

»Es ist eine Katastrophe. Es würde dir nicht gefallen. Die Instrumente stammten wahrscheinlich aus dem neunzehnten

Jahrhundert. Dadurch war es zwar leichter zu entkommen, aber es ist ein einziges Durcheinander.« Killian klang angewidert, doch ich konnte nur daran denken, was dort unten vorgefallen war.

Malcoms Peitsche auf meiner Haut.

Seine Befehle.

Das Lachen seiner Freunde.

Ich erschauderte, als die Erinnerung mich einholte und ich daran denken musste, was ich ihnen angetan hatte. Es hatte sich so gut angefühlt, die Klinge über die Kehle dieses Arschlochs gleiten zu lassen. Bei der Bewegung hatte ich mich an Killian orientiert, da ich am Abend des Maskenballs gesehen hatte, wie er eines der Arschlöcher auf diese Weise umgebracht hatte. Doch Malcolms Tod war allein meine Handschrift gewesen. Er hatte mir Dinge in den Rachen geschoben und ich hatte es ihm mit gleicher Münze heimgezahlt.

Er ist tot.

Die Erinnerung daran bestärkte mich, bis ich einen Blick auf die Papiere auf dem Schreibtisch warf.

All das war ein abgekartetes Spiel gewesen, mit dem Amir mich für die leitende Position hatte ausbilden wollen. Was erwartete er von mir? Glaubte er, dass ich mich einfach auf den Thron setzte und in die Rolle der neuen Madame schlüpfte? Nein. Auf keinen Fall. Ich weigerte mich. Ich wollte nichts weiter, als den Mädchen zur Freiheit zu verhelfen und dieses verdammte Anwesen niederzubrennen.

Und ich könnte es tun, erkannte ich. *Denn es gehört mir.*

»Wir werden es zerstören«, flüsterte ich und sah Killian an. »Ich will dieses verdammte Haus bis auf die Grundmauern niederbrennen.« Er hatte gerade mit seinem Freund gesprochen, doch das war mir egal. »Bringt alle Mädchen nach draußen. Dann fackeln wir das Haus ab«, sagte ich zu den beiden.

»Ein Lagerfeuer«, erwiderte sein Freund mit freudigem Unterton. »Das wird dem Aufräumtrupp gefallen.«

»Bist du sicher, Amara?«, fragte Killian und legte die Stirn in Falten.

»Meinst du, ich will dieses Haus behalten?« Denn falls er das wirklich glaubte, dann kannte er mich eindeutig nicht so gut, wie ich dachte.

»Nein. Aber du könntest es umgestalten und es in eine Stätte des Guten verwandeln.«

»Dieses Gebäude birgt nichts Gutes, sondern nur das Böse. Ich will es zerstören.« Es wäre die einzige Möglichkeit, um jeden Zentimeter dieser Mauern reinzuwaschen. »Ich werde Amir damit eine unmissverständliche Botschaft schicken und ihm klarmachen, dass ich nicht daran interessiert bin, sein beschissenes Spiel mitzuspielen. Ich will nichts damit zu tun haben.«

Killian musterte mich einen Moment, dann nickte er. »Wenn du es wirklich willst, dann werden wir es tun.« Er trat näher und legte eine Hand an meinen Nacken, um mich festzuhalten. »Aber ich habe zwei Bedingungen.« Als ich den Mund öffnete, um zu widersprechen, presste er seinen Daumen auf meine Lippen. »Erstens, wir nehmen all diese Dokumente mit. Du willst sie vielleicht vernichten und davor weglaufen, doch sie enthalten Aufzeichnungen, die dir eines Tages möglicherweise das Leben retten könnten. Wir brauchen sie.«

»Und zweitens?«, murmelte ich an seinem Daumen.

»Es wird über eine Stunde dauern, das Haus zu räumen. Während Nikolai sich darum kümmert, werden du und ich uns unter die Dusche stellen und etwas zum Anziehen finden.«

»Wann habe ich mich dafür freiwillig gemeldet?«, ertönte Nikolais Stimme hinter Killian.

»Du hast dich in dem Moment freiwillig gemeldet, in dem

du den Auftrag von Clement Devereaux angenommen hast.«
Er warf einen Blick über seine Schulter. »Außerdem wissen
wir beide, dass du ein Herz für Opfer von Menschenhandel
hast, Nik.«

Sein Freund zuckte nur mit den Schultern. »Ich rufe Ava
an und bitte sie um Rat. Wir treffen uns in sechzig Minuten
vor der Tür, und dann zünden wir das Haus an.« Er
verschwand und ließ mich mit Killian allein.

Und den Leichen.

Und den Papieren.

Killian wandte sich wieder mir zu und fixierte mich mit
einem eindringlichen Blick. »Wir werden ihn finden,
Kätzchen.«

»Amir?«

Er nickte. »Er mag dein Vater sein, aber was er dir angetan
hat, kann nicht ungestraft bleiben.« Er runzelte die Stirn und
musterte mich aufmerksam. »Das weißt du doch, nicht wahr?«

»Amir hat mein Leben zerstört. Er hat mir die Leitung
einer kriminellen Organisation übertragen, die ich nie wollte.
Er hat dafür gesorgt, dass ich vergewaltigt wurde.
Missbraucht. *Angepinkelt*. Und noch so viel mehr. Ich will ihn
tot sehen, Killian. Ich will, dass er dafür bezahlt. Mit seinem
Blut.«

Killian festigte den Griff um meinen Nacken und ließ
seine andere Hand an meine Hüfte gleiten, um mich an sich
zu ziehen. »Das ist meine Amara«, sagte er und ließ seine
Lippen über die meinen gleiten. »Meine Kriegerin.« Er küsste
mich leidenschaftlich. Ich blutete, hatte gerade zwei Männer
getötet und herausgefunden, dass Amir Assad mein Vater war,
und Killian wollte mich dennoch. Er betete mich immer noch
an und sorgte sich um mich.

Diese Erkenntnis löste eine letzte Barriere in meinem
Herzen und ich wurde von einer Flut von Emotionen
übermannt. Und zu verdanken hatte ich sie dem Mann, der

mich in seinen Armen hielt, mich beschützte, mich verehrte, mich respektierte.

Er hatte mir buchstäblich das Leben gerettet.

Ich war zwar aus eigenem Antrieb meiner Hölle entkommen, doch er hatte mir gezeigt, dass ich nicht ein Leben lang auf der Flucht sein musste. Er hatte mich ermutigt, frei zu sein, mich zu wehren, mich meinen Albträumen zu stellen und sie zu vernichten. Killian war mein Ein und Alles. Er vervollständigte mich und half mir dabei zu fliegen.

Mit ihm an meiner Seite könnte ich alles schaffen.

»Ich liebe dich«, flüsterte ich. Die Worte kamen mir in einem Schwall von Emotionen über die Lippen. Ich umklammerte seine nackten Schultern und hielt mich an ihm fest, während ich von verschiedenen Gefühlen gleichzeitig überwältigt wurde. »Ich liebe dich, Killian.«

Er presste seine Stirn an meine, und ich spürte seinen heißen Atem auf meinen Lippen. »Ich liebe dich auch, Amara.« Die Worte waren kaum mehr als ein Flüstern, aber aufrichtig und wahr und so unglaublich warmherzig.

Er schob mich rückwärts, bis ich mit dem Hintern an den Schreibtisch prallte, dann hob er mich hoch.

»Ich sollte das nicht tun, nicht nach allem, was sie dir angetan haben, aber ich will dich, Amara.« Er knöpfte die Jacke auf und entblößte meine Brüste. Er ließ den Blick an mir auf und ab schweifen, um sich zu vergewissern, dass es mir gut ging. »Es ist so verdammt falsch, aber ...«

»Es ist genau das, was ich brauche«, flüsterte ich, um den Satz für ihn zu beenden. »Sie haben mich kaum angefasst, Killian. Aber ich will, dass du die Erinnerungen aus meinem Gedächtnis löschst.« Ich zog die Jacke aus und schleuderte sie von mir, wobei die Gerüche aus dem Verlies mit ihr zu verschwinden schienen.

Malcom hatte nur meinen Rücken geschändet und den

vorderen Teil meines Körpers unversehrt gelassen. Er hatte gerade erst angefangen, als Killian aufgetaucht war, denn die Männer hatten auf Zuschauer gewartet, bevor sie mich wirklich verletzten. Doch die Peitschenhiebe waren furchtbar gewesen und ließen mich frösteln. Und jetzt sehnte ich mich nach Killians Wärme.

»Fick mich«, sagte ich zu ihm. »Bring mich zurück zu dir. Zu uns. Erinnere mich daran, was wir einander bedeuten.« Ich wollte, dass er mich für alle anderen Männer ruinierte, auch für die aus meiner Vergangenheit. Er hielt es zwar für falsch, doch in meinen Augen war es richtig. »Mach mich zu der Deinen, Killian.«

»Du bist die Meine, Kätzchen«, flüsterte er, als er seine Hüfte zwischen meine gespreizten Schenkel schob. »Und ich bin der Deine.«

»Beweise es mir.« Ich lehnte mich auf dem Schreibtisch zurück und stützte mich mit den Händen auf der Tischplatte ab, wo die Papiere verstreut unter mir lagen. Aber sie spielten keine Rolle mehr. In dem Raum befanden sich zwei Leichen, während das Blut an den Wänden von den Albträumen und Schmerzen zeugte, doch es war mir egal.

Killian schob seine Boxershorts über die Hüfte und enthüllte seinen prächtigen, steifen Schwanz. Ich sehnte mich nach der Dunkelheit in seinem Inneren, nach dem Teil seiner Seele, der sich an Gewalt erfreute und es genoss, Blut zu vergießen. Ich brauchte diesen Mann, meinen dunklen Ritter, der alles um mich herum zunichtemachte, damit ich mich der Vergessenheit hingeben konnte.

»Hart«, forderte ich. »Unbarmherzig. Ich will, dass du mir wehtust, Killian.« Er musste mir helfen, die Erinnerung an Malcom auszulöschen. Ich wollte nur noch Killian vor mir sehen, wenn ich einmal an diesen Abend zurückdenken würde.

»Ich werde dir nur lustvolle Schmerzen zufügen«,

versicherte er mir und drang in mich ein. »Ich werde sie alle auslöschen, Amara. Jeden Einzelnen, der dich je berührt hat. Du wirst nie wieder an sie denken.«

»Ja«, stöhnte ich und wölbte mich ihm entgegen, um ihn ganz und gar in mich aufzunehmen. Nicht nur körperlich, sondern auch geistig. Ich öffnete mich ihm, damit er mich lieben, mich verehren, mich verstehen und mich vervollständigen konnte.

Ich packte mit einer Hand seinen Nacken und vergrub meine Fingernägel in seiner Haut, während er mich mit einer unbändigen Leidenschaft küsste, die ich tief in meiner Seele spürte. *Mein.*

Er stieß in einem unbändigen Rhythmus und voller Kraft in mich hinein. Die Tischplatte unter mir knarrte, als er meine Taille festhielt und mich immer wieder an sich zog, während er mir gab und sich nahm, was wir beide brauchten.

»Killian«, keuchte ich an seinen Lippen, während mein Körper in Flammen stand.

»Wirst du für mich kommen, Amara?« Er leckte mir über die Lippen und ließ eine Hand an mein Geschlecht gleiten, um meine pulsierende Klitoris zu massieren. »Wirst du mich mit deiner engen Muschi melken, Kätzchen?« Er kniff in meine Brustwarze und bescherte mir einen lustvollen Schmerz, der mich zum Beben brachte. »Sag noch einmal meinen Namen.«

»Killian«, stöhnte ich, als ich mich am ganzen Körper anspannte. »Mein Killian.«

»Und wer bin ich?«, presste er hervor.

»Mein Ritter.« Ich bäumte mich auf, doch im nächsten Moment drückte er mich mit der Hüfte zurück auf die Tischplatte. »Mein Sir Bedivere.«

»Und du bist meine Kriegerin«, flüsterte er. »Meine schöne, entschlossene Amara.«

Seine Worte ließen mich über den Abgrund der Ekstase

fallen, und all die Qualen wurden von einer Welle der Erlösung mitgerissen, die nur Killian auslösen konnte. Es war schmerzhaft und linderte zugleich meine Qualen. Es zerriss mich und fügte mich wieder zusammen. Dann spürte ich, wie er sich in mir ergoss, und gab mich dem Moment euphorischer Glückseligkeit hin.

Ich stieß einen zufriedenen Seufzer aus, mit dem ich alles losließ. Die Qualen, Malcolms Bösartigkeit, die Morde, Amirs Spiele und die Dokumente. Nichts von alledem war von Bedeutung. Es zählte nur noch Killian, sein Stöhnen an meinem Hals, das Gefühl seiner Hände an meinem Körper und seines Samens in mir.

Das Paradies.

Meine Zukunft hatte endlich begonnen, und ich wollte jede Minute mit diesem Mann an meiner Seite genießen.

Und als ich hörte, wie er jetzt meinen Namen flüsterte, wusste ich, dass er dasselbe fühlte.

Er hatte mich gefunden und mich gefangen. Doch ich hatte dabei das Wertvollste von allem eingefangen – das Herz eines Auftragskillers. Meines Auftragskillers. Und ich würde ihn nie wieder loslassen.

»Ich liebe dich«, wiederholte ich.

»Ich liebe dich auch«, erwiderte er und küsste mich erneut.

Vielleicht hatte Amir recht. Vielleicht gehörte ich wirklich an die Spitze eines Imperiums. Aber ich würde ihm nach seinem Thron trachten.

Mit einem bewaffneten Ritter an meiner Seite.

EPILOG
AMARA

Ein Jahr später ...

D as griechische Café erinnerte mich ein wenig an
das Restaurant in Kairo, in dem Killian und ich
einmal gegessen hatten. Doch das lag weniger am
Ambiente, sondern eher an der Art, wie der Kellner sich
bemühte, Englisch mit mir zu sprechen, oder an dem überaus
hilfsbereiten Empfangschef, der mich *Mrs. Dagger* nannte.

Allerdings war meine Gesellschaft beim Essen weit
weniger charmant.

Ich schwenkte meinen Wein und wartete.

Amir würde jeden Moment eintreffen.

Wir hatten zehn Monate gebraucht, um ihn aufzuspüren,
und zwei weitere, um diesen Moment zu planen. Killian
wartete draußen, doch ich hörte seine warme Stimme in
meinem Ohr, als er murmelte: »Dieses Kleid steht dir
wirklich gut, Kätzchen.«

Ich verzog die Lippen zu einem Lächeln. »Ich weiß.«

Er beobachtete mich vom Dach eines der umliegenden

Gebäude aus und hatte ein Scharfschützengewehr im Anschlag, falls etwas schiefgehen sollte. Aber ich wusste, dass es dazu nicht kommen würde, denn ich hatte alles arrangiert.

»Dein lieber Daddy ist gerade eingetroffen«, informierte Killian mich leise. »Er ist allein. Ohne Taviv.«

Das hatte ich erwartet.

Nach allem, was ich im Laufe des letzten Jahres herausgefunden hatte, war Taviv nicht annähernd so gefügig, wie er zunächst erschienen war. Ich hatte ihn immer noch nicht ganz durchschaut, aber mit einem Vater wie unserem nahm ich an, dass er seinen Platz im Leben nicht aus freien Stücken gewählt hatte. Es bedeute nicht, dass ich ihn nicht umbringen würde, doch für den Moment würde ich ihn am Leben lassen, während ich ihn im Auge behielt.

Amir würde jedoch sterben.

Und zwar heute.

»Bist du bereit, Kätzchen?«, fragte Killian mit verführerisch tiefer Stimme.

Wir beide genossen dieses tödliche Spiel. Während wir im Laufe des vergangenen Jahres sämtliche Beteiligte des Menschenhändlerrings zur Strecke gebracht hatten, war es für uns eine Art Vorspiel geworden. Die Unterlagen von Amir hatten unter anderem Clarissas Kundenliste enthalten, die Killian prompt in eine Tötungsliste verwandelt hatte. Und ich hatte ihm geholfen, jeden einzelnen Namen zu streichen.

»Ich bin bereit«, antwortete ich, als Amir durch die Eingangstür trat. Er begrüßte den Empfangschef und folgte ihm zu seinem Stammtisch in der Ecke, auf dem bereits ein Glas Wein für ihn stand. Ich leerte mein eigenes Glas und beobachtete ihn mit einem Grinsen, als er einen Schluck trank. »Es ist Zeit zu spielen, Sir. Wünsch mir Glück.«

»Das wirst du nicht brauchen«, erwiderte Killian mit einem belustigten Tonfall.

Ich griff lächelnd nach meiner Handtasche. »Da hast du recht.« Denn Amir war genau da, wo ich ihn haben wollte. Früher hatte er mir Angst eingejagt und mir das Blut in den Adern gefrieren lassen, doch ich hatte während des vergangenen Jahres alles über ihn gelernt, was ich in Erfahrung bringen konnte. Und heute würde ich es zu meinem Vorteil nutzen.

Er blickte mit einem überraschten Gesichtsausdruck auf, als ich mich ihm näherte und mich ihm gegenüber auf einen Stuhl setzte. Ich legte meine Handtasche auf dem Tisch ab. »Vater«, begrüßte ich ihn mit einem sarkastischen Tonfall.

»Hallo, Amara«, antwortete er und neigte den Kopf zur Seite. »Du wirkst sehr ... farbenfroh.«

Ich warf einen Blick auf die Tätowierungen auf meinem rechten Arm und lächelte. »Gefallen sie dir?« Killian liebte sie. Nach jedem Mord fügte ich eine weitere hinzu, wobei das Motiv immer ein Gegenstand aus meiner Erinnerung war, den ich mit dem Opfer in Verbindung brachte. Es war nie etwas Auffälliges, nur Kleinigkeiten wie das Weinglas, das jetzt vor Amir stand. Es würde mein nächstes Tattoo sein.

»Nicht gerade mein Geschmack, aber wie ich festgestellt habe, bist du eine Rebellin, daher passen sie zu dir.« Er prostete mir zu und trank einen weiteren Schluck.

»Dann hältst du also nichts von der Scarlet Stiftung?«, fragte ich mit unschuldigem Blick. Ich hatte die Organisation mit dem Vermögen der Familie Rose gegründet. »Wir haben in einem Jahr über tausend Opfern von Menschenhandel geholfen. Ich dachte, du wärst stolz auf mich. Immerhin hast du mir die Leitung übertragen.«

Er grinste. »Ich bin in der Tat stolz auf dich. Ich habe dir gesagt, dass du nach Belieben über das Geld verfügen kannst. Es ist zwar nicht das, was für dein Vermächtnis vorgesehen war, doch du hast dein Schicksal in deine eigenen Hände genommen.«

Der Kellner kam mit Amirs Mahlzeit, die in Erwartung seiner Ankunft bereits zubereitet worden war. »Wünschen Sie auch etwas, Mrs. Dagger?«

»Nein danke«, antwortete ich mit einem Lächeln. »Ich habe alles, was ich brauche.«

Amir entließ ihn mit einer abwinkenden Handbewegung und schnitt in seinen Fisch. »Deine Mutter wäre erfreut.«

»Wirklich?«

»Oh ja.« Er aß einen Bissen und schloss mit einem zufriedenen Seufzer die Augen. »Mm ...« Er kaute genüsslich und trank noch einen Schluck Wein. »Sie hat immer versucht, mich zu übertreffen, doch sie hatte nie Erfolg damit. Ich war damals nicht bereit dazu, doch vielleicht bin ich es jetzt.«

»Willst du damit sagen, dass sie versucht hat, dich zu töten?«, fragte ich und versuchte, aus seinen rätselhaften Worten schlau zu werden.

Er zuckte mit den Schultern. »Gelegentlich. Aber vor allem hat sie versucht, mich auszutricksen. Aus diesem Grund bist du als Kind so oft umgezogen, denn sie hat dich vor mir versteckt.« Er lachte leise. »Es war eines der besten Katz-und-Maus-Spiele meines Lebens. Aber ich habe natürlich gewonnen. Sie war so wütend, als ich dich weggegeben habe. Aber du wärst nicht die Frau, die du heute bist, wenn ich es nicht getan hätte.«

»Und was für eine Frau glaubst du bin ich heute?«, wollte ich wissen.

»Ein Chamäleon«, antwortete er. »Du hast die Gabe, innerhalb kürzester Zeit in die Rolle einer Dame, einer Hure, einer Kriegerin oder sogar einer schwarzen Witwe zu schlüpfen, ohne mit der Wimper zu zucken. Du bist die personifizierte Perfektion, Amara. Meine schönste Errungenschaft. Das bedeutet, ich kann in dem Wissen sterben, dass du den Familiennamen angemessen weiterführen wirst.« Er trank sein Glas aus, stellte es beiseite und lächelte mich an. »Aus dem Bauern ist endlich eine Königin geworden. Und sie hat den König besiegt.«

Ich starrte ihn an. »Ich wusste nicht, dass du ein Faible für Rätsel hast.«

Aber ich verstand, was er damit sagen wollte.

Er wusste von dem Gift in seinem Wein und hatte es sich mit Stolz einverleibt.

»Warum?«, fragte ich. »Warum hast du es getrunken?«

»Entweder das oder eine Kugel von deinem Bedivere. Diese Methode schien mir um einiges friedlicher zu sein.« Er aß einen weiteren Bissen von seinem Fisch und summte auf seltsame Weise fröhlich vor sich hin, während er schluckte. »Meine Zeit ist ohnehin gekommen. Du und Taviv, ihr seid beide in der Lage, die Führung zu übernehmen, das heißt, ich habe meine Aufgabe erfüllt und kann endlich meinem Schicksal entgegentreten. Meine Arbeit hier ist getan. Und die Tatsache, dass ich durch deine Hand sterbe, bestätigt mich in dieser Annahme.«

»Du bist ganz anders, als ich erwartet habe«, gestand ich verwirrt. Es musste eine Art Trick sein, um mich in vermeintlicher Sicherheit zu wiegen.

»Das klügste Spiel ist immer das, welches die anderen am wenigsten erwarten, Amara.« Er griff nach seinem Wasser, trank einen großen Schluck und stellte es wieder ab, wobei er zugleich ausatmete und sich in seinem Stuhl zurücklehnte. Es war das einzige Anzeichen dafür, dass das Zyankali seine Wirkung entfaltete. Für gewöhnlich dauerte es ein paar Minuten, bis die Kurzatmigkeit eintrat, und offenbar war der Moment gekommen.

Er holte noch einmal Luft und zuckte zusammen. »Wirst du bei mir bleiben? Bis zum Ende?«

»Willst du das denn?«, fragte ich und war plötzlich nicht mehr ganz so begeistert von dem Plan wie noch vor wenigen Augenblicken.

»Das würde ... mir gefallen.« Er schenkte mir ein schwaches Lächeln und verschränkte die Hände in seinem Schoß. »Erzähl mir ... was du ... als Nächstes tun wirst.«

»Heute? Oder ganz allgemein?«

»Allgemein«, antwortete er mit rauer Stimme.

»Ich ... ich arbeite mit dem Kongressabgeordneten Winters an einer Initiative zur Bekämpfung des Menschenhandels.« Ich wusste nicht, warum ich es ihm erzählte, doch ich war stolz auf dieses Bündnis. Winters war der Kongressabgeordnete, den ich während des Maskenballs getroffen hatte. Clarissas Aufzeichnungen hatte ich entnehmen können, dass sie ihn wegen seiner politischen Haltung als Bedrohung eingestuft hatte, was ihn automatisch zu meinem Verbündeten machte. »Ich hoffe, die Scarlet Stiftung auch international ausweiten zu können.«

Er nickte. »G-gut.« Er schien erfreut darüber zu sein, und das war verdammt seltsam. »W-was noch? B-Bedivere?« Er zuckte heftig zusammen und schloss für einen Moment die Augen. Als er sie wieder öffnete, waren seine Pupillen geweitet.

»Wir haben eine Abmachung«, antwortete ich. »Er macht seinen Job und ich erledige meinen, und hin und wieder arbeiten wir zusammen.« Vor allem wenn es darum ging, einen Kunden von Clarissas Liste abzuhaken.

»B-bist du g-glücklich?«, stammelte er, wobei es ihm sichtlich Mühe bereitete, die Worte auszusprechen.

Die Frage ließ mich innehalten. Ja, ich war glücklich, glücklicher als je zuvor. Und zwar nicht, weil ich dieses Arschloch endlich zur Strecke brachte, sondern wegen Killian.

Allerdings hätte ich Killian nie kennengelernt, wenn Amir mich nicht als Marionette in seinem Spiel eingesetzt hätte. Also auf eine kranke Art und Weise musste ich ihm dankbar sein, weil wir uns seinetwegen begegnet waren.

»A-alles ... geschieht ... aus ... einem bestimmten Grund«, brachte er hervor, während seine Lippen aufgrund des Sauerstoffmangels blau anliefen. »Ich ... dir ... Erfolg.«

»Ich bin zu der Frau geworden, die ich heute bin, aufgrund der Entscheidungen, die ich getroffen habe, nicht wegen der Dinge, die du mir angetan hast«, sagte ich, denn ich war es leid, dass er von meinem Leben sprach, als hätte er es bis ins Detail inszeniert. Vielleicht hatte er das, aber ich hatte aus eigenem Antrieb überlebt, nicht seinetwegen. Ich hatte mit Killians Hilfe überlebt. Amir hatte mir lediglich schmerzhafte und quälende Steine in den Weg gelegt und zugesehen, wie ich sie überwunden hatte. Das machte ihn nicht zu einem Meister und Schöpfer, sondern zu einem Monster.

Er verzog die Lippen zu einem Lächeln »Per...fektion.« Er schloss die Augen und stieß den Atem aus. Ich wartete darauf, dass er einatmete, doch nichts geschah. Sein gleichmütiger Gesichtsausdruck beunruhigte mich genauso sehr wie er mich erfreute.

Er hatte sein Schicksal akzeptiert.

Und ... war gestorben.

Ohne mich täuschen zu wollen oder dagegen aufzubegehren. Wir hatten nur eine halbwegs normale Unterhaltung geführt, in der ein stolzer Unterton mitgeschwungen war.

»Amara?«, fragte Killian und rüttelte mich aus meiner Benommenheit. Seine Stimme versetzte mir einen Stich im Herzen und durchströmte mich mit einem warmen Gefühl.

»Er ist tot«, antwortete ich. Zumindest würde es nicht mehr lange dauern, bis der Herzstillstand eintrat. Selbst wenn ihm unverzüglich medizinische Hilfe zuteilwürde, würde er nie wieder derselbe sein. Außerdem war zweifelhaft, ob er überhaupt würde wiederbelebt werden können.

Ich betrachtete noch einmal sein Gesicht und bemerkte

die Ähnlichkeiten mit meinem eigenen, die mir zuvor entgangen waren. Ich hatte die Form seines Kinns, seine Nase und seine Hautfarbe geerbt, und vermutlich noch mehr.

Meinen Überlebenswillen.

Meine Intelligenz.

Mein Bedürfnis, mich Erwartungen zu widersetzen.

Amir hatte über all diese Eigenschaften verfügt und sie offenbar an mich weitergegeben. Aber meine Zukunft gehörte einzig und allein mir.

Und jetzt würde er nie wieder Hand an mich legen können.

Ich stieß mich vom Tisch ab, griff nach meiner Handtasche und verließ das Restaurant.

»Es ist vollbracht«, sagte ich mehr zu mir selbst als zu Killian. Eine Last fiel von meinen Schultern und von meinem Herzen. Ich konnte endlich in die Zukunft blicken und das Leben genießen. Ich konnte einfach existieren.

»Wohin willst du als Nächstes, Kätzchen?«, fragte Killian, als er sich draußen zu mir gesellte. Sein dunkles Haar war vom Wind zerzaust, nachdem er eine Weile auf dem Dach gesessen hatte. Sein Gewehr hatte er offenbar irgendwo im Gebäude gelassen, denn er hatte es nicht bei sich.

»Wo immer du willst«, antwortete ich lächelnd.

»Wie wäre es mit Kairo?«, schlug er vor und wackelte mit den Augenbrauen. »Ich glaube mich zu erinnern, dass du die Pyramiden sehen wolltest.«

Damit hatte er recht. Ich wollte sie liebend gern sehen. »Wir werden neue Decknamen brauchen«, sagte ich mahnend.

»Das sollte kein Problem sein. Was hältst du von Scarlet Mark?«

Ich runzelte die Stirn. »Scarlet Mark?« Das passte zu keinem seiner früheren Pseudonyme.

Er schlang einen Arm um mich und führte mich eine leere

Kopfsteinpflasterstraße entlang. »Es ist eine Anspielung auf deinen ersten Decknamen Scarlet Rosalind.«

»Und welchen Namen würdest du annehmen?«, wollte ich wissen und schmiegte mich an ihn.

»Dagger Mark, natürlich.«

»Denkst du wirklich, der Name ist glaubwürdig?«

»Oh, Kätzchen, hast du es noch nicht erkannt?« Er warf mir einen Blick aus dem Augenwinkel zu. »Mit Geld kann man alles kaufen. Sogar einen erotischen Tanz von einer tätowierten Rothaarigen in einem Nachtklub.«

Mir lief ein heißer Schauer über den Rücken, als ich mich an unsere erste Begegnung erinnerte. Zwischen uns hatten eine gefährliche Faszination und purer Sex in der Luft gelegen. »Willst du etwa eine Fortsetzung?«, fragte ich ihn mit einem sinnlichen Schnurren.

»Aber diesmal ohne Ketamin, in Ordnung?«

»Einverstanden, Sir Bedivere«, erwiderte ich mit einem Lächeln. »Ich denke, Scarlet Mark würde Ihnen den Gefallen gern tun.«

»Ach wirklich?« Er zog mich in eine Gasse zwischen zwei Gebäuden und presste mich gegen eine Wand. »Was wird Scarlet Mark denn noch für mich tun? Ich glaube nämlich, sie schuldet mir noch einen Blowjob.«

»Tatsächlich?« Ich legte die Hände an seinen Bauch und ließ meine Fingernägel auf seinen Gürtel gleiten. »Du wirst ein Messer brauchen.«

»Mm, da hast du recht. Sie könnte versuchen, mich zu beißen.«

Ich nickte. »Das wird sie ganz sicher.«

Wie durch Zauberhand presste er plötzlich einen Dolch an meine Taille. »Willst du spielen, Kätzchen?«

»Immer.«

»Gut. Dann sei ein braves Mädchen und geh auf die Knie.«

Ich verzog die Lippen zu einem erwartungsvollen Lächeln. »Jawohl, Sir.«

~ Ende ~

USA Today Bestsellerautorin Lexi C. Foss ist eine
Schriftstellerin, verloren in der Welt der Computer. Sie lebt
mit ihrem Mann und ihren pelzigen Freunden in North
Carolina. Wenn sie nicht gerade schreibt, ist sie mit
Sicherheit auf Reisen. Viele der Orte, die sie schon besucht
hat, lassen sich in ihren Büchern wiederfinden, einschließlich
der mystischen Welt von Hydria, die auf der griechischen
Insel Hydra basiert.

Lexi ist ein bisschen verschroben, trinkt viel zu viel Kaffee
und schwimmt gern. Tschüss!

Würden Sie gern über Neuerscheinungen informiert werden?
Dann tragen Sie sich für ihren Newsletter ein: https://www.
lexicfoss.com/deutschen-newsletter

Besuchen Sie Lexi im Netz!
https://www.lexicfoss.com/aktuell

E-Mail: lexicfoss@gmail.com

Das Noir Reformatorium: Vierter Verstoß (Buch 5) **(demnächst erhältlich)**

Die Wölfe des V-Clans

Blutsektor

Nachtsektor

Die Wölfe des X-Clans

Der Ursprung

Andorra Sektor

Das Experiment

Pfeil des Winters

Bariloche Sektor

Königin der Elemente:

Buch Eins

Buch Zwei

Buch Drei

Königin der Elementefeen: Die nächste Generation

Eigenständige Fee-Romane

Königin der Winterfeen

Unsterblich verflucht:

Blood Laws – Blutgesetze (Buch 1)

Forbidden Bonds – Unsterblich entfesselt (Buch 2)

Blood Heart – Blutige Unschuld (Buch 3)

Blood Bonds – Unsterblich geboren (Buch 4)

Angel Bonds – Himmlische Bande (Buch 5)

Blood Seeker – Die Fährte des Blutes (Buch 6)

Blood Burden – Himmlische Bürde (Buch 7)

Wicked Bonds - Himmlisch verrucht (Buch 8)

Blood King - Herrscher des Blutes (Buch 9)

Unterweltfeen

Gefangene der Unterweltfeen

Wärter der Unterweltfeen

Kommandant der Unterweltfeen

Prinz der Unterweltfeen

König der Unterweltfeen

Eigenständiger paranormaler Liebesroman

Rotanev – Eine Poseidon-Erzählung

Carnage Island: Wolfsklauen und verbotene Bisse

Beanspruche mich

Und auch die folgenden Bücher von Lexi C. Foss werden in Kürze auf Deutsch erhältlich sein:

Auferstanden aus der Dunkelheit:

Die Tochter und der Tod (Buch 1)

Die Geliebte und die Sünde (Buch 2)

Die Erbin von Bael (Buch 2.5)

Die Prinzessin von Bael (Buch 3)

Der Sohn und das Chaos (Buch 4)

Gefangene der Hölle (Buch 5)